田耳 著

失去感觉的人

上海文艺出版社

溺 爱

弟弟你好 …… 3

小票贩 …… 30

童年的童话 …… 49

溺爱 …… 82

搬家 …… 89

吃货之家 …… 106

村庄 …… 126

小说家的面容

- 短篇小说家的面容 …… 143
- 既成事实的意外 …… 146
- 我的「天书」之癖 …… 152
- 树我于无何有之乡 …… 166
- 给没有感觉的人 …… 176
- 电贯钨而流明 …… 181
  ——评东西《篡改的命》
- 如何向张万新先生致敬 …… 188
- 一根粗大的神经末梢 …… 196
  ——张楚印象记
- 瞬间成型的小说工艺 …… 203
  ——略论双雪涛小说
- 当一扇门暗自虚掩 …… 217
  ——郭爽印象记
- 你看云时很近 …… 222
- 有限的写作，无限的阅读 …… 245
  ——关于「未来科技」时代文学的发言
- 抵达自己的故事 …… 251
  ——《秘要》创作谈

溺

爱

弟弟你好

一

我一直庆幸自己有个弟弟，要不然真是不可想象。

那时候，每一家兄弟姊妹甚多，平均下来一家得有三人，两男一女或者两姐一弟。我最好的朋友小名老六，上面有五个姐姐，能把五个姐姐排好顺序就非常考智力。家里只有一双子女的都是少数，要说独生子女，我记得小学班上近五十人，只找出一个。幸好有这么个弟弟，之所以"幸好"是因为我母亲本打算不生的。她经常跟人说："生老大难产，受罪呵，我本不打算再生的。"

我相信弟弟的出生与否，跟母亲生我时难产关系甚微。是这样，我母亲个子很小，一米五吧顶多了，而我出生时顶重，有八斤半，这样一不小心就卡住了。生下后我就没有呼吸，护士都不敢将我倒提起来。据说，那天医生护士凭着经验,都说这孩子救不活,感觉简直草营人命。但那时候死孩子是常事,生小孩往往意味一场生死别离正上演,而父亲是用来签字"要大还是要小"的,像是扔骰子的游戏。幸亏有一个护士,桃源人,姓倪,跟母亲熟。她说这不行,你自己八十斤,大个小孩都赶上你十分之一了。又说:"这个不行,你往后再生更不行。"她给我搞人工呼吸,一个五十来岁的老妇,一个婴儿,嘴对嘴吹直到她腮帮塌陷,我活了过来。

"你一哭,我们都担心猫会来。"小时候母亲跟我这么形容。我哭出来像老鼠叫。母亲不打算再生是有可能,生孩子这事,显然不是她拿手的戏。她拿手的是打算盘以及唱歌,当营业员也年年先进,因为脾气好。她当时在乡镇供销社上班,社里有位喜获全省劳模的同事,卖鞋拆双,一只一只单卖;母亲能把剩下那只卖出去,所以也成了"三八红旗手"。

她又说:"我是基层党员,我要率先响应政策。"那时候计划生育没有硬性规定,前期宣传词是"一个不少两个正好三个多了",没提处罚措施。当时,要罚款也罚不出来,都是几十块钱养全家。要拆屋溜瓦也行不通,住的宿舍都是单位发的,而且没有耕牛。

外婆冲母亲说:"你就是想偷懒。我都生了六个。"但只活了四个,据说其一是抗日时期跑防空警报晒死的,一个是撬马牙感染死的。四姊妹中,我母亲行二。母亲还是不被打动,另一些亲戚说得委婉一些。"二姐,好事说不坏,不是吗?"有人说,"你这个毕竟难产出来,现在还看不出结果,万一长大一点脑子不好用呢?"他们都没有直接说我大概会长成傻瓜,似乎也不用多说,明摆的事。母亲后来说她犹疑了,思来想去,决定再生一个。这样,我便有了一个弟弟。弟弟只小我一岁一个月,懂点生育知识以后,我知道母亲当初的"思来想去"其实是蛮果断。

二

门啪的一锁,屋里总是剩下我和弟弟。我家所住的宿舍,前后是窗,左右都和邻居撞墙,狭长有如一个山洞,白天光线也黯淡。窗口进来几根光柱,我仔细一看,有无数扬尘浮游其中。

我开始带弟弟。我三岁,他两岁;我四岁,他三岁;以此类推,直到我五岁。

屋里有个摇床,有个站桶,但站桶太高,我没法把弟弟弄进去。让他躺在摇床上,我来摇他,松了口气,想起前面是我躺在这里面,被大人摇来摇去,一直处于昏昏欲睡的状态,却未真的睡去。每天的时光被无限抻长,令人感到窒息,脑袋充斥着一个孩子必然的对这世界最初的、极为凌乱、古怪的体认。现在我解脱了,轮到弟弟,好在他比我能睡。他睡了,屋里那种静,和必要的昏暗,都让我感觉异常安稳。我从小喜静,喜欢躲在阴暗的一角看不远处那笔明晃晃的光柱,不是性格生成,而是怕鬼。

那时候大人都喜欢吓小孩,讲鬼讲神,每一幢看上去有年头的旧楼,一定都有专属的鬼故事。小县当属山城,环城皆山，入山就有神鬼之物，小孩最容易撞上。当时的理念不同，大人都说小孩要吓一吓才皮实。我们几乎都是被吓大的，受惊以后有专门的道士烧纸祛惊，或者外婆用针屁股扎一扎耳垂，就能还魂。母亲和外公都是读过书的人，鬼故事交由外婆讲，外婆一张丝瓜脸讲起鬼故事，可以拧得很紧，像毛巾挤出水一样。她讲时我们并不害怕，没人会害怕自己的外婆。但每天上午，她要去菜场买菜。外公和母亲要上班，外婆一走，就会把我和弟弟反锁在家，经常一个上午。听人说外婆几乎是菜场一霸，她在那里买菜几十年，一把白菜也能讲价一刻钟，别人只好给她最便宜的价格。她转身走掉，后面的人也要依着这价格把菜买下，菜贩就说："这老娘子耳朵聋，懒得跟她道理，你们也不讲道理？"

他们讲鬼，其实就是给每天上午的囚禁以合理性，出了家门，外面一切仿佛都万分险恶。鬼故事总会在大人离开、我和弟弟被反锁在家的时候发生效用。我听到外面的风声，就觉得是鬼怪或者更可怕的事物来临，我听到树叶响，就觉得它已然逼近，接着听到门有砰砰的声音……

我屏住呼吸，弟弟却嚷嚷叫我给他讲故事。弟弟不怕惧鬼神的态度真是让我敬仰并且毛骨悚然。哥哥姐姐都是要带弟弟妹妹，我的任务还轻松，只要带一个小一岁的弟弟，不像邻居有的小姐姐屁股后面跟一串弟弟妹妹，比现在年轻的母亲还更像母亲。我带弟弟的法宝之一，是讲故事。我把外婆讲的鬼故事再讲一遍，弟弟当是笑话，很开心的样子，我拿他毫无办法。我想这肯定是我没长出外婆那样的丝瓜脸，随时能扭结出吓人的神情。但在这紧要时刻，讲故事发出声音，不就是暴露自己么？（我怀疑，这种体认跟当时看的露天黑白电影全是抗战戏有关：日本鬼子进村，小孩决不能吭声！）门外的响动令我警惕，弟弟发出的声音则令我惊惧，我示意他闭嘴，他老是不听，我浑身有了颤抖。我多么希望此时屋内是一片宁静啊，只有宁静，才意味着安全。

"闭嘴。"我说。

"讲个故事我就闭嘴。"

"那就是没闭嘴。"一些简单的道理，永远没法跟弟弟讲明白。

"讲故事！"

我还是不讲，弟弟就哭。他的哭让我有了一种光着屁股般的彻底的暴露，耳畔敲门的声音仿佛越来越响，几乎就是踹门……所以，没有办法，面对这不知好歹的弟弟，为了我俩共同的安全，有一次我去捂他的嘴，并在他耳边怒喝："快闭嘴！"我捂得越来越紧，弟弟拼命扒我的手，作势又要哭。这时屋门被风弄出砰砰响声，锁着依然能响，门缝漏风。弟弟终于晓得怕，咬紧牙关，不敢哭。他小脸憋红的模样，让我的心倏地一紧。那以后，门外的动静再大，我也会在屋子里给弟弟讲故事，有时候我也挤到摇床里，两兄弟将摇床挤得满满当当，我再将嘴凑近弟弟的耳朵，压低声讲起故事。有时候，他听着听着睡去了，屋外的风声仍响，我就特别有成就感。

过一会儿，风声止住，我张耳一听，一切过于寂静，我又觉得耳畔要起一些风声才好。我看着弟弟，感谢这被囚禁的童年有他陪伴。要只我一个人被关在屋子里，时间至少抻长一倍。

三

讲故事，或者陪他玩，我是这么带弟弟。所谓玩，主要是摆阵、交战。那时家里没有玩具，所以一切皆可成为玩具。我俩把满屋子能翻出来的零碎都摆在地上，排兵布阵，一堆是我，一堆是弟弟。弟弟那堆数量上一定是要占优。排好兵阵，不可避免一场血战。先是一对一，弟弟挑出一件零碎，比如一管牙膏，我就相应拿出一把牙刷，两位壮士凌空一碰，就算大战八十回合。

"你的个大，我这个死了。"我说。

"不，一起都死了。"

"为什么？"

"反正我这一堆多，用不完。"

"死了"的扔进一只竹篓，我俩又掏出另一件零碎，比如一只水杯对阵一把调羹，一盒火柴大战一根线香，父亲的迷你收音机对抗外公枕畔的手电筒……胜负大都是弟弟说了算，但偶尔我也能说服他。比如收音机遭遇了手电筒，他说："手电筒赢，它个子大，是铁皮壳子，还有两节电池。收音机只有一节。"但我不同意。我说："收音机有声音，它可以喊缴枪不杀。赢了的一边才能这么喊。"弟弟服理，如果我愿意，我可以一次一次说服他，但更多时候我宁愿是他赢，这样才省事。如果拼到最后，我一小撮人马还以弱胜强，弟弟哭起来不好收拾。不用人教，带弟弟的过程自然而然学到很多东西。

老是被关屋里,我童年记忆整体呈现一种暗黑色调,像一直在山洞里度过。前门的窗户蒙了纸,破开的地方漏出几缕光柱。后面的窗户是在厨房里,窗户外面种了树,白天看去也是夜晚来临的光景。我小时候喝酱油上瘾,那些上午,当我去后面的厨房偷喝酱油,经常会被魇住。只要看见窗户外有人影晃动,我浑身一怔,再无法动弹。有时嘴还能动,我呼叫弟弟。"弟弟。""噢?""救我!""噢。"他走来,拉一拉我或是掐我一下,就能帮我解魇。有时我竟讲不出话,弟弟隔一阵不见我,知道又是魇住了,主动赶来救我。他冲我喊:"大大(哥哥)不怕的,我来救你。"我照看弟弟,但弟弟负责救我,一次一次地。

"你火焰太低。"母亲这样说。我大概知道意思,就是身体不如别的小孩好,容易生病,也容易撞到邪怪的事情。甚至我爱喝酱油都与此有关:我经常口舌寡淡,喝酱油都不觉咸,吃饭动辄要拌酱油。还想加半勺猪油,猪油拌饭简直好吃到无敌,米粒上那油亮的光泽就让人一个劲发馋。但猪油紧缺,不是想吃就能吃。

魇多了,我也习惯,不是很害怕。我知道有些火焰太低的小孩,会死,就是去很远的地方,再也不见踪迹。一想到那些再也看不见的小孩,我内心才开始发毛,知道那不是开玩笑。但怎么防呢?每天上午,我和弟弟照例会被外婆反锁在家。我俩经常玩的另一个游戏,是翻箱倒柜,看每个抽屉里柜子里都装有哪些东西。柜子里都是衣物、被褥,抽屉一打开,大都是零碎。他们什么都不舍得扔。翻得最多的是照片,几十年积累的照片,其实并没有多少,一下子就能翻完。大部分照片用各种纸盒装起来,大幅的会另外套一个纸套,仔细保存,仿佛都是传家宝。翻完我要将它们复原,塞回抽屉或者柜子里面,但母亲总是一次次发现痕迹。"你俩今天又抄家了是吧?"她这么问。我不知道母亲是从哪些细节上看出来,我想不到她能这么仔细。

"只要你俩一动,我就能看见,知道么。"她还不失时机教导,"要想人不知,除非己莫为。"但一个个漫长的上午何以打发?母亲终于默认了抄家行为的合法性,至少睁一眼闭一眼,反正又翻不出钱,只是强调一定要仔细归位。后来她发现我记得住每件东西摆哪里,要找什么东西张嘴一问,我总能准确作答。母亲把这事讲给邻居和亲戚。"其实他记性特别好。"因为前面担心我傻掉,所以我一如常人的反应,也会在母亲眼里得到放大。她乐于见缝插针地夸我。

翻箱倒柜的行为得到纵容,至屋里该翻的地方都翻了无数遍,我不满足于此。在我们卧室(两张床,父亲不回是三个人,父亲回来要挤四人)大衣柜的顶上头,还有一只古老的樟木箱。那是整间屋的制高点,是我家里的珠穆朗玛峰。只有那个箱子我从未打开,每天看着它,我手就发痒。有人问一个登山家,你为什么要爬那些山,遂有了经典回答:"因为它们在那里。"我特别能够理解,因为樟木箱在那里,从未被我打开,我心神不宁。

终于,有一天我准备朝它攀登,将一只靠背椅挨着大衣柜,上面再摆两张没靠背的小板凳,我们叫它狗儿凳。两张狗儿凳都是木匠随手钉成的,架一起摆不稳。我好半天爬上衣柜，用肚皮挂住柜沿，将自己固定在半空。家里只前门有锁，进门以后只一个镜柜上锁，里面有钱和粮票。樟木箱被我打开，全是奖状。怪不得，别家都用奖状裱出一面光荣墙，我家却没有。我问母亲为什么。她说："我家没有人家光荣，以后你们两个要争取。"原来光荣都被藏起来，后面我知道这是母亲的身教：做人要低调。但在当时我体会不到，我有点失望。接着我发现下不去了。我用脚往下面够了好几下，都是踩虚。我清醒地意识到，这不是小事。我腿脚不便，像一只小老鼠，油还没吃到，上了灯台下不来。于是我喊弟弟。"你去门口喊人救我。要多喊几声救命。"

"噢。"弟弟转身又回，"为什么要喊救命？"

"因为我现在下不来。"

"下不来为什么要喊救命？"

"因为霸蛮下来，脚万一踩空，我会死。"

"为什么你会死？死是什么？"

"你赶快去喊救命，马上！"我索性哭两声。弟弟这才意识到，这次救命比以往的救命来得迫切，也确实不是他能解决。他跑到前门，扯起嗓子朝外面喊救命，隔壁王阿姨闻声赶来。门是从外面挂了明锁，弄不开，或者一把锁比一块玻璃贵，所以王阿姨叫我弟弟后退，弟弟刚退两步，"啪"一声，就砸碎一块窗玻璃，她再从窗户爬进来。她走进屋子，看见我就笑。她不用踩上椅子，双手一举，直接把我搭救。

我想到家里破了一块玻璃，母亲回家我少不了会挨一顿训斥。但母亲回家知道这事，又扛着一碗饭菜，出去跟邻居们宣扬我的事迹。"他晓得喊救命,还要多喊两声。而且他讲万一脚底踩空,会死。才五岁不到噢。"我的母亲,县贸易公司的出纳汤秀莲女士得意地跟人讲,"别看我家老大长成那样子,其实什么都懂。"

四

那时不叫买肉,叫割肉。"你两个表现好,就给你们割肉。"这不光是吃,分明是一种奖赏。肉票取消,市场里肉摊很少,副食品公司里的猪肉经常一早就卖完。母亲经常告诉我:"赶早市才有肉。"现在我还习惯一早爬起来去买菜,买肉,看着猪肉腾腾地冒出热气。

有时候,割来的肉少,不够吃,那就意味着要关门吃肉。那时真是一种集体的生活,家家户户不关门,菜摆上桌,谁都可以进来搛一筷头。有的人吃饭喜欢扛着碗跑,大家形容一个人性情活跃,就说他"吃饭要跑两条街",形容一个人面子大,就说他"哪家的菜都挟得进自己碗里"。肉少不够吃的时候,母亲往往是将肉剁了蒸饼,在碗底敷一层,蒸出来还自带半碗汤水,端进卧室。"就在这里吃,不要出声。"母亲示意我与弟弟,吃肉都不带咂嘴才行。外面桌上只有别的菜。有的邻居是等着的,走进来找不见,故意要问:"汤姨,你今天不是割肉了么?"母亲说:"你是摸黑起床撞墙了吧?"闪进屋里,母亲还教导我们,不是她在撒谎,而是去人家桌上没找见肉,不能说看见他买肉了,这叫打脸,是邻居的不是。我们都点头。道理都在母亲嘴里。

母亲从小受到教育，是要懂得"忍嘴待客"，自己不吃也要让给客人，但客人又没有儿子重要。偶尔割来一块肉分量十足，炒成一大盘，母亲就留一小碗，余的摆在邻居都看得见的饭桌。只要一个邻居挟了一筷子，很多邻居都会闻讯赶来，但最后会剩一筷子菜，牢牢地嵌在碗底，像一种纪念。

那时说肉，特指猪肉，大家只认猪肉有如信仰，别的肉仿佛都不称其为肉。母亲调入贸易公司，可以弄到蛇肉和团鱼肉。当时，贸易公司一项主营业务，是大肆收购蛇和团鱼，也就是王八。蛇剥皮卖广东，说是用来绷二胡；团鱼只留壳，是一味药材。蛇肉团鱼肉都是"生产废料"，内部出售，绝对管够。我记得去皮的蛇肉斩好了一段一段，母亲买回来放盆里，白花花的一盆，仿佛仍在欢快地蠕动。锅要架到屋外，铲要换成一块片柴，油要倒半壶，肉段放进去，不但蠕动，简直欢跳。煎成焦黄肉段，再稍稍放冷，母亲会掰开来喂我和弟弟。我俩一概把脖颈抻长，嘴往天上张开，母亲说实在像是喂鸟。蛇肉管够，邻居也拿一些走，大都是小孩吃，大人不尝。"我们不吃怪物，小孩要吃没办法。"那时虽然偶尔开荤，人们心里却有古怪的坚持，很多东西都叫成"怪物"。他们还说蛇肉招蜈蚣，不是怪物是什么？外婆也反对。"煎这个太耗油。"她心疼。猪肉能出油，便是好东西，这个耗油，简直是败家。外婆对事物的判断，数十年不变。蛇肉不让吃，团鱼肉炖汤我们不吃，那时候没经验，没把团鱼放清水里吐纳三天，炖出的汤总有一股泥腥。于是，放着蛇肉和团鱼肉不吃，我们只能坐等吃猪肉。谁会想到，忽然有一天，蛇肉和团鱼肉都变成比猪肉更好的肉。

五

我仍是觉得那个年代特别好，八十年代初，饿肚皮算是解决了，而人们又特别迷恋吃。我现在记忆中最好吃的一些东西都邂逅于二十岁之前，哪怕是中学校门口，在一个路边店里吃蛋炒饭，店主主动附送一份汤，是将几片白菜梗投入清水中，稍一煮就有一股不动声色的香甜。一次在桂林，走进一家冷僻的食品店，意外发现我小时候迷恋过的诸多食物：猫耳朵、灯芯糕、兰花根、金橘丸（也叫作老鼠屎）……我一时眼花缭乱，买了一堆，回家摊放在女儿眼前。经我劝说，她尝了几口，再也不瞟一眼。我再去吃，竟是索然无味，所以美食的记忆也一如别的生动往事，总是恰当的时间碰到恰当的口味。轻度的匮乏，偶尔的饥饿，我真的以为是好东西，会让我怀有期待。

外公那时差不多退休，年纪大，有时候想吃新口味。母亲回忆外公，说"也是个馋凶"。"馋凶"不光是馋，还有吃独食的意思。当她们姊妹还小，有次外公搞来非常小的一块牛肉，有若珍宝。口张大点只一口，没法分，所以他等到半夜，女儿都睡去，再扒开火灰用炭火烤。但饥饿放大了嗅觉，女儿纷纷被牛肉香惹醒，围到火塘边。外公这时才想起，自己是两个女孩的父亲。他把肉掰开，一个分一点，自己只能舔手指。

母亲经常讲这些故事，特别是当天饭菜没弄好，难以下咽的时候。我倒是蛮喜欢听，这些都是用于开胃的故事。事关外公的部分，母亲讲完，会加上一句："他就是有点馋凶，除此以外也是蛮好的人。"

搭帮外公是馋凶，我吃了很多生命中的第一次。比如皮蛋。是一部电影启发了外公的灵感，片名叫《陈奂生上城》，有个情节是用泥巴裹着土豆当皮蛋卖。那时候个体户刚出现，电影本想针砭时弊，却意外搅动外公的味蕾。"有多久没吃皮蛋了噢。"他问，"贸易公司应该弄得到。"母亲说："是副食品公司管这个。"计划经济时代也有好处，就是把每种食品都搞得很珍贵。找到熟人以后，就弄到几只皮蛋，不能放开吃，每次剥开一个，顶多两个，用尼龙线绷直了，划开，浇上烧辣椒和老醋。我一吃，竟然还有这么好吃的东西！

那时候老有这样的感慨，比如我吃第一只香蕉，第一个烫面饺，第一碗绿豆凉粉，都是好吃到不可方物。对生活还是充满期待，虽然平时会撞上各种麻烦事，比如老被坏小孩欺负，但只要碰上好吃的东西，别的事都可抛之脑后。

吃了几次皮蛋，意犹未尽。某个上午，我和弟弟照常被反锁在家。我跟弟弟说："找找皮蛋，应该还有。我们一人吃一个。"弟弟雀跃："好啊好啊。"我俩满屋子找。功夫不负有心人，我俩爬进外公外婆睡床的底下，将塞满的东西一件一件清理出来，终于在最里面一只瓦楞纸盒里找到一堆土黄色、毛毛糙糙、但依然看出来是椭圆形的东西。那还等什么呢，吃！

弟弟首先一声怪叫："怎么这么难吃？"

外婆回家以后，打一盆热水，把我两兄弟的嘴像扒牲口一样地扒开，用毛巾一角仔仔细细清理牙缝里的麸皮和泥屑。"吐啊，吐啊，使劲吐！"外婆迫使我俩把舌头吐出来捋不回去。"皮蛋好吃吗？"外婆又仰起笑脸问。

母亲下班时，想要生气，却先笑得打起哆嗦。她跑出去把这件事讲给院里每个人听，然后屋门口就有了一堆人围观。他们想看看被我俩咬剩的皮蛋是什么样子。而有个别邻居竟说想看看，皮蛋到底是个什么东西。

六

我在家带弟弟，一出这家门，更多是弟弟罩我，纵然他明明小我一岁。

那时我特别容易成为别的坏小孩攻击的目标，就因走路走不稳。那些坏小孩，见我走不稳，他们就手痒。

"怎么搞的，是不是有小儿麻痹症？"他们乍一过来，还会佯装关心，然后把我夹在中间推搡。最好的应对措施是埋头走过去，我知道。走过去了麻烦自然也过去，但这几步，于我而言有些遥远。他们一旦推搡起势，我便在几个坏小孩中间一圈一圈打转。

我走路不稳，有亲戚看出来，我两只脚不一样长。母亲坚决予以否认，还扯直我两条腿仔细观察，反复对比。但这种对比缺乏严密可靠的步骤，大多时候取决于心情。当母亲心情好，看得出我两腿一样长，但若心情低落，也觉得两腿长度存在细微的差别。而我自己打量两腿，自然是一样长，若不一样长，我挪一挪，便一定会像筷子一样墩得很齐。但有一天早晨，我的那点自信被事实粉碎。有一个早晨，我走到离家不远的一块操场，正好起雾，我忽然听见身后传来坏孩子在叫嚷："打死它，打死它！"我条件反射地有了害怕，不需多想，一定是冲着我。回头一看，坏孩子还隐匿于浓雾之中，我看不见他们，他们也看不见我，于是我想到跑。能见度太低，操场草皮带露，对我而言，像茫茫的草原一样辽阔。我费劲巴力跑一阵，倏地发现，前面雾中依然出现那帮坏孩子的身影。我自知躲是躲不过去，索性站着不动，但那些坏小孩纷纷从我眼前跑过去。当天他们注意力在一只狗身上，他们拿起石头追打那只狗。我松一口气，悄悄走入最浓的一团雾中，对那只狗怀有深深的同情与感激。

冷静下来，我意识到，当天我以为自己朝前跑，其实是跑了一个圆。最合理的解释，是我两只脚不一样长，步幅的微小差距积累起来，最终导致我在操场上跑出圆圈。

我住的那个杂院的院门，其实也是一道安全线，外面确有不可测的危险。但待在院里，也未必全是安全，家长也有照顾不到的时候。我家住一楼一号，步上台阶必须向左穿过二、三号的房门，才能到达自己的家。二号王阿姨家跟我家关系很好，三号则像个周转房，不停地变换住户。有一阵又有新的住户搬来，家里有三个孩子，一个哥哥大我一岁，两个弟弟是双胞胎，跟我同年。这家搬来不久，三兄弟盯上我了，我走路的姿势他们想笑。我留意到，三兄弟是由老大说了算，老大觉得我好笑，双胞胎兄弟便跟在后面发笑。当然，不止于此，终于三兄弟拦住了我，用脚使绊。我尽量让自己不被绊倒，然后挣扎着回到自己家里。外婆总是在家，弟弟也在。我把门关上。

但我不可能每次都这样幸运,很快地,我便被老大一个扫堂腿绊倒在地。当我想爬起来继续往家里跑,他便跨骑在我身上。他像是骑着一匹马,嘴里发出驱马的"嘚儿驾"的声音,以逗他弟弟笑起来。双胞胎弟弟很配合地笑起来。

我弟弟在家,终于听到动静,探出头来看,但并不吭声。他返回屋内,找出母亲洗衣用的那只棒槌,再冲出来,照老大脑门顶敲去。老大的脑门和棒槌差不多大小,不被敲中都难,我听见他迸发一声惨叫,蜷起身子便往旁边一滚。我弟弟天生懂得一不做二不休,赶过去又敲一下,敲在额头,挂了彩。我身体愈发抖起来,怕他们三兄弟报复。我俩不是三兄弟的对手——说白了,弟弟不是他们三兄弟的对手。

稍过一阵,我见双胞胎兄弟并没有往前冲,而是向后挪步退到屋门口,随时扭头钻回自己家。那样子,把大哥关在门外也是在所不惜。弟弟从容地给了老大第三棒槌,老大闷哼一声,没有动。我以为他必然剧烈地反弹,这样弟弟肯定要吃亏。过一会儿,他肆无忌惮地哭起来。我弟弟扛着棒槌,不打正在哭的人。

老大的尖叫引出他母亲以及我的外婆,两人把我们分开,而她俩又在一通嘟哝中完成头一次交锋。

老大头上的绷带缠了一个礼拜,母亲擅长与人交谈,道了歉,赔了医药费,就算将这事情了结。当时小孩打架,打得负伤,家长也不是很计较。

父亲放假回家,母亲才把这事讲给他听。"打得好。真不容易,只有手狠,才敲得准。"父亲年轻时练过武,打架是一把好手,有很多临战经验。"但不要往人家脑袋上敲。你现在还没有手劲,要是有了手劲,这就麻烦了。"

我一直防着三兄弟报复——其实也防不了,我家又不可能因此搬走。但很奇怪,从此,他们三兄弟看着我走过去,不再有任何纠缠。甚至有一次,当我弟弟走过去时,双胞胎中的一个,还猝不及防地走过来,将一个塑胶玩具塞给弟弟,示好,要一块玩耍。于是他们就一块玩,仿佛一直都在一块玩。

我看着这一幕一幕的发生,忽然间像是明白了人世间许多道理。当然,那时候我还小,而这些领悟都只在头脑中保留或长或短的时间。我对弟弟产生某种依赖,在家里是我带他,但出了家门,其实是他罩着我。弟弟虎头虎脑,沉闷,不晓得怕。四岁,本该读幼儿园,但一离开弟弟,和别的许多小孩在一起,我就紧张,甚至冷不丁地发抖。幼儿园离我家住的地方太近,也就百把米,所以我一瞅老师不注意,就往大门门缝一钻,跑回家。总是外婆在家,她揪着我送去幼儿园。逃学事件多发生了几次,阿姨也烦,她们跟我母亲建议:"像他这样不适应的,很罕见。要么,等他明年再来?"再过一年,我和弟弟一同去幼儿园,上同一个班,有弟弟在身边,我才敢放心。我时不时要拿眼睛找弟弟,他看似沉闷,在幼儿园却爱和小女孩说话。

七

别人大都是四岁读的幼儿园,我因逃学太多推迟一年,五岁才读。同班还有我弟弟,他属于脑袋不太想事,又特别护我的那一种。我和别的小孩扯皮,声音大一点,弟弟就拢过来,脸色不好看。其实虽然我走路不稳,毕竟大一岁,小时候大一岁仿佛就大很多,在班上不会有别的小孩欺负我。我找到一丝安全,接下来的事却又意外:我开始欺负别人。

有一次,是在厕所撒尿,我知道他有点怕我,主要是怕我弟弟。我想了想,把尿撒到他鞋面上,一定要找什么原因,是那天心里升腾起一丝古怪的喜悦。他想了想,就把尿撒到我的鞋子上。那是冬天,棉鞋吸湿,互相撒了好一会儿才感觉有点湿。出厕所就打起来,地面泥泞,我俩属于平时闷声不响的,打架也是闷声不响,泥地里滚。我以前很害怕被打,但真的打起架来,发现自己来不及害怕,是一种紧张和兴奋的情绪,甚至都不会感到疼。虽然我大一岁,毕竟身体不灵活,动作不协调,天生就不该去打架——谁又天生该打架呢?渐渐我落了下风,旁边有很多同学在看热闹。我们还没学习思想品德,不晓得有人打架要拉架,一个个木讷地看着,好在也不起哄。我弟弟冲过来,情势就发生巨大的扭转,他扛不过我兄弟俩,很快就只有挨揍的份。阿姨就像警察一样,事发很久赶到现场,将我们拉开。

他说是我将尿撒到他鞋上,我反咬一口,反正鞋子都一样湿。他也有些嘴笨,看上去很老实,阿姨就没法判断谁在撒谎。"两个平时看起来都很老实,不是惹事的人啊。"阿姨彻底陷入了困惑,这事情就找不出肇事人。我正要暗自庆幸,忽然发现自己竟然也是个坏孩子。在我一直害怕被坏小孩欺负的时候,不知怎么也拥有了坏小孩的心思。

阿姨可不是吃干饭的,她们火眼金睛,她们明辨是非,一番盘问,又找了旁证,批评我连带上弟弟。我俩挨罚站,一齐站到教室后面,贴着墙。弟弟疑惑地看着我,他想不通自己站都站不稳的哥,几时晓得欺负人了?

我回避弟弟质询的眼神,同样也想不通。

我在幼儿园读了一年,阿姨跟我母亲说:"你家老大应该去读大班。"母亲强调我身体弱,容易被欺负。阿姨就笑了,说你小看了你家老大,他没你以为的这么……软弱。我想,阿姨本来是要用"老实"。母亲听出话里有话,一问,阿姨也就全说。我惹事引发的打架有几起,仗着和弟弟一个班,欺负别的小朋友。阿姨索性说:"这种事情我们见得比你多,小孩在家长面前当然都会显得很老实。"

我又回到最初去过的那个班,一下子我又成为班上最小个的,坐到最前排,加之离开了弟弟,我马上变得很老实。一次一个小女孩追着一个男孩打,男孩把我当成挡箭牌,往前面一推。女孩没有收手,一爪子伸过来在我脸上留下几枚印痕。"疼不疼?"阿姨往我脸上擦红药水,问我,我摇摇头。奇怪地,此时我不像以前那样害怕被别人欺负。遇到这种事情,一想自己其实也是个坏孩子,就没什么好委屈。

八

从此后我始终比弟弟高一级,但并不妨碍我们随时在一起,有时候,甚至更便于随时在一起。我们读的都是箭道坪小学,弟弟偶尔生病,是我去他所在的班级跟他老师请假。

反之亦然，弟弟也没少帮我请假，实际上母亲清楚，弟弟是真病，而我经常是懒得起来，不肯上课。母亲拿我没办法，因为难产，我有诸多毛病，她心里一直隐痛，觉得是欠我的。而我何尝不是在利用母亲这份歉疚？

那时候打电话不方便，班主任也不会向我们父母查证。于是我突发奇想，有一阵我跟弟弟授意，每天早晨到学校后，他去我所在的班级，我去他所在的班级，互相请假，然后再溜出学校汇合。我们班级不在同一栋楼，所以这样的事多有几次，也没见穿帮。

我和弟弟不上课，主要是想去看连环画。县城很小，有十几家租连环画的摊铺，有的是坐店，书很多；大多数是租书摊，老头挑一个书架，摊开了摆在某个单位大门口，架上只有百十本连环画，但一般都是最新的品种。租书的价格按书的定价来，两角多的收两分，三角多的三分，依此类推，但那时候连环画定价上四角的，都有砖块那么厚了。定价末一位零头，起先都抹除了，后面四舍五入，比如定价三角四的收三分，三角五的就收四分。对于租书的人，定价的这点变化是大事，我见摆书摊的老头没少跟人吵。我和弟弟不计较那一分钱，但会偷偷地换着看，趁摊主不注意，互相调换一下，租一本的钱就看了两本书。摊主很快会有疑惑，盯着我们两兄弟，所以这也是技术活，我俩必须租厚度差不多的书，同时翻开，又必须同时结束，会一个眼神，书悄不觉换了过来。

有个老头很快识破我俩的鬼把戏，只好又换一家。后面是到一家姓滕的租书铺，摊主大气，几乎是默认了我俩的换书行为，所以就一直在他家看书。外婆每周各给我两兄弟一块钱，在小伙伴当中算是手头宽裕的，两块钱够去租书铺看好几天。

除了看书，我和弟弟互相请假的那些天，去得最多的还有城郊水泥厂的采石场。那里经常停工，轨道矿车摆在工地。我和弟弟一同将一辆矿车推到半坡，再一同跳进矿车顺轨道下滑，一次一次重复，很傻的游戏，却从不感觉厌倦。这个场景，我反复写进自己的小说，不为别的，记忆太深刻。现在想来，还是奇怪，当时为什么就百玩不厌呢？

九

我俩一起看书，从连环画慢慢换成武侠书。租书店和书摊全都只有这两种书，起初我们不理解为什么要看字书，没有画，到三四年级，忽然不想看连环画，要看字书。起初还是童话和《故事会》什么的，自从在家里找到《射雕英雄传》，看完以后，除了武侠小说就再不想看别的。看完是一种吸毒般的领悟：你这十来年白活了，学校和家庭都跟监狱似的困住了你，外面的世界天宽地阔……我记得好看的武侠小说，总能在看完之后有好几天的恍惚，活在日常生活中，却异常地不真实。弟弟唯我马首是瞻，我看他也看，我上瘾了，他更上瘾。他异乎寻常地相信我，所以，我得到的乐趣总能在他那里翻倍。

搬到山上自建的宅子居住，房间管够，我俩可以各住一间，但很快又住在一起。独自睡，晚上没人说话。我两兄弟躺一张床上说话已经成为习惯。再说，上山住最初的一段时间，盗贼很多，一年有好几次爬进屋子，什么都偷，有一次还偷了弟弟的五分裤，是父亲从深圳中英街带来的，弟弟立时将其当成心爱之物，一旦被偷，不免有点撕心裂肺。他在街上转了三天。"那件裤子，城里不会有第二件，要是撞见我一定认得出来。"当然，他没有找见，母亲心里却是想，幸好没有找见！母亲劝我俩还是睡一块。"也好有个照应。"我俩也乐意，晚上可以一块干点事情，比如在被窝里看武侠小说，打一只电筒。我还用木棒弄起一个支架，专门将手电筒悬挂起来，这样就省了手的力气。有过趴被窝看小说经历的同龄人都知道，这种搞法，固然眼累，其实手更累，经常第二天上午提不起笔。

我很快发现，租书铺的小说大都是伪作，封面上标着的金庸梁羽生，其实大都不是。真正的金庸每一本都好看，但伪金庸真是倒坏了胃口。我相信新华书店买的宝文堂版的金庸小说，一定是真的，但租书铺遍找不见。

"我们凑钱买来看。""好。"弟弟把零钱攒下来全给我，我俩一套一套地买，一套一套地看。不同在于，我只看一遍，想着再攒钱新买一套。弟弟喜欢反复地看，宝文堂版的金庸看完，我们又喜好古龙，一套《绝代双娇》他不知看了多少遍，那里面正好是写一对兄弟。被窝里看小说，得来一种异样的真实效果，看到描写上佳的段落，我真心怀疑，被子一掀开，外面真的是一片刀光剑影。

我俩视力迅速下降，引起父亲怀疑。有一天半夜，被子突然被掀开，书被缴走。父亲很严厉，措施也严密，手电筒缴走，我俩又不可能在被窝里点蜡烛。

小学要毕业的时候，任天堂游戏机变得很流行，我们在外面游戏店里玩，两角钱只能玩几分钟。一次过年，我不知是用什么计策，和弟弟合伙提留了百十块压岁钱，偷偷买了一只游戏机，品牌现在还记得，叫"黑金刚"，并带一个游戏带，任天堂最经典的四合一，玩过任天堂游戏的肯定脱口而出：魂斗罗、沙罗曼蛇、双截龙、赤色要塞。游戏机要接上电视才能用，所以我们开始埋怨父亲是个夜鬼，每天看电视要到一两点才肯睡。就在那时，父亲听人谣传，说因为我们拍的抗日片太多，日本武术高手下了战书，成龙李连杰祝延平原文庆等人必须迎战，为国争光。凌晨三点以后，运气好的话会有直播。那一阵父亲几乎夜夜守通宵，他年轻时练武，将自己当成武林人士，真心喜欢看人打拳比武。

父亲的轻信真让人抓狂，我俩在床上眼睁睁地等待父亲入睡。父亲守候直播的真人比武，守了有大半月，终于死了心，又按点睡觉。他们都睡了后，我和弟弟将电视机蹑手蹑脚搬进我们的卧室，摆在床的一头，再连上游戏机，打到父亲早起之前归回原位，日复一日。白天上课，几乎都是端坐着打瞌睡。那是我记忆中最过瘾的一段时日，时间因黑白颠倒而变成一个整块。我手脚不灵便，打游戏不在行，比大多数小孩都差一大截。后面又掏两块钱买了一本秘笈，魂斗罗能加到 99 条命，而沙罗曼蛇每一关都有个安全体位。终于，四个游戏都被我以舞弊的方式打通关，正打算去买新的游戏带，有一晚父亲佯装去睡，杀了个回马枪，游戏机便和母亲的存折一道锁进了他俩的床头柜。

十

  我俩形影不离的状态在读初中后有了变化。随年龄增长,我俩都知道兄弟是无可选择的事实,而生活中还有与各自性情更为相投的一帮朋友。他低我一个年级,有了自己的一票小兄弟,而我虽然性格不太合群,好歹也有几个玩伴。我们各自扎进自己的一堆伙伴中,玩不一样的游戏。到初中时,仍是弟弟"罩"我。"那几年社会很乱。"母亲忆起九十年代初,总先来这么一句,定个调子。年轻人都怀有一股暴戾情绪无处发泄似的,街面上几乎每天都有打架,打架狠的家伙便是小城名人,茶余饭后被人挂在嘴边。我们要上晚自习,回家不安全,落单撞上找茬的,无故被打一顿。打了白打,挨了白挨,警察叔叔管不过来。我仅有的几个玩伴皆不同路,弟弟说:"你跟我们走。"他和他们一票小兄弟都统一买了蓝色的T恤,看上去就是群胆群威,不那么好惹。我问我要不要买同一颜色的衣服。"你随便。"于是我下了晚自习,便夹在一帮蓝衣兄弟里面,每晚安全到家。他们还说:"就你一个随便穿,看上去倒像是老大。"于是我也赶紧跑到菜市场买一件蓝T恤,还问老板,多洗几水不会掉色吧?

  随着成长,到一定的年龄,我俩就分床睡。这仿佛是一种必然,虽然谁也没有规定,也许是亲戚来串门时无心地提起:你俩还睡一起啊!于是就分开了。反正我家自建的楼房,房间管够,各自一间。偶尔我们也凑一块睡,是为了说话,他有了喜欢的女孩。他喜欢跟我讲那女孩的事,下晚自习他还拽着我在校门口等待，把那瘦小的女孩指给我看。晚上回家便要躺一块聊那女孩，我觉得蛮有意思。有时候，心头倏地一紧，意识到我们会越来越疏远。

初中以后时间突然加快，我去市里读高中，成为寄读生，弟弟按父母的设计去读郑州烟校，毕业后再不济可以去烟草公司顶母亲的班。小县城就是这样活法，若混到一个好单位，就想方设法当成家产传下去。我读完高中考不考得上大学很悬，弟弟的命运却早早定调，读三年分到一个不错的单位，不出问题一辈子有了依赖。郑州很远，要在襄樊转一道车，父母去送了一次，母亲中途几次呕出苦水，再也不敢去。从此远在郑州的弟弟，就像猴子从石头缝蹦出，无人监管。他比我有见识，人在北方也学会了闲侃，带有河南腔，放假回家都是他滔滔不绝地跟我讲远方的事情，学各地同学独特的腔调，似有这方面的天赋。我几乎只有听的份。他个子也比我长得高，学会用摩丝打理头发，会攒钱买那些上央视的品牌衣服。亲戚们都说，我俩在一起，他越来越像哥哥。我无所谓，甚至自己也有这感觉。他还去找当初那个女同学，但人家考取了重点大学，母亲告诉他，彼此已不是一路人，这个强求不得。我看弟弟也没有强求的意思，他的一票小兄弟里面也混进不少妹子，一看就跟他们是一路人。

1997年香港回归，弟弟开始上班，我还在读书。弟弟是去一家烟厂，收入不错，每月给我一些零花钱，我都笑纳。过年回家，他再受不了我的随意穿着，冲我说，哥你也要讲究一点，不能老是去菜场买衣服，要逛逛牌子店。于是他带我逛了几家国产牌子店买了一身过年的衣服，确实比菜场买来的熨帖。但那些名牌，到今天应该全倒闭了。

弟弟本是操作工，但有理想，很快去厂报当了编辑，除了编稿每周还要自己弄一篇文章。当然，这些文章都是我帮他写，所以我最初的编辑正是我弟弟，编发以后署他的名字。不久他又是采购员，接着又成厂办秘书。其间我也大专毕业，没有分配，自己打工并开始了写作，一年发不了一两篇稿。弟弟劝我找个女朋友，缺钱管他要。他是好心，但这话说得我更不敢找。当了厂办秘书，弟弟不免踌躇满志，打算从政，当一名领导。"到时你混不好，我也把你弄过来。"弟弟甚至这样跟我说，脸上是蛮有把握的表情。2003年厂子忽然垮掉，全省只保留两家烟厂，别的烟厂应声倒闭。弟弟买断工龄得了一笔钱，十多万，在当时算是不少。弟弟不肯回家，一直待在那个县份。他喜欢打牌，父母叫我过去将他拎回来，怕他的钱都扔在牌桌上。

往后时间越过越快，弟弟2006年有了一个女儿，名叫惟惟。当时，弟弟两口子都在云南做生意，侄女是由父母和我带大，侄女跟我很亲。当时我以为，我这一大家子必然的格局，是他俩在外面生意做得顺畅，多赚几个钱补贴家用，而我安心在家写作，顺便照看日益老去的父母。这似乎也符合彼此的心性，我是超级宅男，虽然不懂照顾人，随叫随到没问题。弟弟屁股长针根本坐不下来，就适合到处乱跑。我结婚很晚，侄女六岁时我也有了女儿，名叫彤彤。彤彤会走路以后，惟惟已经懂得怎么带这个妹妹，她带得非常好，比同龄的小女孩都更有耐心，也会忍让。彤彤几岁大的时候，已与姐姐形影不离，须臾不可分，白天一起疯玩，晚上还要睡一块。母亲说这可能是遗传,你和弟弟关系好,所以你们的女儿也这样。我搞不清这遗传是怎样的逻辑,但心里毕竟安慰,出去旅游带上她俩,她俩的亲密便像一道风景,让朋友们有很多感叹。毕竟到这年月,还有几个小孩懂得照顾弟弟妹妹?仿佛是数十年前的情形。

生活总是让人难以预料,弟弟和亲戚外出做生意,终是亏得一塌糊涂,又回到家中。而我这从未打算去往别处的人,却突然有机会调到外省工作。我和弟弟像是彻头彻尾作了一个调换。有一阵,他在家中很消沉,不到四十,什么都看透了似的,每天枯坐家中看网络小说,偶尔打打游戏还是单机版。后来,我又独自生活,而弟弟的婚姻在我看来也名存实亡,老婆一两年见不上一面。偶尔回到老家,晚上我又去弟弟房间,两兄弟躺在床上抽烟,说话,就像从前一样。聊到半夜不睡,烟只剩一支,就各抽半支。这时候,我恍惚得来一种错觉:这些年,这么多时光的流逝,其实并未真正发生。

小票贩

一

我从小喜欢翻书，最初还不认几个字，读不出文意，翻书是要从里面找邮票。翻开父亲的书本，经常会找到里面夹着的信销票，找出来就变成我的。我和父亲似乎达成这样的默契，于是我很早开始集邮。那时我四五岁，所谓集邮，就是翻父亲的书，他爱将信销票夹进书本，我则取出来放入一个装蜂王浆的空盒。父亲有限的一柜化学教材教辅，全被我一页页篦过，生怕有遗漏。后来我盯上父亲的几本相册。那些相册，内页是黑卡纸，要用相片角将一张张黑白照片固定好。封面封底则是硬纸板，翻开了，封面封底的内侧都贴有邮票，是一种时兴的装饰。我慢慢懂得认邮票，知道书本里夹的邮票往往是最便宜的，贴在相册里的，是"特"字头和"纪"字头，年代已然久远。父亲夹在书里的邮票，我翻到就归我，相册上的不能动。

一天下午，我灵魂出窍似的，趁父亲不在，用父亲废弃的刮胡刀片，将相册里粘着的邮票全揭下来。我揭下其中一枚，感觉犯了死罪，少不了要吃一顿饱揍。既然挨揍不可免，我索性一不做二不休，一枚一枚全揭了下来。

我手在发抖，目光黏在邮票上拔不下来。

其实我极度害怕父亲，偶尔看见他背影都会打哆嗦，但相册上粘着的邮票对我有无与伦比的魅惑，每天念念不忘，实在是一种煎熬。

父亲当初自己熬制糨糊，很稠，据说用不完可以吃，所以邮票粘得死紧。那时我已知道，邮票不能揭薄，刀划下去就重，相册的硬纸板被割出一个一个惨不忍睹的窟窿。

父亲发现后，把我叫去，"是你干的？"只能是我干的。当初，发现我喜欢邮票，父亲支持。那时候在小孩们能接触的有限的爱好中，集邮无疑是最值得提倡的，据说可以增长知识。我记得，小时订阅的作文杂志里，每期都会有关于集邮的篇什，是我重点阅读的内容，不外乎锲而不舍地弄到了自己所缺的那枚邮票，套票集齐，自己一瞬间成为最幸福的人。

那天，父亲脸色蓄积起来，一点一点发青。他总要酝酿一会儿，拖一拖时间，也是先给我一个下马威。这次眼看会有一场惨烈的打骂，我只能硬起头皮扛过去。父亲这次蓄势太久，把站在一旁观望的母亲也搞得提心吊胆，终于出手相救。

"他本来不懂集邮，是你教他的。"母亲找这样的理由。父亲一愣，这么一讲，这次事件就变为他自作自受。有母亲干预，当天，父亲咆哮几声就算过去，还呵斥道："不能有下次！"我赶紧说好。

贴在相册封面封底的邮票都被我揭了下来，本就不会有下次。

那时父亲在外地工作，回来会给我几枚邮票，应该都是向单位同事要来，或者父母通信时约定好不贴普票。我叫父亲自己别撕，把信皮整个给我，或者带信皮剪下来，再用水泡。父亲老是感叹，以前太多好邮票都让别人拿走。我不是很信。我去过他教书的乡镇中学，一共只有几个老师以及比老师多不了几个的学生，不会有多少信件。父亲说他一直集邮，我稍稍有了集邮知识，就知道他其实不懂集邮。他老是将邮票揭薄，稍微入门的集邮者都知道，那是将邮票毁了。

幼儿园读到大班，阿姨叫我们把邮票都插进一本邮册里面。"要以班级为单位，邮票会很快多起来。要是每个人都只集自己的邮票，那每个人都少得可怜。"阿姨还问，"难道不是吗？"小朋友们齐声回答"是啊"。阿姨讲话总是含有深刻的教义，且寓教于乐，集邮还不忘见缝插针灌输集体主义。于是我从自己邮票盒子里挑出最丑的，现在正好奉献给自己所在的班级。快毕业的时候，阿姨忽然在班上宣布："对不起大家，那本集邮册子不见了。"当时也无所谓，但这事情也一直没有忘记。一个人记住什么，忘记什么，其实都不由自主，特别是小时候发生的事。

二

那时小孩总有集物癖，东西都分门别类整理好，大人调教的，也是环境所迫，到手的一切东西都不许乱扔。学校每年都有个人收集的集中展示活动，收集达人一跃成为校园明星。这都导致当时收集爱好者比比皆是，比如集邮，每个班级都少不了十个八个。我自己感觉，那时候时间太漫长，能玩的游戏太少，要用收集一切小玩意儿来打发时间。当然，我们收集的物件，大体形致、材质和规格上要有所统一，不可能把自行车辐条、筷子还有母亲的勾针插在一起，说是自己专属的收藏品，那也没人跟你玩。我们的收集多是以纸质品为主，邮票无疑最为广泛，还有连环画、烟标、小烟封、糖纸、火花、拍画、饭票、电影票、车票、景点门票……非纸质品的也有，毛章、弹壳、啤酒盖、玻璃弹珠、马赛克、擦脸霜小铁盒、小刀、卷笔刀、转铃盖……但往往过于小众，而且非纸质品经常容易引发盗窃，比如转铃盖和马赛克，被校方明令禁止。纸质品似乎意味着安全，虽然总有人想用过期的电影票混入放映厅。

我一直以为，这主要是因为大家都没有零花钱，手头拮据，只有倚赖各种收集，给自己带来一份虚幻的财富感。

我弟弟搜集纽扣和废弃的电器零件，没事就在地上摆一大摊，展览给自己看。看一会儿就把两堆东西搅成一堆，然后再分开。我问他为什么这么做，他说这是两支军队在打仗。起初，父亲听之任之，好像这也没什么坏处，但弟弟直到十几岁，初中都要毕业，仍在玩纽扣和零件，父亲一时又绷不住脸，怕亲戚朋友进来撞见，突然发现老田家老大没傻，老二却始终没见长大。弟弟的藏品被没收，果然醒悟过来，自己已是少年郎，从此，衣服要自己挑才肯穿，喜欢在镜子里面反复修整一绺头发。

三

我天生对各种纸质品有浓厚兴趣，一如母亲所说，我从小有些邋遢（其实现在也是），屋子弄得乱七八糟，唯有纸质品和书籍，一定分门别类整理得一丝不乱。这甚至是一种强迫症，我的书，谁沾口水翻页我一定喝止，要不然一旁看着，小心脏实在受不了。有人喜欢带书去厕所翻看，我真怕他看完以后，习惯性撕下几页当手纸，这号朋友问我借书绝不应允。

童年时，遇到形制整齐划一的纸片，我是下意识地分门别类整理好，先是用家里那些厚重的书夹起来，同时也是整平，再用一个夹子夹在一起，放进书包，可以随时和别人交换。邮票每一枚得来都大费周章，太不容易，而每一天都如此漫长亟需打发，我也要玩一些相对易得的品种：烟标、火花和糖纸。我的性格用本地话说有点"夹"，也就是一根筋，发现有目标就穷追不舍，直至得手。

我搜集烟标，得益于在烟厂当资料员的小姨，因工作关系，她轻易就搜集了不少烟标，拿给我看，全是簇新，没用过，而我只能地上捡起来摊开压平。小姨的藏品一一翻看，那种眼花缭乱，美不胜收……现在已难再找到这般的震撼，可见当时物质贫乏，视觉也处于饥饿的状态，随时等待着沾染丰富的颜色和画面。我知道是小姨的珍藏，没开口，自己仍旧在马路上捡烟壳。地上能捡到的，只有常规品种，诸如"节约""古湘""老司城"；稍微上档次的"思思""阿诗玛"，碰上就算运气；至于"中华""小熊猫""大重九"等珍罕品种，必须要跟烟鬼们搞好关系，及早预留才有。有一天，再去小姨家，想将那些烟标再翻看一遍，小姨说被一个画家借去。画家正为她所在的烟厂设计新的烟标。这事我牢牢记着，过半年画家仍不将小姨集藏的烟标还回来，据说还去了海南。我估计是有借无回了，就像书一样，借出去，自己不索取，别人总是忘记归还。除了书，其他东西都能记住还，这事情我一直没想清楚。画家是父亲的好友，我问父亲能不能写封信，将烟标要回来。父亲说那怎么好开口催还，还写信！

我找来画家的地址，写信给他，几经周折他家里人交给我一个牛皮纸信封。我装模作样拿给小姨，如我所愿，小姨就说归你了。我分明记得，当初见到的不止于此，画家还回来的大概只有一半。我还要再写信，去父亲抽屉里找邮票寄，被父亲发现，并迅速查清我的目的。"你记错了，总共就这么多，他还能藏下一半不还？"父亲告诫我说，"别把自己搞得像讨债鬼！"

我只好作罢，但得来的这一批烟标，也足以让别的小孩个个垂涎欲滴。

失手的记忆也同样多，有得有失，这才导致整个收集的过程让人如此欲罢不能。比如说糖纸，本不打算收集，因为这几乎是女孩的专属，但那时候我爱吃糖，糖纸剥下来用书压平，明明就是收藏品，又岂能错过？糖纸很快藏有几百枚，碰到同年级两个男孩，叫我周六下午到一个地方交换。那时手头零花钱都少，物物交换是每个人必备的技能，如果有眼力，懂得谈判的技巧，藏品便会在一次次交换中滚雪球似的增多，或者质量档次暗自提升起来。那天下午，两个同学在交换中显出一股大气，我想换，就给我换过去，不多计较。我以次换好，以常见品换珍罕品，内心已然按捺不住欢喜，表现要镇定裕如，这是不断与人交换中得来的经验。事毕，他俩说，一个人藏老不见多起来，不如把我们的糖纸都凑在一起？这话听着挺熟悉，我心里仍是暗自一喜。他俩带我去党校旁边一块宅基地，堡坎都用青石砌成。其中一个同学从书包取出一只铁皮盒，我们三人的糖纸放到里面，也才占一半地方。他们在堡坎上找出一块松动的石头，扒开，里面的缝隙，不大不小正好可以藏住那只铁皮盒。

"我们攒起来一些，就自动放到这里面，等攒满一盒子，我知道去哪里换钱。"其中一个同学满有把握地说。我觉得他是一个可以信赖的人，他爸爸在县委当官，别人都说那是个好官。

第二天我起个早，赶去学校，其实绕道走党校，扒开那块松动的石头，只看见空空的缝隙。我这才醒神，"先下手为强，后下手遭殃"，这话就是朝着我说的。这事还说不出口，老远看见那两个同学，仍然微笑着打招呼。这事情就像踩西瓜皮跌一跤，爬起来赶紧走人，反正又不能扯起嗓子朝天骂娘。

四

小城这么多人集邮，竟然没有集邮公司。有人去问邮局，回复说，"票太紧，县一级单位都弄不到票。"这是做饥饿营销么？但集邮公司一直没有开起来，邮票确属紧俏商品。我们经常跑去邮政局，踮起脚往柜台里面的邮票夹看一看，如果除了普通邮票，还有别的JT票（尽管不成套），也会各自买下一枚，夹进自己的邮票册。我的邮票册长时间处于一种饥饿的状态，有时候忍不住要喂一喂。

每周六下午没课，要搞班会活动，班会要想主题，每周一个主题也是让老师敲破脑袋。我所在的班集邮爱好者极多，不集的也在书里夹几枚以免错失共同话题。这样，老师经常宣布，今天下午就搞邮票交换活动。这样确实很省事，各自带了邮册去学校，互相交换。但次数多了，谁的邮册有几枚邮票彼此都一清二楚，看都懒得看，更不用说交换。

当时我就产生困惑，既然有这么多人集邮，都想得到更多更好的邮票，即使每个人能掏出的钱不多，但人多力量大嘛。怎么就没人专门来卖这个？那时，我还没意识到，这叫商机。

终于，科技大楼底下有一家小得不能再小的书店，柜台上摆了几本邮票册子。小城终于有了邮票商，是一个中年妇女。集邮爱好者们苍蝇集秽般地聚在那里，每到店老板进来一批新票（大多是花花绿绿的外国邮票），集邮者都会把书店围得水泄不通，我们根本挤不进去。过年有了压岁钱，我会跑去多买几套，一如母亲所说："你不把钱交给我，也是交给那个卖邮票的女人。她比你妈还亲。"我并不在乎母亲絮絮叨叨的抱怨，但她同时也提醒了我：货比三家不吃亏，就她一家卖邮票，标多少你就掏多少？

我怎么才能比较价格？中年妇女在凤凰做的是独门生意，没有第二家比价的店。我想到《集邮》杂志后面总是附有大量私人邮票商的信息，附两枚邮票，就可以换来一份油印的价目，每月更新。父亲抽屉里不缺邮票，信封上的寄件人位置要将单位名称划去，这样我寄出邮票索目。母亲的话当然没错，收到最新的价目表，我才发现以前花去的冤枉钱不少，甚至，在小县城买一套的价钱可以在外面邮购两套一模一样的。

我忽然想，那我为什么不去邮购呢？

五

那时我读五年级，十二岁，邮购还是新鲜的事物，但已被浙江永嘉和苍南两县弄得臭名昭著，仿佛邮购就是把钱汇给骗子。多亏有这样的误会流传，小县城那么多人挖空心思找邮票，却从未想到邮购。

我第一次邮购应是春节后不久，手头攒起百十块钱，照着这数额订购了一批邮票。至今记得一套《白鱀豚》在邮购目录上标价两块多，在小县城至少五六块，一套《金鸡》标七块，小县城十几块都弄不到，诸如此类。给我的感觉完全如同现今听烂的一句路边摊广告词：买到就是赚到。我第一次汇款，所购邮票在价目上都有编号，我要将编号密密麻麻地写在两指宽的附言上,看着就像一串电码,营业员还问了写的是什么。一看我脑袋刚伸过柜台,便也不怀疑这里面会有国家安全问题。那时候人们的警惕性依然提得很高,去图书馆借小说,一不小心就是反特题材。

钱汇出去,我体会到什么叫度日如年,一百多块钱,在当时就是我全部的积蓄。要知道,平时每周只有一块钱零花……那时候时间本就漫长,一天怎么都打发不完,父母也如此抱怨:不开几句玩笑,看不到天黑。现在,因为这等待,日子又被抻长一倍,每一个天黑和天明都遥不可及。一周以后,更是煎熬,不知自己是否被骗了。被骗又怎么办,我这些钱虽然是自己保管,但都被母亲记录在案,学校要有额外的收费,母亲就说,过年的钱不是还没花完么?

十五天,我记得清楚是十五天,班主任分发信件,念到我的名字还嘀咕,是封挂号信。信封两端有线缝,是寄保价物品专用。我没在教室里拆信,接下来两节课心思完全涣散,直等着放学回家,闩上门在屋里整理邮票。

所以,那晚上我打开信封,见到一枚一枚用护邮套套住的邮票,首先就是一种冲击——护邮套早已听说,但小县城买不到,简直就是传说中的神器。也有个别集邮老手将这玩意卖给小学生,他们买来大概是两块钱一包,大小搭配一千个左右,卖出是一角钱五个。而我购这批邮票,护邮套都是附送的。我不得不感慨,这半月的煎熬没白费,第一次邮购,就碰到一个良心商家。

将这批邮票收拾完,兴奋尚未冷却,我又冒出新的想法:何不将邮票都卖出去,赚了钱再跟良心商家买第二批邮票？很快我意识到，这不就是做生意么？

重要的，我要给突然多出来的这批邮票编个来路，不能将邮购的事情暴露出去。当然，我也不知道这就叫商业机密。我开始编故事，肯定要来自亲戚的馈赠，但哪个亲戚会突然送一个小孩这么多邮票？那时不像现在，亲戚逢年过节送一套紧俏邮票，都是值得炫耀的事。好的，那我就只有自黑，邮票是从亲戚邮册里偷偷拿出来的。

多年以后，经常碰到过路小贩故作神秘地向我推销：偷来的，便宜卖要不要？我嗤之一笑，心里说，啧，我十二岁就玩这个。

六

第一次邮购，变成了进货，这批邮票被抢购一空，我至少赚了五十块钱，甚至，别人都懒得问是从哪来的，只问还有没有。卖完以后，放学回家，还有人朝我指指戳戳，然后有人走过来问我，是不是有邮票要卖。我懂得支支吾吾，不说有，也不说没有，其实一旦摸清行市，哪又停得下来？我已经订购了另一批邮票，寄回来要半个月，我得为这半月的断货找到恰当的说法。邮购地址就在每一本《集邮》杂志最后一页，他们疯了似的找邮票，却对集邮杂志不屑一顾。我体会到开卷有益，包括读这种冷僻的杂志。我试图让父亲给我订《集邮》，他一口拒绝，但给我订了《故事大王》《儿童文学》和《少年文艺》。那时候，我的阅读趣味正从《故事大王》转向《故事会》。

我不断收到挂号信,因为做贼心虚,我怕信件一次一次变大变厚,就像一个孕妇藏不住肚皮,班主任稍加盘问就会知悉我的秘密:我假装在读书,其实厚颜无耻地赚取同学们的零花钱。所以我每次购买得不多,让信件不至于超重,然后过几天就汇款购一次。虽然这会增加费用,但是我明白小心驶得万年船,我想一直干下去。恰好的是,我所在的班级因推行作文教改,班上同学小学期间就到处发表文章,随时都有读者来信。所以我多收到几封信,也没引发老师怀疑,虽然我发表的并不多。

小学毕业之前,我有了固定的客源。他们甚至希望我不要把生意做大,只卖给他们就好。为了表达诚意,其中几个付定金,一定要我拿着,见着邮票再扣款。过年的时候,他们的压岁钱都交给我。

多少年后我才明白,这就叫卖方市场。

七

相比别的同学,我率先进入所谓"以藏养藏"的状态,甚至不止于此,别的同学是在勤勤恳恳地集邮,而我成为一名票贩子。虽是做生意,但卖邮票毫无低人一等的感觉,因为是卖方市场,那些"客户"都眼巴巴地等我最新一批邮票,都想捷足先登,先看先挑,为此还先拿着钱哄着我收下。有时候,我能感受到手握特权,有一种当领导的心情。

我很快熟悉了其中的步骤,比如同学手头钱都不多,有的会偷偷打开父母的柜子,摸出一两张国库券。国库券换钱不是难事，三天两头就会有走街串巷的小贩一路叫嚷，专门收购金笔。其实他们也收购粮票和有价证券，嘴上只说收金笔，大家心照不宣。但我年龄小，拿出国库券去换钱，他们说这个日期太短，还要按票面打折。这简直就是吃孩子不吐骨头，我觉得做生意这种事，我可以给他们先上一堂诚信课。但看他们一个一个油滑的嘴脸，不可能服膺一个小孩的教导，也就作罢。

于是写了信，给卖我邮票的上海老板。多有几次邮购的经历，我也固定在一个地方订邮票，老板姓肖，每两月油印一期《申江邮讯》，字体像雷锋，一边歪斜，寄给我都是用 JT 票，且在备注栏里写明一条"请用 JT 票互通信件，否则恕不回复"。其实我很喜欢这种精明的态度，仿佛第一要务不在赚钱，而是不错过任何一个机会，把日子折腾得丰润起来。我给她写信（从姓名来看，应是个妇女），问国库券怎么换钱，她在邮讯里附了信件，哪个年份什么比率，写得一清二楚。我对她已有了足够信任，同学要支付国库券我都一比一，在她那里多少还吃些利息。寄国库券或者公债，要用那种专用信封，不能自己塞进去，要邮政营业员动手。县城太小，一个小孩不停地往外寄国库券，容易引发怀疑，邮政局也有熟人，说不定就传到父母耳里。我又不能找人替我寄，这样商业秘密极可能暴露。思来想去，最后我是用挂号印刷品，有价证券都夹在一本厚书里。虽然传说邮政局有 X 光机，挟带有价证券的信件都会被发现，但依我经验，纯属扯淡。

我感觉最幸福的事情，就是新一批邮票寄到，晚上潦草地做完家庭作业，就铺开十行纸，夹好复写纸，自己写一份目录，给每一套邮票合理地定价。定价有一种快感，一切仿佛我说了算，但也要在合理的范畴。因为我越来越知道哪些票紧俏，题材讨喜，只要定价合理，都能迅速出手。我写出一个价格，就能变成相应的款额，那种快感难与人言。父亲偶尔在门口探探头，还以为我仍在做作业。弟弟知道我的秘密，他也拿到他所在的班帮我卖，我给他提成。他不要，他叫我多买几套武侠小说。

邮路极其缓慢，通信汇款都不免滞后。有时候等我的钱汇过去，目录上一些邮票已经售缺，把钱寄回来大费周折。姓肖的女士建议我在她那里建一个账户，尾款都存在那里，每次寄目录，附信写上我的余额。虽然这账户只有我俩知道，但我分明体会到一种体面，一种基于彼此相信的全新的生活方式和理念正朝我扑面而来。

见我地址是小学一个班级，起初还以为是老师，很快知道我只是学生。元旦她寄来一张有奖明信片，劝我好好学习，不要把精力都用在集邮上面。为此老师找我谈话，问怎么回事，问肖女士是我什么人。我不能说是亲戚，小县城谁有北京上海的亲戚，那都是重要谈资，于是我现编，肖女士是父亲的大学同学，搪塞过去。幸好肖女士写的不是"把精力都用在卖邮票上面"，没给我制造更大的麻烦。年后，肖女士依然定期寄来目录，显然事业进一步滚大，"申江邮讯"从某期开始，油印变成了铅印，价格也整体上涨不少，我依然有不错的差价。

八

随着胃口增大,我知道 JT 票和"纪""特"票赚取的差额有限,因为它们的价格相对稳定,邮局可以买到每年一出的官方价目,虽然价目整体低于行市,但你总不能翻个倍。很快我盯上了官方价目表上没有开列的边区票和民国花纸头,五块钱买来,到小县城里翻个五六倍不成问题,依然有人抢着买。有一次我购了一套六枚的边票毛像,一看就挺有珍罕的气质,其实买到手不用十块钱。别人询价,我开口就说两百二,自己先吓了一跳。没想一个姓梅的同学,家里有钱,从来没在小县城见过边区票的影子,回家就用筷头串一坨半干的糨糊,从父亲锁住的抽屉缝里粘出国库券和公债,凑足两百二送到我手里。"这个比钱还值钱,每年都往上涨一点。"他还生怕我不收。我说知道这玩意能升值,我父母每年都买个十块八块的,想着能搭帮国家的经济发展分一点红利。但当时,我一想这一手能赚百分之两三千,先就胆寒了。以前收到的债券,也就几十块,没有过百,也就没有触碰我心底的安全线。

看着这两百多的债券,我跟自己说:这可是犯罪呵。我想起老师们的谆谆教诲:人都是小时偷针大了偷金,一步一步走向犯罪的不归路。我一时冒出冷汗。"那一套邮票太显眼,我不敢卖。"

"我加钱。"

"别的邮票好说,这一套要是找不见,我舅舅肯定发现,以后我再也弄不到票了。"我将票源说成是我舅舅,我从他那里弄来，又说，"你也不要弄你爸的国库券，一旦发现，查下来我还是要退给你。"

他也认可。这么好的生意我要长期做下去，他也要继续从我手里买。

小学毕业的时候，我的邮票越滚越多，已有十来册，而同学们能够集满两册就已了不得。我的毕业纪念册上，同学们纷纷留言：祝你邮票生意越做越兴隆！册子现在还在，兴隆大半都写成了"兴浓"。有一位姓左的同学给我留言：田永同学，希望你不要把心思放在做生意上面，我们这个年纪的任务，是学习。我们一直是好朋友，一起成长，多年以后我成了作家，他做生意成了小县城最成功的商人之一，这都是难以预料之事。

只有一个女同学，在我的毕业纪念册上写：祝你成为一名作家！

九

小学毕业，父亲不让我去市里读州民中，那是地区最好中学。理由是：怕你拿生活费都去换邮票。市里和县里不同，有邮票公司。虽然成绩好的同学都去了州民中，我倒并不在意，我的客户大都去读县一中。我要继续我的邮票生意，正因为市里面有邮票公司，我在那边做生意反倒不如坚守小县城的市场。我仿佛对人生有清晰的定位，有没有工作无所谓，反正父母成天坐办公室，在我看来是最无趣的事情。读完小学，我基本确定是要当作家，若写作养不活人，就卖邮票。我梦想着能够办一份属于自己的邮刊,我邮购而来的叫《申江邮讯》,我为何不可办一份《凤凰邮讯》?不光有邮售目录,还可以刊发邮友的文章,不光弄成活页,还应装订成册……我对办刊感兴趣,对写文章感兴趣,对集邮感兴趣,要是自己弄一份邮刊,基本上便是把自己所有的爱好云集到一处。

这样的想法令我暗自激动,我希望将来能活在自己的爱好里,而不是办公室。两年的邮票商经历,也让我心头建立起这样的自信。当然,我没想过市场是稍纵即逝,变幻无常,不可能永远属于卖方。

初中时我因别的原因,成绩猛烈下降,但集邮是父亲最看得见摸得着的原因。待我读到高中,他把我所有的邮票锁起来,冀图以此激励我投入地学习。其实父亲禁止不住我集邮,尤其高中时我已成为寄读生,去了附近的吉首市,手里又按月领取生活费,自己计划花销。父亲知道自己鞭长莫及,生活费总是要给,所以给钱时反复交代我,不能把钱都买了邮票,否则就把我转回县里一中读书。

意想不到的是,用不着父亲禁止,我对集邮的兴趣也悄然变淡。不光我,大多数爱好者都放弃了集邮。那是九十年代初,娱乐方式突然多起来,书店里新书好书层出不穷,还有盒式磁带大行其道,我要将节余的钱买书和磁带,邮票暂且就放在一边。

以前我一直以为,我集邮是喜欢这些精美的小纸片,甚至我希望它贬值,希望大多数人都移情别恋把邮票低价出手,而我独自越聚越多。事实上,我发现这些爱好也有如流行的事物，一旦流行起来，许多人会莫名其妙地被挟裹进来，一旦过气，又会被大多数人无情抛弃。我集邮最大的享受，其实是作为一名票贩子，疯狂地赚取同学的零花钱，但我还自欺欺人地相信那些鬼话：邮票是袖珍的百科全书，能够让人增长知识。

别人都放弃了集邮，一旦失去这个环境，我也无法独自乐在其中。我的邮票装在高中时寄读用的衣箱里，搁置在父母卧室的大衣柜上面。我大概集藏了近二十册邮票和邮资封片，在那个家家捉襟见肘用度吃紧的年代，不靠当票贩，牙缝里省下来，绝对藏不了这么多邮票。在我看来，也是一份成绩，我童年少年期的乐趣都凝聚其中。到现在，那箱邮票放置了有二十年，偶尔，我到父母的卧室瞟见那口金黄色革面衣箱，会想要打开翻一翻，重新体验一下当初集藏的乐趣。每次把衣箱擦干净，再打开，淡淡的，甚至像是发酵了的油墨香，能让我一瞬间非常具体地回忆那些往事。

再后来，偶尔记起，想要搬下来翻看，再一想擦净它也是麻烦，就一次次作罢。一晃有十来年，那箱子都没有再翻动过。当年最大的爱好，终有一天连翻看一遍都没了心情，这是当初完全预料不到的。

但我收藏的习惯一直保留，喜欢看书以后，又疯狂地藏书，聚到现在快有两万册了，在我所居的那个小县城，当属第一。我也成为了作家，藏书、看书、写书几乎成了我生活的全部。日常生活中，我必然地要收藏些什么，否则生活就陷入无边的沉闷。

前些年在上海，一次去上海大学办事，坐城铁到闻喜路站下车，发现再往前面一站就是"彭浦新村"。我对这个地名如此熟悉，当年按期给我寄邮讯的肖女士就住那里，我仍然记得她家门牌号码。我在她那里订购了好几年的邮讯，也收到过她劝我要好好学习的明信片。我想，我寄给她的那些国库券和公债，不免也让她有了一层隐忧。刹那间，我想再往前坐一站，去找找她家的门牌，看她是不是还住在里面……但这未免唐突，我只这么想想，便作罢。

童年的童话

一

小学之前,我父一直在外地当老师,很少回家。其实他工作那个县不远,平时有假期他也不回,只说路又不好走。后面我跟弟弟陪父亲喝酒了,他才承认当时工资低,路费都是一笔不小开支。父亲一脸歉疚,其实我就怕他回家。他一来管教严,比如说夏天描红写字,每天半本,写糊一个字加写一页。我的手天生有颤抖的毛病,写毛笔字有如受刑,又不敢写糊,半本要写到天黑。天黑后便不能出去,规矩都是父亲定的。

父亲不在,我和弟弟完全变成野孩子,母亲摁不住。天黑时,到处都是母亲呼喊小孩回家的声音。现在的母亲,还这么嘶声竭力地喊小孩回家么?

父亲调回县教育局,我知道自己好日子到头。父亲拼命调回，也是想能对我有所辅导，他刚调回我就去读小学。小小的县城内当时主要就两个小学，一处叫"文昌阁"，一处叫"箭道坪"，按片区划分我是读箭道坪小学。上学那天是父亲带我去，还有弟弟，提前去"熟悉环境"。去了才发现父亲跟接待新生报名的老师都认识，他调回来后分在教研室，主管全县的教改。回头一想，那是一个有趣的年代，全国上下各级中小学都搞教学改革，希望摸索出全新的教学方式，每一个基层老师都可能摇身一变，成为横空出世的教改专家，创立或者改变教育模式，影响无穷的远方和无数的人。说起来挺激动人心，当老师特别有干劲。

我去报到，要分班，接待的老师对我父亲说："有什么好说的，你儿子嘛就读滕老师的班。"

"还是要按规定，考一考。"

"你儿子看上去就特别聪明。"

那老师一脸微笑看着我，我心里就虚，知道自己一脸呆相。这也是没办法的事，我出生时遇到难产，母亲受尽折磨，而我身上留下许多相关的痕迹，最显见的，就是整张脸看着比别的小孩显痴呆。虽然母亲随时告诉我，你一点都不笨，甚至有些聪明。但我在人前总是习惯性地发怵，特别是别人夸我聪明时。

父亲却是认真，强调说："按规定来。考一考，不怕的。"

老师再觑我一眼，便出题，十以内加减法。我一口一口都答对，那老师赶紧说："我说是吧，没问题，就去滕老师的班。"登记簿上就写了分去的班次：116。

二

全年级四个班，定下一个实验班，由滕召蓉老师当班主任，入学前学生要挑一挑。实验班暂名"教改实验班"，因为还没想好到底往哪方向改，怎么改，改哪门课程，属于先上桌再点菜。有家长主动找关系，要把小孩送进来做实验，那时候都相信实验，会被重点照顾。但名额有限，按规定45人，不多一人。

我就这样被分入实验班，当时就觉得有走后门的嫌疑，多少年后回头一想，这在父亲看来又是必然：由他主管的教学实验，自己儿子不放进去当实验品，别人又怎么能相信？

学校很小，加起来不过一个足球场，外围是一圈房子，中间是操场和一个假山。假山不大，但小孩太小，爬进里面像一群猴子，假山更像是猴山。

我们读一年级教室都是平房，后面轮番拆建，住上了楼房。整个一年级时，父亲和别的老师一直没想好教改方向，上的课也和平行班级一模一样。后来父亲跟我解释说，当年全国的教改真叫此起彼伏轰轰烈烈，刚形成个想法，马上便在教育杂志上看到相应的文章，别的学校别的老师已下手为强。虽然没找到方向，但滕召蓉老师是教语文，教改确定在语文课进行。父亲敲破脑袋，找教改的方向。他专业是化学，要指导小学语文教改实验，说实话要多费一点力气。

二年级开始写作文，我印象很深，写第一篇作文我把所有会写的字和词语都贴了上去，字数凑得很多，满满写了一页，但老师评分很低。"你要知道自己在写什么，知道吗?"滕老师教育我,"基本没有一句不是病句。"

最初写作文真是一种煎熬,滕老师有意识加强这方面训练,而且要我们当堂写,以此应对学生写作文时普遍存在的拖延症。在她盯着的目光之下,一节课下来每个人至少要写一页纸,两百来个字。到二年级下学期,除了每周一篇当堂作文,还要写一页格子本的周记,大概是四五百字。平行班级没有这项作业。我们固然已认得几百个字,但不知把哪一个安放进第一格,接着还有第二格第三格……每一篇都有数百个空框让人填字,填完就不易,还得是成篇的文章!我估计,当时就有同学后悔进所谓的实验班。

作文训练一加大,很快我也抓狂。老师还要加量,周记变成每周两篇,三篇……显然迟早会变成日记。那时候的生活本就乏可陈,该写的全班同学都已重复写过,新内容简直扒开砖缝都难找。甚至,同学们能搞到的用于抄袭的作文杂志都极度稀缺,抄完的篇什就打个勾,以防有谁又抄第二遍被老师狠批。我记得有个同学抄袭的作文里有一句"我家住在后海的柳荫街",无知无畏地交上去。滕老师哪都到过,见多识广,她明确地指出,后海和柳荫街都在北京,而且离天安门不远。这话一讲,我们听出幽默的成分,却不敢笑,上课有纪律。

我倒从没有抄袭的习惯,讲求原创,但为凑字数,挖空心思地打比喻。比喻一打,一句话就能翻成两句。比如大家都爱写"今天晴空万里,万里无云",到此为止,但我偏要往下接,"就像太阳和白云一起去休息",诸如此类。一样的意思我多赚了字数,写起来自然轻松。但滕老师耐心十足,对比喻句有严格要求,会一句一句审看。有一次我将连绵的群山比喻成一座座坟。老师予以批评,说不能这么比,虽然看上去是有点像。另一次我又将山比喻成"钢铁巨人",以为这个保险,有收音机匣子的口吻,没想还是被批评。

"钢铁巨人到底什么样,你见没见过?你没见过怎么说像?"

我懵了,比喻不敢乱用,写作文或日记,凑字数更难。记得当时母亲给我念《故事会》里面一则小幽默,说一个外国小孩为在作文里凑字数,专写一次找狗,狗找不见,他不停地呼喊狗的名字,就像母亲在傍晚喊我。作文里有了一串串喊狗的声音,字数凑起来不难。母亲本来是寓教于乐,我却听得一阵阵神往,要是自己的作文能这样凑字数,会省去许多力气。至今,我记得故事里那条狗的名字叫"博比"。

三

那时我经常要照看小一岁的弟弟。一岁之差,我就有了这份责任。那时每家都这样,甚至每个单位大院都这样,哥哥姐姐带自己弟弟,院里大小孩要带小小孩一起玩。

我和弟弟天生不爱给别人当跟班,就我俩随时贴一块。我必须给弟弟讲故事,四五岁就开始讲,虽口齿不够清晰,然弟弟已习惯,每次认真听。而他也几乎是我能找得到的唯一耐心听我讲话的人,我珍惜他认真听的模样,讲得自然很卖力。一开始,我重复母亲和外婆讲过的那些故事,不断重复。外公是个沉默的人，偶尔多喝几杯，主动讲讲故事，却都是自己小时候如何苦。我听不太懂，自然也不在我的复述范围。故事重复太多次，弟弟要提意见，想听新的。我就跟弟弟现编。读小学之前，就经常一段一段地现编，一边说一边想，磕磕巴巴。弟弟照样不嫌弃，不停问我"后来呢"。

我拒绝不了弟弟的渴望的眼神，他真是想听。只要用力憋，"后来呢"就能源源不断讲出来，随性发挥，只要我愿意讲以及弟弟愿意听，就没有终止的时候。有时候，母亲也坐一旁听我讲，多听几次她就喷笑，还用了个比喻，"你讲故事，真像是吃了棉花屙线屎"。

母亲听不下去，弟弟仍不停问"后来呢"。

是啊，"后来呢"，后来永远都在编故事的嘴里。

进入三年级，每周要写四篇日记，单篇字数也往上增加。某天我抓耳挠腮，始终没法再在作文本上写下第一个字，心里满是山穷水尽的悲哀。柳暗花明，我忽又想到，前不久刚给弟弟编出一套新故事，还取一个名字叫《猎虎》。至今记得，大意是讲：一个猎人养的赶山狗被老虎吃掉，猎人为狗报仇，只身犯险独闯虎穴，干掉老虎夫妻，见还有只幼崽，一时不忍，带回家养着。日后这只老虎就替代了赶山狗，身前身后跟着猎人跑，干起活来当然比狗强，因为原本就是百兽之王。而这猎人失去了一群赶山狗，却换来一只超级"猎狗"，以后打猎都不叫打猎，有老虎撑腰去森林，简直探囊取物……

也许有原出，原出真的忘尽，但我如何编出这样的故事？

故事仍在继续，瞎编没有尽头，每天讲故事前我还要问弟弟"到多少集了"。弟弟一讲，我就接着往下编，有时他还会点播讲过的，重来一遍。那时还没有章回的概念，看了动画片，把每天讲的一段当成一集，想结束便能结束。

弟弟说："后来呢？"

我说："今天的讲完了，就像动画片，明天才有。"

那天，我自作主张，在作文本上写下"猎虎（第一集）"。三四百字，不会的字就拼音，下笔比平时快了许多，不免暗自叫爽。接下就是"第二集"，"第三集"，故事早已编就，写起来顺风顺水，突然发觉写文章还有点意思了。那一周写下几集《猎虎》，替代了日记往上交。心里却是怵的，这毕竟不在老师规定范围，不知道算不算敷衍了事。我盼望顺利通过，滕老师给每一篇都打上红勾。有了这样的认可，之后一段时间，我顺着往下写，不必为每一篇的篇名和第一个字如何安放妥当而遭受便秘之苦。

四

滕召蓉老师是相邻的麻阳县人，这县份的人以脾性好、勤劳、耐烦著称。对此我很熟悉，因为外公外婆和母亲都来自那个县份。从外婆和母亲身上都充分体现出麻阳人这种特性。

作文本分两种，当堂的和课外的。课外作文交上去，滕老师连夜改，次日上课发。我分明记得，那次课外作文本交上去，次日没发。我记忆如此清晰，显然是有了隐隐的期盼。我既担心老师责怪我敷衍,但也期盼得到表扬。作文课得到表扬是很不容易的事,记得刚开始写作文,受表扬的总是班上女同学,她们似乎天生能写更多的更长的文字,她们天生更加文通句顺。事实也是如此,男生里面的小磕巴一抓一把,女孩很难找出一个磕巴。

写作文着实也是怪事,就怕第一句话出不来,一旦出来,当堂就能写。最初,我们是被滕老师用逐一盯着看的方法,学会迅速进入作文写作。

那次滕老师推迟一天才讲作文,作文本码放在讲台,我隐隐约约感觉到我会受到表扬,并预先激动起来。滕老师讲评作文,从低分的开始点名,很快作文本翻动了一半,没有我的名字。接下来一二十个同学是受表扬的,也是从低分到高分。我一直未被点名,内心的小激动便被一点一点拔高起来。不知从什么时候,我认定自己是摆在最下面的一本。

滕老师拿起最后一本,并说:"今天我特别要表扬……"

我知道是我,别的同学此时都不知道,他们只知道自己已被点名,断然算不出来谁仍被遗漏。我一时激动得有些耳鸣,听不清楚自己名字。我记得最初写作文受表扬时得来的快感,比以后拿任何文学奖项都来得猛烈。

当时那堂课临时变成作文课,滕老师将我写的四集《猎虎》一一读出,读给全班同学听。每集三四百字,四集读完也用不了几分钟,但我感觉如此漫长。我低下脑袋,像秋天沉甸甸的麦穗(这是几乎每个同学都用过的比喻,尽管我们生长在稻作区)。滕老师点评过后,向全班同学发出号召,号召他们向我学习,如果感觉每周四篇日记写起来吃力,此后也可自编童话，故事，也可这样分集。

或许写日记让大家都山穷水尽，我这经验迅速在班内铺开。我至今还数得出，一个李姓同学写了《聪明的旦旦》，一个谭姓同学写了《怕晒的二葵》，一个彭姓同学写了《骄傲的小毛驴》，都是确定好一个主人公，每一集三四百字写主人公一次受教育的经历。我们自小受到的五讲四美三热爱等等道德教育，每堂课老师都要附带讲一些道理，现在将听来的道理写进作文或日记，让它变成童话，让各种动物像我们一样受教育，写起来自然很顺手，简直就是现买现卖。有一熊姓女同学，仅凭单幅的图画就能编出七集故事，大受滕老师好评，说她非常具有想象力，这可是成为一位真正的作家最重要的条件。我记得如此清晰，因为最初是我受到表扬，很快感觉班上同学已后来居上。不得不说，喜欢听表扬的小孩也容易落寞。

那一阵，在家里，父亲也仔细询问我写童话故事代替日记的事，问我怎么想到，写这个和写日记、作文有怎样的区别。我感觉父亲和滕老师已经有了沟通，显然这事引起更多关注。父亲表情显然暗含了喜悦，这并不多见，在我面前父亲脸皮子一般绷得铁紧。

此后不久，我得到的却是批评，滕老师把我的作文本放在最上面，一开口就点我名，还要站起来听训。

"你以为现在你怎么写都是作文，对吧？你以为写童话就可以不按字数了？怎么越写越短你跟我说，是不是家里吃不上饭没力气了？你的想象力，不是用来偷工减料的。"

按规定每篇要写作文本一页两面，三百字以上，但写着写着我就只写一面挂点零,几句话,一百多字。我打保证以后一定达到规定字数,才获得允许,继续往下写《猎虎》。

全班同学纷纷用童话故事代替日记,纷纷写了一集又续一集,这样省了不少力气。很快,滕老师又感到头疼。她说:"你们也不能个个都写动物开口说话。童话并不只是动物开口说话,不是吗?"

五

后面听父亲说,我们这实验班终于确定方向,是在作文教学方面寻找突破,初拟一个名字叫"提前读写"。他们预定的步骤,是一年级下学期开始用拼音写作文,二年级增大作文训练,至少比平行班级多一倍。但这名字分明不响亮,提前读写理应是头两年就完成的目标,以此为实验方向,统摄不了整个六年。从三年级开始,定名为"童话引路实验班",实验全称为"童话引路,提前读写",此后将童话引入作文教学,该写作文的时候,都写童话。名字冗长,我们跟人说,"我们是童话班的",分明有那么点自豪。

这个实验班的教改方式,归结起来就几个字:把写作文换成写童话。说起来就几个字,最初的时候颇费一番力气,最后就捅破一层窗户纸似的找到结果。

我们三年级开始忽然多了许多内容,比如班主任滕老师以及教研室专管语文的滕建冰老师共同编写了一套"童话引路"教材;比如周六下午原本没课,现在都改成作文课,整个学校就我们班还要上课;比如我们意识到写童话很容易发表，三年级开始有同学在各地报纸杂志上发表作文，拿到稿费。滕老师会将一把稿费单攒在一起，上课时逐一念名字，发表刊物和稿费，像是颁奖，奖金多是三五块，很少超过十块，但在那时足够振奋人心，因为开始赚钱了。

最初见到同学赚取稿费，我不免又落寞一番，天生就多愁善感，也是没有办法。我分明感觉到，写的作文好不好，赚到稿费才叫真的好；铅笔字变成了铅印字，才叫真的好。

此后，每次作文课我都集中了精神，等待滕老师掏出最后几本作文，希望自己在列。或者被她单独叫去年级组办公室，提出几项具体修改意见，稍事修改然后发放一沓三百格的稿纸，吩咐说誊写在上面。那就是要往外面推荐的节奏，离发表已然不远。滕老师的初步认可，离真正的发表，还差反复的修改。有的同学，一周内将同一篇作文改了七八次。那时没有电脑，全是工工整整誊写，格子纸老师发放，不让自己去买，发纸时还计算了写废的页数，颇有计划经济的风范。当然也不是一叫修改就能发，但大家还是愿意改，像摸奖开彩时前面的数字都对，后面还要新的运气支撑。有同学发表两三篇，跟我抱怨，改起来太麻烦，几句话不对整篇都要誊抄一遍，现在都害怕被滕老师点名去改。

在我听来，简直是站着说话不腰疼，因我一直没被叫去改稿。但我在被叫去改稿之前就已看出来：够上发表档次的作文，都是反复改出来的。我心有准备，只待召唤。"童话引路"的实验，回头一想不无灵机一动的成分，但它在那个狂飙突进的教改年代，确实吸引了足够的眼球。到四年级，上课已变得非常热闹，其他课随时随地给语文课让路，以前上过的作文课，经常原封不动搬回来，再上一次，两次，被叫起答问的同学，念的都是台词，老师甚至提醒，不要像背书一样，不要背得这样滚瓜烂熟。老师经常说："你们能不能表情自然一些？"我们便一起学习表情自然。

在我们后面，往往还坐了全国各地赶来的听课老师，这些课都变成公开课。还有各路媒体赶来报道，当成一个新闻事件，包括作文类杂志的编辑，听了公开课，还会向滕老师要求荐稿。还有电视台来拍新闻，当时打光条件不好，晚上布光效果更佳，公开课就换到晚上。我们白天可以休息，天黑再由父母带去学校，拍至一半有犒劳，大都是牛奶和面包。晚上拍新闻，面对摄像机，那又是不一样的兴奋，而我们父母挤在窗外一路旁观，表情也同样兴奋。

"童话引路"已然滚雪球似的变大，班上同学作文发表越来越多，也变得越来越容易。这中间有一个相互促进的关系，当时我们都已感觉到：这和吃饭不一样，吃完一碗少一碗，发表越多，越有得发。其中一个熊姓女生，一年之内摧枯拉朽地发表好几篇。但我的作文一直没有发表，虽然我每一次都写得很努力，写得很长，经常一写就用去半本作文本。

第一次被叫去改稿已是四年级下学期，见到杂志时已读到五年级。是在省内《少年作文辅导》上发表一篇童话，名叫《猴子种桃树》，主人公是孙悟空，因为不搞计划生育，花果山水帘洞一带发生严重的粮荒，孙悟空只好指派技术猴员学习人工种植。这篇写得够长，一两千字，印出来四个页码,稿费是七块钱,去邮电局取回两张纸钞,当成奖状摆在家里好久。感觉有些大器晚成,内心沧桑,毕竟松了口气。

六

四年级下学期公开课一直没停过,总有各地来的领导、老师和记者,坐在我们身后,比我们更投入地听。据说,他们要给校方交钱,我班的"童话引路"已实现创收。

课余,我们要表演节目,主要是排演童话剧给他们看。这仿佛能说明寓教于乐——这班的学生写作文普遍好,不是填鸭式教法搞出来,是在一种严肃活泼团结轻松的氛围中,每个学生暗自增长着功力。

我们入学年龄非常不整齐,四年级时,同届某些同学已然长出社会青年模样,已然参与街头斗殴,早恋自然也有,据说还想攒钱私奔。这全然不是童话的环境,我们这班却被要求集体排演童话剧,且以组为单位排剧,一个班同时排演五六个剧。这是幼儿园小朋友爱干的事,他们经常搬小板凳围成一圈,每个人都穿着鲜艳的戏服,每人头上戴有头饰,标明身份。

参演童话剧的事,班上同学一个都不能少,反正童话剧是自编为主,看菜下单,角色可以随需要不停添加。

最初,演童话剧让大家非常难为情。一帮十来岁的小孩逆时而生,逆势而为,眼看长成半大小子,忽然又回到低龄,排演童话剧。我们自己感觉,是凑一起发大头哆。

譬如在我家,发哆都是令行禁止的事情。平时要找母亲，只消在空荡荡的房子喊一声"妈"，听她回应。楼上搬来一家姓赖的邻居，他们兄妹管他们妈叫"妈妈"，叫成双音，听起来绵软柔和，和直杵杵叫一声"妈"感觉大不一样，分明更显着亲密，是一种城市人特有的口吻。一天，我真是鼓足勇气，见母亲正在吭哧吭哧搓衣，走过去叫她一声"妈妈"，嘴皮子小抽。果然，母亲愣一会，盯着我，像是完全不认得我。"你作的什么怪？你以为你是北京来的？"母亲一时反应激烈，甚至暴吼，"再这么作怪，我打你！"

于是我只能叫她"妈"，直到今天。

在这样的情势和环境长到十多岁，写童话倒也罢了，暗自发嗲，少有人知；演童话剧便是公然发嗲，再也藏不住。

女同学反应还好，她们发乎天性喜爱歌舞，排演童话剧正有助于这份天性发挥，表演服一穿，正好名正言顺地远离平日里那些黯淡的衣服。男同学起初集体性消极敷衍，用教数学的李老师的话讲，"像是喊长工起早床干活"。

排演时周围慢慢聚集起"观众"，同校学生，附近二中的学生，当然少不了社会青年。他们抽烟，他们不停地嗑瓜子，时而还一声唿哨，眼神尽皆含有讥诮。李老师火性大，张口就冲着人堆开骂，那些社会青年一时也变得安静。但他们那些眼神总归如芒在背，让我们浑身不适。女生可以随时被发动，竞相投入排演，男生如同活道具，在女生中间晃来晃去。滕老师和李老师要用比平时上课维持秩序多十倍的精力，来调动我们的情绪。

"你们说说，这到底是怎么回事？"好几次，老师给女生放了学，把男生留下来，挖思想根子，要彻底改变这种状况。于是有同学承认，不好意思，被别人围着观看，觉得自己像个白痴。我们所有的交代，都是老师最好的话靶子。"哦，人家看你几眼，你就什么都不敢干了？那以后长大能有什么出息？"

不管愿不愿意，每个人都必须参演，这是老师抱定的态度，也是策略，因为只要放一个离开，男生就会纷纷逃避，或者消极怠工。童话剧不管排到什么程度，等到有人来观摩访问学习，我们就必须放到台面，真正演给别人看。

起初一切依然如故，女生尽兴，男生敷衍，谁若神情投入，便可视为一种背叛，是背叛了男生的集体倒向女生阵营。随着演出次数增加，有男生不知不觉就入戏，表演起来浑然忘我。最开始是一名姓钟的同学，接着是某某，接着还有某某某，他们分明是在表演过程中，中邪似的投入起来。一旦投入，仿佛比女生更加投入，仿佛前面的消极怠工其实是蓄积情感和能量，以待突然绽放。滕老师和李老师自是及时予以表扬。

因为一同在排演，我们其实理解那些突然发挥起来的男生。只要参观访问学习的人不断，我们必须一场一场演下去。既然无可回避，那么，每一次都消极怠工，还不如尽情投入其中。不为别的，只有在表演中发挥，忘掉自己，尽情贴近自己的角色，不管是一只猫或者一只狗，甚至一只辛勤的小蜜蜂，才能体会到某种舒畅的情绪，时间忽然变快，日子好过。只有投入其中，表演童话剧自带的游戏性质，才能够被我们体会，表演本来就是一件有吸引力的事情：你忘掉日常的自己，突然变成别的什么，体会生活中另有一番天地。投入表演不再是丑事，它变成一件充满快感的事。越来越多的男生变得投入，以此为乐（否则随时吃李老师批评），甚至投入比别人少了都有点不甘心。一场表演下来，各自心头有了淋漓的快感，同时便有遗憾，有待下一场更好的发挥。

后来，时不时聚起的小学同学，忆起当年的"童话引路"写作实验班，也会讲到排演童话剧。不见得是最热门的话题，但一旦聊起，尤其聊到自己当年的角色，总有同学不自觉情绪亢奋，像是进入表演的状态，像是又回到当年。当年一年远过一年，但那亢奋似乎不减。然后呢，一旁的人哄然笑起来，他（她）才回过神，脸上闪过一瞬的羞赧，再汇入我们共同的朗然的笑声。

七

到五年级，"童话引路"按起初的规划应结束，进入正常作文训练。但公开课在继续，同学们写童话的热情也在继续。到这一年，写童话已然成为我们班的一项专利，写出已极易发表。已有杂志向滕老师约稿，滕老师指定几个人，指定几篇修改的文章，改好誊写毕一并寄出，就能在公开刊物上以专辑形式发出。

那是文学热至烫手的年代，发表是一件近乎神圣的事，我印象里，县城作家只要在公开刊物发表一个小说，便能被最新一版县志记载。小城里的文学青年一扔一大把，文学中老年也都壮心不已，在家里点灯熬油地创作。

到五年级时，班上45人，有近九成都在各种公开刊物发表了童话作文。《湖南教育》下来一个老记者叫汤增祥，长期跟踪我们班，定期在他们杂志上发稿介绍"童话引路"教育动向。每一期介绍文章后面，要附几篇童话，都是新近创作，算是"动向"的一部分。我父亲也有《湖南教育》，关于我班的介绍文章，我反复看，看有没有提到我名字，若有，会兴奋。当然是有，班上大多数同学都在系列报道里被提到（就像滕老师一样面面俱到），我名字出现特别少，不像某些写童话突出的同学，会被反复提及，简直已经成为作家。汤记者在其中一期文章里写到：每位接触到"童话引路"实验班学生作品的编辑，往往将截留他们的作文本，不肯示人。我还问父亲什么叫"不肯示人"，父亲说就是直接拿去发表的意思。于是我知道，记者的文章也有夸张。同班同学写的童话作文容易发表，但也不至于如此抢手，我分明记得，每一篇文章都是反复修改出来的。作文本上写得不错的，滕老师发放格子纸一遍一遍修改、誊写，三五遍是常事。也有前来听课的老师自愿参与，帮我们修改作文，一对一地讲解，一讲少则半节课，意见都附在格子纸空白的地方。

有同学被修改作文搞得烦心，一连好多天不能出去玩，想放弃发表的机会。滕老师便来做思想工作。"这点苦都吃不消，你这辈子能有什么出息？"那时老师很容易说到一辈子的事，于是被批评的同学便低下脑袋，便又像秋天的麦穗一样垂下沉甸甸的脑袋，接着修改。文章都是改出来的，看的人往往一瞟而过，写的人却要拼尽全力，才偶尔有个把词句把别人眼睛稍微挂滞一下。这都是我小学便懂得的写作常识。

为进一步激发大家写作的兴趣，滕老师又成立"小小童话作家协会"（据说还办了相关的手续，因为要刻圆巴巴的证章），每个人都要加入其中，每个人都有一本会员证。既然有协会，就要封官，同学们也暗含期待，这其实就像每次考试出成绩，各自的写作水平在老师眼里到底有怎样的排位，把官一封就一清二楚。协会设正副主席和正副秘书长，正副主席有三四个，我好歹当上了副秘书长，心有不甘。虽然我五年级时统共才发表三篇童话作文，但我态度好，每次作文我都全力以赴，经常写到字数最多。五年级时，我已经习惯性一篇文章用去半本作文本。我希望得到正当的、应有的、公平的待遇，憋足了劲，主动找到滕老师，问她我为什么只能是副秘书长。

"那你觉得，当个什么才合适？"

我想了一想："副主席。"我觉得这是一个有自知之明的回答，不敢说是最好，但往下数二三人，必定有我。

"你的态度好，阅读面广，词汇丰富，语言表达也生动，经常让老师都感到意外……每次作文你几乎都是全班写得最长的那个。这说明你有上进心，觉得待遇不对等敢于提出来，这也是好事。"滕老师永远都是诲人不倦的模样，拿出极大的耐心教育说服，"但是，你的问题在于，经常跑题。写得长是一种才能，但不能跑题。下笔千言离题万里，写得再多也没用。解决了这个问题，我自会提拔你当副主席……当主席也不是不可能。"

我细细揣摩老师说给我的意思，往后知道写多写少不是关键，重要的在于扣题，扣题，扣题……

"小小童话作家协会"成立时热闹，但往下只搞了一届，没有改选，我便没机会升到副主席。成年以后我加入各级作协，当年倒是一语成谶，不管是在县作协、市作协抑或省作协，我都干上了副主席。但这时候才知道，作协的主席秘书都不是官位，一个称号而已。

八

一晃眼，班主任滕召蓉老师现已是七十多岁老人，写过不少回忆文章，坦陈"童话引路"实验首先是改变她的命运。

在我印象中她有一大特长，便是与学生交流，不是浅尝辄止，而是极力营造出一种无话不说的氛围。为此，她在班会时流泪多次，说话忽然哽咽，不能自已，登时整个教室鸦雀无声。必须承认，这极具效果，面对老师的眼泪，我们搜肠刮肚找出错误并当全班面坦白交代。不知为何，我甚至迷恋班会课，等着交心，等着承认错误，仿佛我有多么天真和单纯。我体会到这种交心或者坦白交代，附带着巨大的隐秘的快感。若再多有几年，没准滕老师能在班会课中营造出一种类似宗教忏悔的情境。班会课，也成为作文训练必要的补充。

1988年滕老师成为全国劳模，着平时从未见她穿的苗族服装，进京开会，在大会堂踩红地毯。开完会，载誉归来，学校安排我们去校门口手捧鲜花（塑料的）夹道欢迎。那年代，夹道欢迎时人们的脸色依然真诚，而我们的脸，不免又被老师们用红纸蘸水擦上腮红。老师气色很好，还给全班同学准备了礼物：钥匙扣圆珠笔。男女生分开，男生是梅花鹿造型，女生的是一个方框，框里是郎平扣球。

说来也巧，我写到这一段，正好有位叫滕锐的小学女同学，微信里晒出一张图片：方框，框里郎平扣球。小学群人数基本齐了，她问谁还记得。我毫不费力给出答案，是滕老师给学生带的礼物。正好她也姓滕，也在小学当老师，所以别的同学还以为是滕锐带给她的学生的礼物，现在什么年代了送学生一只钥匙扣，会不会显得太low。我只得纠正：是1988年，滕召蓉老师带给我们的礼物，这一款是给女生的，男生是梅花鹿。我对当天的情景仍有老电影一般的记忆：女生普遍觉得郎平扣球没有梅花鹿好看，还颇有几个闹情绪，老师又是好一番安抚……随着我的描述，同学渐渐找回记忆。

是啊，一晃三十年了。我问还有哪位男同学保存了当年的礼物？没有回答。

大家对滕老师的感激，倒是时常在微信群里流露，因为在那老师动辄体罚甚至暴打学生的年代，滕老师一直怀有巨大的温情和耐心。我们以"童话引路"实验为名，比同龄人更多地保留了一些天真，平时虽加大写作训练，但在上课时间也演童话剧，组织各种采访和游艺，办手抄报，将自己写的童话装订成册，还有通常由我主持的换邮票主题活动。周末，我们若被滕老师点了名，便聚到她家里改作文，午饭或晚饭都在她家里弄，一大屋子人。她有一女一子，儿子和我们同班，是个极老实的人，似乎也没得到她格外的照顾，就拿写童话作文这事说，她儿子发表就极少，远不如一个熊姓和一个黄姓的女同学。她女儿比我们大，受不了一帮小屁孩一到周末就把自己家挤得很满，经常啪啪地摔门，这让滕老师非常尴尬。滕老师的丈夫张绍良先生也是老师，不多说话，慈祥地看着大家，有事尽量帮忙。

班上同学纷纷发表，多的近十篇，比如熊姓女同学，天赋异秉，老师出个题目，叫她站起来，她能现编，故事基本都能起承转合讲出大体的形制，再落笔成文，稍加修改，几乎就到发表的水平。作文杂志总是将各人的地址附得异常详尽，具体到班级，几排几座因不时变动才不被注明。几乎每一次发表，都能收获读者来信。这些来信，多是问写作经验，问能否转到你们班读书；也有一种信件，几乎每人都收到过，"将此信复写二十遍，寄给你最熟悉的二十个人"；偶尔有人在信里询问，能否交一交朋友。有同学复信，我们年纪还小！

九

我想"童话引路"实验其实出离很多人的预料，比如滕老师，比如我父亲以及参与此项教改的多位老师，以致这实验停不下来。我们读五年级时，写《神笔马良》的洪汛涛赶来，创办了一项"金凤凰童话作文"大奖赛，全国范围内搞起来，许多家杂志参与进来，为期半年。

"你们班肯定要有几个获奖,你心里要明白。现在,认真帮我写一篇。"父亲这样跟我讲。

我心里清楚,这个奖都在我们县城颁发,班上指定有人获奖,落到谁的头上就看临场发挥。奖赛是现场命题,洪汛涛出的题目是"金凤凰",事先我们没有押题意识,要不然准能想到。现场两个小时写,我记得自己免不了又写了很长,首先在篇幅上要表一个好的态度,大概写了一千六百字。我至今记得自己受拉格洛芙《尼尔斯骑鹅旅行记》影响,想到这金凤凰是用来骑的,骑鹅的小孩要有很中国化的名字,因为滕老师确乎在上课上提到,要狠刹洋化风,不能一写童话,主人公都是外国名字。我的主人公叫"来福",是我家养的那条大黄狗的名字,顺手拈来,觉得亲切。来福骑在金凤凰身上……干什么呢?又记起父亲的同事,同样参与"童话引路"实验的滕建冰老师,他经常单独辅导我写作文,密传心法,口授机宜。"你要写环保,不能跟班上同学一样,老是写一个有寓意的故事,老是在结尾时候总结出一个道理。"他很多次跟我说,"以后大家会越来越关注环保,晓得么?"他是专职语文教研,全国到处开会,懂得许多最新的信息和动向。他及时把这些信息转告给我,希望我的写作在班上能有所起色,不要再是副秘书长这样的灰不溜秋的角色。于是,童话作文大赛现场,我写来福骑一只金凤凰,又要扯到环保,那么,何不痛批一下环境恶化?"种得梧桐树,能引凤凰来",但因环境恶化,到处都没有适合金凤凰栖驻的大树,它跋涉千里,最后还是落不了脚,只好……累死了。来福守着累死的金凤凰发表一通感叹,呼唤青山绿水重现。

说实话，当时我觉得自己写得蛮深刻。

现场作文，却不是定稿，滕老师一如往常，选了几篇叫大家修改，再交大奖赛组委会。据说赛制就是这样，现场写作和修改相结合，最后提供现场稿和改定稿，交评委会一并评选。一开始点了我的名字，但老师的评价是"负面的东西有点多"，这甚至"和跑题一样严重"。班上的头号选手熊姓女同学毫无悬念地进入初选名单，她下笔更快，两小时写了两千几百字，据说"这是专业作家的速度"。

最后结果公布，我们班果然有三人获奖。我已有心理准备，熊同学也意外出局。获奖的三位同学有奖状和奖品，一套科普类图书，十二大册。我的嫉妒，便是从获奖的左同学手中借下那套书，看完也久久不归还，直到他一催再催。

熊同学遭受挫折不小，她天分很高，不得奖和别的人得奖是一样，纯属意外。但老师也不忘鼓励，奖赛结束，洪汛涛离开之前留下一支"英雄"牌钢笔，笔尖据说是K金的，要赠给我们班。"洪爷爷把'神笔'留在我们班。"滕老师这么说。交接仪式，是熊同学和大奖赛上获奖的黄同学一齐走上奖台，从洪汛涛手中接过那支钢笔。我感觉，这是给熊同学追加的一次颁奖，真正有才华的同学，老师不会将她冷落。

大奖失利我固然意绪难平，但心里面还是认定，今后将和这一批才华尽显的同学一道，冲着"作家"这一职业发起集体冲锋。我们以后必然是作家，我小学读的这个班，已有专业方向，就为培养出一帮作家。我确实这么想，并且以为，别的同学也跟我一样想法。班会课上，同学纷纷表态，长大要当作家。

十

"童话引路"实验在六年级被强行停止，回到写作文上来。因为，以后各种语文考试，都考写作文而不是写童话。父亲跟我说，六年级要换班主任。滕老师已然是箭道坪小学一块招牌，开学又要带一个新的"童话引路"实验班，从一年级就开始抓，预期更好的效果。我把消息讲给同学听，他们认为不可能，因为滕老师舍不得离开我们。他们甚至希望滕老师继续带我们初中高中以及大学。六年级开学第一天，一个姓杨的老师笔挺地走进来，一摞书堆在讲台，说以后我带你们，我姓杨。下面就有人啜泣，紧接着有人开始肆无忌惮地哭。杨老师一愣，一时控制不住场面。接手这个班，她显然有心理压力。

整个班的同学情绪低落，老师独自一人没法将课堂气氛搞起来。杨老师主动请求调换，一周以后滕老师又被换了回来。而且学校还相当人性化，设计了情节似的，事先不说，直到滕老师突然又走进教室。看得出，她故意调整状态，摆出若不经意的表情，以观学生的反应。

六年级作文课只讲作文，偶尔还有参观团赶来，指定要听滕老师的课，那么我们只好将时间捯回去，重上五年级或者四年级的课。时间过得很快，转眼小学毕业。

进入初中，便是噩梦开始，我们这班的同学，基本上都不能适应新环境。比如我，进入一个体育生特别多的班级，刚开学一个体育生就微笑地冲我招呼："你以前是读那个童话班的？"我点点头，说实话被别人这么问，心底多少还有些优越感。没想体育生一个耳光抽过来，说："我就喜欢打童话班的。"当然，此时我已懂得不去追问"为什么"。初一时我当学习委员，每次收全班的数学作业本往上交，总要差十来本。体育生一般都不做作业，体育仿佛就是他们的特权。数学老师不敢找体育生的麻烦，因为他们懂得报复，下了晚自习抄到背后敲老师闷棍的事，已经多次发生。再有作业本交不齐，数学老师就当全班的面抽我耳光，少几本抽几个耳光，不准我躲闪，要把脸仰起来乖乖地挨抽。老师在讲台上抽我耳光，台下一阵一阵爆笑。老师抽着抽着，也会笑起来。

我成绩一路下滑，是从放弃数学开始，一看数学老师走进教室，我心里就有恐惧，脸上有一道凛冽的寒意。父亲老是试图寻找我成绩一落千丈的原因，我也不知道怎么跟他沟通，反正老师打学生，在彼时还是再正常不过的事，说了又能怎样？而现在，老师根本不敢打学生，一动手就会引来无尽的麻烦。他们埋怨学生不好管，所以也不好教。但我坚信这是好事，宁愿不好教，也不要让老师轻易动手打人。我跟母亲讲过，我现在去学校就像去坐牢。母亲很惊讶，说你现在的条件，跟我小时候比，简直就是身在福中不知福。你还有什么不满足的呢？我也无可辩驳，不断提醒自己，你本来就是身在福中不知福，你得到的所有痛苦，其实都是奢侈的，在苦难的长辈看来，都那么不值一提。父亲是教化学的，有意辅导我，让我成为化学特长生，这必须以学好数学作基础。但我觉得，在那样的环境，我能保持平稳的心态度过，不爆发心理疾病已殊为不易。而且，我内心觉得长大以后一定会当作家，数理化差一点也无所谓。这是我小学毕业就抱定的信念，因为小学时写作文也不是特别突出，这信念不好跟人说，说出来也是妄言。因为在小城中，"作家"似乎还不够成为一种职业理想。诸如当医生做老师，有看得见的路径，才能作为职业理想，以此规划人生。"作家"似乎是种种机缘巧合的汇流，是一系列意外导致的一个人的宿命，它没有通行的路径可走。

在我小时候，一心想当作家的人为数不少，几乎每个县份，都有为此发疯的。所以，想当作家的心思，通常也难以在人前言说。

但我还是非常固执地认为，我一定能当上作家。这给了我一种莫名的安全感，在初中以后，经常感觉尊严丧失，反而加固了想当作家的愿望，似乎只有这样，有失尊严不够体面的少年时期，才会被自己的记忆洗白，回头一想都是自己不可或缺的人生经历。成为作家，几乎自带咸鱼翻身的甘苦，让人生瞬息丰满。

小学毕业后，偶尔在街上碰到滕老师，走过去打个招呼，离开，心里怀有惆怅。我记得以前有同学说，我们这班不分开，一直读上去才好，滕老师一路都当我们班主任才好，从小学到大学都是她。当时我说这怎么可能，又在编童话了。初中以后，再遇到滕老师，我会长时间看她背影，也有类似的想法。"童话引路"毕竟给了我们许多不可思议的想法，不会因为做不到，我便不去想。

滕老师工作不断变换，调动，最终在海南海口落脚。我则一直在小县城和邻近的市里读书，空荡荡的街面，再也碰不见滕老师。我一路读书，换了许多班主任，换了许多老师，在我心目中没有谁比她更重要。

我仿佛在小学毕业时就完成自己绝大部分的教育。我以为我小学那个班，就是有职业导向性，就为培养作家。我以为有很多同学，随着年龄增长，会按部就班地成为作家。这无疑是种错觉，但我一直都当真。毫不夸张地说，我现在成为一个作家，和童年时期头脑中的种种错觉密不可分。

十一

"后面我们跟踪调查，说实话，'童话引路'应该算是失败了。"我再大一点，读到高中，父亲允许我陪他喝酒，喝一点点，"原因很简单，你们进了初中，成绩都下滑很快。现在，基本已没有尖子生。"

父亲讲到这事，脸上不无遗憾，仿佛是搬起石头砸自己的脚。高中时候我已然成为差生，成绩要倒数。那时住校，偶尔回家，父亲眼里总有深深的失望，并说："这可是我完全没想到的事。"但说得再多，我成绩也无法好转。

我毕竟亲历，且与小学同学探讨：进入初中高中，我们成绩确实都有滑落，但这是不是失败？事实上，小学六年（准确说是"童话引路"开展后的四年），是我们生活中梦幻的一笔，这与我们生存的现实，与我们周边的一切格格不入。我们假装生活在小县城,却过起一种遥远的生活。小学毕业后,我们只能从童话掉入现实,突然要去面对种种丛林法则;别人则是无缝对接,他们从小学升至初中,没有感受到环境的任何变化。我们不能适应环境的改变,因种种原因成绩滑落,无人拔尖,长此以往,必然是泯然众生,一如父辈,不动声色地混迹于这座县城……但是,那四年一直留给我们异常美好的回忆。这已足够。

我从没跟父亲讨论实验的成败,因在他眼里我摆明就是失败的例证,哪来讨论的资格?

那时小县城流行考中专,初中毕业,八成以上的小学同学去读中专,然后,两年以后开始有人毕业,分配到工作。五六年前还在演童话剧,忽然就上班挣了工资。这在当时是很正常的事,一如父母们制定的人生规划,小县城只有这么多部门和岗位,分配会越来越难,所以,读费时最短的中专,先下手为强!我却有遗憾,搞不懂他们为什么要急于工作,从事老师、医生或者乡镇领导这些莫名其妙的职业。聚会时我跟他们说,以前班会个个说要当作家,我还以为都是讲真的。他们便一齐喷笑起来,问我作家怎么当法。是啊,作家又怎么当法,要去考哪所学校,要经由什么样的认证体系?一切都不具有可操作性。

我慢慢感觉到,别人都只是说说而已。包括似乎最有潜质的几位同学,他们也是说说而已。唯独我,当真了。当作家本是群胆群威,一拨人朝着作家一职发起集体冲锋,怎么突然就变了单枪匹马?当初不是明明都约好的么?说实话,当时一想至此,我心里涌起一股悲壮。读到高中,成绩下降再厉害，我也并不担心，让我耿耿于怀的，是老也发表不了作文。高中时校刊是油印，做得很精致，班上有同学不断发表，我投稿却无一中的。写的作文，也从未被语文老师表扬过。我心底发慌，一直以为自己必是作家，现在作文都上不了校刊，我哪还敢一如当初那般自信满满？除非，是精神有问题。

高中毕业我考两年，都落榜，都没达到本科线。父亲鼓励我不气馁，重整旗鼓，再来一年，万一就上重本了呢？我觉得父亲心中也存有很天真的东西，把高考说得跟摸奖似的。我不干，去读专科。学校有一份校刊《木叶》，铅印，看上去简直就是正式发表。主编是高中同学，而且还同过宿舍。这燃起了我的希望，小学五年级发表作品以后，我一直往外投稿，却有七八年时间未得到发表。我想套近乎得到发表，没想这同学分明很讲原则。

"我这里不缺稿子。"他说，"只缺好稿。"

我无法说服他我写得好，有那工夫不如将自己的稿进一步写好。

学生时期写的稿子，我还留下一些，回头一看，确实臭不可闻。当然，我也不会说感谢同学坚守原则，让我不必如那些名家，悔其少作。那时我多么需要发表，需要鼓励并进一步坚持信心，但这并不影响我一直写下去。事到如此，写作已经放不下来，是一种享受或发泄，不止是当不当作家的问题。

我记得我找的第一份工作，是到《金凤凰少儿乐园报》当编辑。报纸正是滕召蓉老师创办，后滕老师调走，这份报纸被州教育局接管。我想着滕老师，想着报纸上刊载童话，一颗心仍是止不住发烫。去了之后，才知这报纸又转包给私人经营。那时候报纸已经气息奄奄，因没钱付稿费，主编叫我写稿，所有的童话几乎都是我写，每期一两个版面。一写半年，没有拿到工资，生计成问题，不得不离开。此后从事多种行当，都干不久，唯一不变的是晚上在电脑前面敲打。大专毕业后我写的第一个小说是长篇，三十万字，写得一塌糊涂，写到后面自己脑袋都乱掉，不敢回头再看一眼。但是，这个长篇似乎使得我的写作训练达到一定量，往下写中短篇，突然变得通透，自我感觉应该达到发表的水平。

但发表仍是成问题，不断地寄出稿，不断泥牛入海，传说中的退稿信都从未见过。

一边打工一边写作，我还是觉得时间不够，精力也不够，索性什么也不干，待在家里写。看上去，分明是啃老，好在父母宽容，能够接受我种种自作主张的决定。母亲还尽量跟亲戚解释：还好啊，反正他又不是干坏事！回到小县城，我也不想让人知道我在写，说出去都像是笑话。平日里来往的，仍是小学班上几个同学，他们都已工作，又尚未婚恋，晚上聚一起喝酒聊天。偶尔我有发表，想付钱，总是被他们拦住。

"你好不容易赚到几张钱，不要花，裱起来。"他们说，"回家挂墙上。"

那时年轻，嘴损，互相开玩笑才好过日子。但我觉得，他们是相信我能成为作家，也希望我能得遂心愿的。这是小学时一起读"童话引路"实验班的缘故，后面的中学同学，其实不可能理解我。我们都有过当作家的梦想，转眼二十来岁，就只剩我还有那么点苗头了，像风中之烛，随时熄灭。

我是1999年开始写小说，2002年回家专事写作，2007年获得一个全国性奖项，2008年因这奖项被解决工作，招入县文联当创作员。成为一个作家，我似乎用了不到十年时间，其实之前还要上数十几年。我用了二十多年才当成作家。

我也不觉在家写作那几年如何困苦，没有收入，但只要不离家远行，父母总是要管一碗饭吃，不用发愁。而我一家人的性情，似乎都是乐天知命，只要不饿死就不知道发愁。事实上我很怀念那几年的清静，只有几个朋友知道我写，此外少有叨扰，我几乎把百分之百的精力用于写作，那是一种燃烧的状态。能进入这样的状态，何尝不是与我心中淤积多年的作家情结有关？相反，成为作家以后，总有各种事务干扰，很难再将精力完全投入写作。这何尝不是一种矛盾？

当我成为一个作家，才发现这只是个人心愿的完结，与别人并无多少关系。滕老师每年都要回凤凰小城，后面电话就打给了我，我也义不容辞成为饭局的召集人。酒后，再聊起当年的"童话引路"，我说我当年真心以为大家都是憋着劲要当作家，也都能当上。别的同学就整齐地笑，仿佛我这想法有多么不可思议。我发现，自己仿佛有一种能耐，就是大家都看得异常明白的地方，我却要犯糊涂，产生特别夸张的错觉。就像小学时候的班会课，大家纷纷表态长大要当作家，那是基于一种"政治正确"的判断，只有这样说，老师才会满意。但我信了。于是,这样的聚会,成为我清理自己以前种种错觉的时机。

那么,我岂非是被这些错觉造就?

在我们小学时,当作家有无上荣光,但到现在,作家成为一个普通职业,光环褪去,所有的辛苦也只是为稻粱谋。我始终认为,因为童年时经历过一段有如童话的时光,我循着这童话般的记忆,终于成为作家,便已是生命中小小的奇迹。有此理解,我不免比同行多有一些平静和淡定,只要能够写作并以此谋生,就有必然的乐趣。

此外,我也乐意将自己的写作经验分享给别的写作者。这是同行大都不愿干的事情,写作是过于私密的经验,且也一直流传一种说法,写作都是天生的,不可学。但我认为,入门的东西都是可学的,夯实了基础,再往上走,才要见着各自的天分。恰恰因为太多写作者没有经过必要的写作训练,完全土生土长,写到一定时候便有无力之感,难以为继。事实上,目前我面临的职业现状,一是阅读的人越来越少,二是想写的人仍然很多,却寻不着门道。于我们而言,讲述写作,变得比自己写作更被需要。我调入一所大学以后,就一心想在写作课的讲述上有所作为——这也是对自身能力作出判断后有意的选择,说实话,别的我也讲不了。我乐意跟人讲写作,别人愿意听我讲,那我正好也需要有人听,因在别的场合再讲文学聊小说,又是多么不可思议。数年下来,我讲述写作也有一定效果。纵是口拙,但我似乎对讲述写作颇有心得,仿佛是一种传承关系:我受益于写作训练,我有义务让别人相信,写作课的切实可行。我掏给别人的东西，大都实用，具有可操作性。

开讲前，我首先要解决的，是"写作可不可学"这一基本问题。我总是作出肯定答复，然后，我的写作课，又总是从自身讲起，从曾经的被人论证为"失败"的"童话引路"实验讲起。

溺爱

母亲生我时难产,我怎么都哭不出来,医生认定救不活。幸好一个倪姓护士是母亲熟人,怜惜她这么小的个头,生出八斤半的死胎太辛苦,下定决心要把死胎救活,人工呼吸做到腮帮塌陷。所以我庆幸出生在一个人情社会,没这层关系就没我这条命。但毕竟,作为难产儿我有很多缺陷,吐字不清,四肢笨拙,手先天颤抖,快到十岁才能用筷子将菜揿稳。遭人嘲笑在所难免,为避免羞辱,我从小喜欢宅家里,但避不开父亲失望的眼神。父亲年轻时练武,打架生猛,拍下很多裸了上身展示肌肉的黑白照片。他对我感到失望,我也理解,如果我是我父亲,也会感叹一代英雄一代衰。而母亲对我的溺爱,是觉得把我生成这样,她难辞其咎。母亲对我一味溺爱。我从小厌学,早上不想起来,跟母亲说我不舒服,母亲就要父亲帮我请假。父亲说,他装的。母亲说,他不会讲假话。亲戚都说我母亲对我过于溺爱,但我觉得正因母亲的溺爱，世界被关在房门之外，我的童年还是充满了幸福。

母亲一直爱看电影，去电影院总是带上我。后来有了电视，母亲喜欢看央视"电视译制片"。我的口味和母亲严重趋同，喜欢译制片，只消忍耐最初因冗长人名带来的艰涩，总能融入一个完全陌生的境地，融入一段异样而瑰丽的人生。我忘不了影片结束时，心底袭来的孤独和忧伤，像和最好的朋友作长久的告别。

我清晰记得，对"作家"最初的体认，是来自一部译制片《鸟鸣山下》。讲一对夫妇有了小孩，聘保姆时，阴差阳错聘来一个五十多岁，看上去毫不起眼的老男人。随剧情发展，男保姆绝对物超所值，几乎干每件事情都臻于完美，也导致女主人对他心生爱慕，男主人醋海生波，寻死觅活。剧情发展到最后，观众以为男保姆必将抱得美人归，他却自曝真相，一个大反转。原来他是作家，当保姆只为体验生活，并已将这段体验写成长篇小说《鸟鸣山下》。男保姆/作家同志将这本书送给两位雇主，并在女主人幽怨的眼神中转身离去。

很奇怪的，我记忆极其深刻，但这么多年，我倚赖酷狗百度，再也搜不出这个片子。但我从中知道作家是一种神奇的职业，有点像特务，侵入别人的生活，又能全身而退。

我小学读的是一个教改实验班，增大了作文训练，班上同学大都发表过作文，都想当作家。十岁起，我就确定要当作家，不惮于表露出来，母亲总是应和。我一直认为母亲真就看出来，我必是作家。

母亲也是我遇到的神经最大条的人。她在县烟草公司原烟股当经理，很长一段时间，本职工作就是去各地烟厂收账。单位男同事去收账，横眉竖目和对方吵闹，没能要到钱。母亲总和一个姓滕的女同事搭伴，到某家烟厂财务室里，一守几个月，不吵不闹，有事还主动打打下手，一来二去，对方有钱优先还给她。母亲喜欢讲这些事，但她从不讲自己吃了多少白眼。没人能让我母亲生气，她一米五的个头，却是要账好手，靠的是她眼里没有坏人。面对每个人，母亲从未流露出轻慢或讥诮的眼神，开几句玩笑，都是拐着弯夸人家。她善于和人沟通，我曾见到，有人咆哮着找上门，半小时后，母亲和对方促膝而谈，谈着谈着，只有母亲嘴皮飞动，对方频频点头。在小县城，我外公脾气暴躁得众所周知。到了晚年，外公一天都离不开他的女儿，我的母亲。只有母亲在，才能一次次让外公停止咆哮，恢复平静。有时候，我觉得外公也是母亲的一个孩子。

1996年，我读补习班，厌学情绪日增，发展为神衰，经常好几天睡不着。我跟母亲说，我不读书了，就待在家里写作。我会成为一名作家。母亲说，你想清楚了，也行。见我成天陷入焦虑，母亲就请了假，陪我在小城中随意地走走。那是四月，乍暖还寒，随时下雨，我和母亲一人撑一把伞，走在小城密密麻麻的巷道，听她讲以前的事情。她主要是忆苦思甜，她认为这可以缓解我的焦虑。很奇怪的，当我回忆过去的事，和母亲漫步小巷的那几天，正因为有焦虑的心情时刻相伴，反而酝酿成特别牢固的记忆。我至今认为，生活从未像那几天一样真实过。一周以后，神衰的症状消褪不少，我又去补习。后来照样是落榜，但我心底没有任何失落。后来混了个大专文凭，没有分到工作，帮亲戚干了几年活，就窝在家里写小说，一年能有个把短篇上正式刊物。母亲很高兴，经常把我发表的杂志（大都是内刊）拿给朋友看，换取她们有些勉强的赞许。

现在，有人给我做访谈，经常会问自由撰稿那几年的经历，问我是如何坚持。其实那是我异常安静和满足的几年，没别的想法，完全地投入写小说。完全的投入是异常美妙的状态，现在难以找寻。而且，决定写作时，我做了最坏的打算，那就是别饿死。有母亲在，我饿不死，这问题便好解决。在母亲的溺爱下，我既有任性，也学会了热爱，比如阅读，比如写作。除了自己热爱的事物，别的都无足轻重。

2002年春节，是在大姨家，喝了些酒，我就放狂话，说我写的小说在整个地区都是顶好。父亲就泼凉水，说他一个教语文的同事，看了我的小说，说还是学生作文。我说那个同事看不出好坏。父亲斥我狂妄。我说五年后我会成为全国出名的作家。我自小怕父亲，可谓看见他背影都哆嗦，那天酒壮怂人胆，一直敢顶。酒喝完没胆子回家，跑到平日最要好的满同学家，求借宿。那时他家正在修房，他和父母挤一间，隔着一块帘布，两张床。满母最爱聊天，问我什么事不肯回家，我也就讲。他一家人都笑得开心。满母还说，以后哪个讲你写得不好，来告诉我，我打他！后来满母和我母亲碰到，两人免不了扯上这事。回家后，母亲眼神有些忧伤，跟我说，有话不要到外面讲，跟我讲就行。我说是喝了酒。母亲说，我对你没有别的担心，就怕你喝酒。你见酒三分醉，必须戒。我点点头，但这一点，我始终没有做到。

随着年龄增大，我在母亲面前有种很古怪的状况：当我想和她交流、表达，稍不注意，就变成冲她发火。一旦面对母亲，我作为成年人的稳重完全没有，像是回到童年，需要她的安抚，需要她来降服。我甚至误以为母亲不愿意接受那种母子之间应有的亲密，儿子就应该有各种不成熟甚至歇斯底里，而母亲正是用来包容一切。许多次跟母亲交谈，最终都变成对母亲的冲撞和伤害，而母亲表情总是平静，安之若素，便让我怀有更多愧疚，等着下次弥补。但下一次，很可能是让愧疚进一步加深。当我离开母亲，想起她，觉得亲切；当我面对她时，又有种疏离。我觉得母亲一成不变，而我已经不是小时候的自己。我需要她作出变化，调整心态来适应我，我需要她需要我来关心她，但她似乎不给我这样的机会。除了衰老，母亲顽固地拒绝任何变化。

有时，母亲跟串门的朋友讲我是如何孝顺，似乎故意漏给楼上的我听。我听在耳里，仿佛都成了讽刺。

到合适的年龄，身边朋友按部就班谈起恋爱，只有我迟迟没找到女朋友。那时我还没有工作，窝在家里想靠一支笔当成作家，这样的状态，别人介绍都难以启齿。好在男人总要找个女人，女人总要找个男人，适婚的青年，咱们国家真是管够。接触过一些妹子，大多坚持不了几次见面，但也偶有例外，可以往下发展，我也没有好好把握。我发现，我其实是在找一个和母亲一样的女人。母亲对此也跟我很默契，我想寻找像母亲一样的女人，母亲何尝不在寻找另一个自己？我接触的女孩，她通过朋友关系打听一番，总是跟我反馈，算了，不合适。不要急，你要找一个像我一样能照顾你的。你的生活自理能力差，又不会哄人，要是找个女人不理解你，你以后日子不好过。听亲戚说，那段时间，母亲在街头看见顺眼的妹子，就主动搭讪，凭她强悍的沟通能力，很快将对方情况弄清楚，然后便是一次次失望。

儿女年龄一大，父母便催婚，我到三十多，母亲仍劝我不急着找。她从来都喜欢夸别人，唯有在我找女朋友的时候变得挑剔。后来，终于，我跟母亲说，你还想看着我结个婚，你就不要管这事。后来，我结了婚。婚后，妻常说的一句话是，你和你妈太像。她试图改造我，因为她说不是要嫁给我母亲。母亲一直都明确表态，希望我不要离开凤凰。她总是说，凤凰是最好居住的地方。后来，我还是离开母亲，来到一个陌生城市，开始不一样的生活。夫妻难免争吵，但妻知道，在我面前妄议母亲，后果很严重。她试了几次，现在不试了。

我打电话给母亲，她总要问，你还过得好吗？听着她的语气，我总以为她是在说，离开我，你怎么可能过得好呢？我就毋庸置疑地回答，我过得很好！我没法跟她说，有她没她的时候，我是两个人。见着母亲，我一身懒病犯起，什么不想干；但离开她，我能够应付生活中的一切。她的儿子已四十岁，而不是四十斤。她儿子已经有了女儿，他很溺爱女儿，就像当年她溺爱他。

有次一帮男同学聚会，聊起哪个女同学温柔。满同学忽然指着我说，只有他妈最温柔。我说，你疯了，讲同学。满同学说，小学时候我们都想当作家，你的作文又不是写得最好,凭什么你现在是?主要是因为你妈,你妈想让你当作家。他说得也没错,如果他赖在家里想当作家,他母亲搞不好见天打他。

十岁起我就确定要当作家,现在真的成了作家,我却越来越不敢确定,如果没碰到这一个母亲,我还是不是作家。我们邂逅各种各样的母亲,所以,我们成为各种各样的人。

忽然话多,因为聊到了母亲,这是没有办法的事。

此文献给我母亲,她叫汤秀莲。母亲身份证上注明1949年11月14日生,作为一名基层党员,母亲以与共和国同龄人而自豪。但她记得这是阴历,我一查万年历,明确母亲生日为1950年1月2日,比共和国小一岁。母亲有点遗憾,说,小月份。

搬家

一

以前在小县城，家等同于宿舍，属于单位，人只能暂住其中，没有"房产"的概念。宿舍通常是所谓的"筒子楼"，一条冗长的走廊将许多家串联一起，走道一定堆满杂物，甚至整间厨房不可思议地嵌入其中，且不堵死，只是擦肩时彼此侧身，偶尔男人揩油女人咒骂，却并不动怒。每一家每天吃的什么，邻居一清二楚，彼此走动，可以随意挟菜。

那年月，说谁人缘好，便道"整栋楼哪一家都可以去挟菜"，"筷头蘸过整栋楼的咸盐"；反之，人缘不好的则是"关门吃肉，气味都不给邻居嗅一嗅"。

宿舍都是单位所建，稍大的单位不止一栋宿舍楼，几栋凑一块构成了杂院。宿舍，顾名思义，只不过是住宿、栖身之所，和安逸舒适相去甚远。要说这种宿舍还有建筑理念，我想应该是"以尽量少的地方装尽量多的人"。那时人与人关系紧密，说白了都没有私人空间，必须闹哄哄凑一块。

此刻，我回忆小时候住宿舍的情景，脑海首先浮现出那些冬夜。那时没有电视，客厅里唯一一盏电灯只有5瓦，一家人彼此看脸都带有黯淡和恍惚。在堂屋火塘里烧一炉火，一家人围坐一起扯白，夜晚通常这样打发，到十点就感觉夜深得不行，非睡不可。屋外夜色浓重，别家的灯如同浮游的鬼火。

家有小孩，大人通常是讲过去的事，显然带着说教目的，这几乎是每个成年人的本能。他们一心要让小孩都明白，"现在的幸福生活来之不易"。怎么来之不易？比如说以前没有电灯，要点桐油灯；以前夜晚还要干活，睁着眼就必须劳累，没工夫闲坐扯白；以前烧不起炭，只能烧柴，烟子熏得人睁不开眼，家家户户屋里都是乌漆抹黑。于是乎我们真的相信，今天的幸福生活来之不易，暗自庆幸。但烧炭的房间墙也不白。那时还不兴刮大白，只是抹石灰，时间稍久烟子一熏，墙面暗黄，后来有人用"屎黄色"形容，我觉着极形象。有人喜用奖状糊墙，金灿灿的一大片，算是豪华装修；大多数人家没这么多荣誉，就用报纸糊墙。我们都知道怎么用报纸糊墙。这种简易装修是自家完成，要熬整脸盆糨糊，熬稀了粘力不够，熬稠了板结一块，会熬糨糊的女人很吃香。

小孩要是到了点不肯睡，鬼故事铺天盖地而来，在那时夜色中异常真实，直到小孩迫不及待钻进被窝，且蒙上脑袋。最早发的梦,我现在依然记得,多是被窝里很热闹,亲戚朋友都来,都环绕着我,接着鬼来了,伸手也够不着。

我真正感到幸福,是冬夜里母亲用炭火灰烀红薯,爆老玉米粒,或者是爆豆条。爆豆条是一件神奇的事,最要讲火候,将细若粉丝的豆条插入火灰,滚一滚再拉出来,立时变得有小拇指粗,吃在嘴里有恰到好处的焦糊味。母亲熟手弄得好,不断地拉,膨大的豆条就持续往外伸展,简直是一场魔术。母亲说:"是有秘诀。"我和弟弟试过多次,因掌握不了秘诀,果然会弄断。此外,冬夜漫长难熬,尤其洗澡的时候。那时候小孩都害怕冬夜里洗澡,总是被冻得浑身哆嗦,简直受罪。那时候小孩都会撕心裂肺地哭,一个小孩哭,会引发或激励邻家小孩一齐哭,跟狗叫似的。

二

搬家是经常发生的事情,每到周末,宿舍密集的单位大院,总有人搬家。只消借来两辆板车,就能将每一户的整屋子家务什搬走。每一家都没多余的东西,锅碗瓢盆床椅柜,都是生活必需。偶尔有家电用品,比如双卡录音机,是会另行搬走,最好趁着夜色,以免露富。要有电视机那更不用说,简直叫秘密转移,如果和别的物品一同搁在板车上,白日里拉到街面招摇而过,路人便会指指戳戳,指斥别人爱炫耀,有个难听的词叫"显卵"——"咹,这一家都是显卵"。又有人总结:"显卵最爱搬家"。

在我看来,搬家仿佛是那时候一种游戏,是日常生活中一种必须。成年人需要把沉闷的生活折腾出一些热闹，需要周末的集体活动，但县城没有公园没有游乐场，稍微卖座的电影，没熟人搞不到票。集体活动却很多，最好是某种需要朋友协作的家务劳动，比如打藕煤、钉杂物间、阳台改灶台、在院子一角建猪栏、打制帆布沙发……反正不能让时间浪费在玩乐上，要有"意义"。那确乎是满满都是意义的年代，而我们都知道，劳动最有意义。

搬家会切切实实带来一整天的热闹，平时不联系的朋友都聚到家里，搭一把手，这边搬东西上车，锅碗瓢盆一路撞响，到地又卸下。人多力量大，一天里就能搬空老屋，充实新房（其实都是别家腾空的旧房）。宿舍内部不会有任何装修，白墙明窗而已，东西摆放的位置也是大同小异，随便叫来亲友，都是熟手。收拾妥当，放几挂响鞭，然后，以搬家为由头弄一桌菜，既是犒劳，可以上双荤，再打两瓶壶子酒。要没个由头便聚一起吃肉喝酒，满怀忧患的老辈人又会说，你们年轻人真是败家。一切都需要名正言顺，这也是我当时得来的重要体会之一。拖东西的板车上了街，总是引来目光，要是在路边稍作停顿，路人就会围观。那时人们总有消遣不完的好奇，喜欢围观各种事物，且喊喊喳喳讨论这一家生活水平。事实上，每一家过日子的用品，两车家什，都是如此乏善可陈。

我也乐意围观搬家的板车，主要是看他家有没有成束的旧信札，信封上贴没贴有邮票。我的邮册总是难得增添几枚邮票，每一枚盖销票都自有刀口舔血般艰难的求取过程。有时候运气好，或者正搬家的人心情不错，会扒开旧信封撕几枚JT票赏赐给我。

搬家有各种原因,比如调离这个小城,比如新换一家单位。宿舍属于单位,工作调离,宿舍由新的单位负责。当时很多人为了换宿舍也要不停调换单位,这里面有将生活质量升级换代的错觉,也许只因为新换的宿舍多了五平方米的后阳台。还有就是亲戚间为婚嫁的事相互调换宿舍而搬家,比如哥哥业已成家,弟弟正要结婚,两人把房子捯一捯,弟弟的房子由小捯大,得以娶到长相更出挑,条件更好的老婆,兄弟俩也算一同为家族基因血脉的优化作出了努力。有的仅仅是原来的房子住得太腻味,只要同属一个单位或者同一系统,就可相互调换,彼此换来一点新鲜的感觉。在我小时候住过的粮食局宿舍,就有楼上楼下相互调换的事例,各有各的原因和期盼,整栋楼的邻居一同享受节日般的氛围。

很长时间院子里没人搬进搬出,大家都会寂寥,皆盼望有新人入住。真有人搬进来,吃饭时大家扛着碗聚成一圈,共同开扒新住户祖上三代的亲属关系和人际脉络。只要是本地人,就没有扒不出的旧事。不要以为搬了新址就可以兴风作浪,每个人的履历档案都装在别人的脑子,挂在别人的嘴巴。那是一种过于集体化的生活,没有私密空间,每个人必须严加规范自己的言行。

现在大都是商品房,纵然有买进卖出,但搬家之事比以前少了很多,不像过去,搬家是经常发生的事情,一家人可以搬动许多次。现在搬家也是搬家公司的事情,跟邻居没有任何关系。生活中这些变化,也不好作出孰优孰劣的比较,最鲜明的感觉,现在和三四十年前的过去,分明已不属同一世界。忆及旧事，我老觉得自己其实是穿越到了此时此刻。

三

我出生时家住"进士巷"，不到一岁就搬离，我对那没有任何记忆。说是搬离，新住进的粮食局宿舍距那也仅一里地。县城本来就小。

那巷子短如一段盲肠，巷内只三五扇院门，有的单门有的是对开双门。每个院子都不止一户人家。一家一院，那是后面才有的概念。我开始懂事，母亲带我经过广场，明明有更近一点的路，但她一定要绕那条巷。"你出生时我们住这里。"母亲说，"那时候日子不好过，你嘎婆（外婆）在民贸二局给人家煮饭。"她一指巷子尽头，更幽暗的一栋楼。其实那里一拐就看到光，朝着光走就是全县人民都熟悉的广场。以前县城只一个广场，聚会都在那里，最热闹的永远是公捕公判。

后面随着成长，我能想事了，便对自己出生时的住所有了好奇，经过广场时，主动拐入进士巷，找准那个院子。门缝很宽，看见院坪错落地摆满杂物。杂物一多，光线总显幽暗、浑浊。我往里窥，老是看不清晰。偶尔，我见到院内一个老人，或者小孩。院门从没有打开，如果打开我可以走进去，如果走进去有人问小孩你来干什么，我会回答我出生在这里。他们肯定还要问你是谁的小孩。我能准确说出母亲以及外公外婆的名字，他们都曾是这个院里的住户。但门没有给我这样的机会，我从未进入过我出生时的院落。

那时候我视力发育尚未完全，看东西不分明，甚至会变形走样，在头脑中生成另一番古怪印象。那时梦都清晰，一如现实所见一般具有魔幻的效果。后面年纪又大一些，我再去进士巷，住过的那院子换了门，不留门缝。以前木匠做门要留缝，后面建材市场出售成品门，都不留门缝，不给人窥看的乐趣。

既然这样我就不再往进士巷里钻，除非是因为喻家有事。

和我出生时那院子对着的那一户，女的姓杨男的姓喻，都是我母亲的同学，关系一直很好，杨女士跟母亲简直是最好。那院子是杨家的祖产，院里别的人家陆续搬走，终于只他们一家住里头。他家有三个女儿，大女儿跟我同学，我家是两兄弟，不管三个两个，都是隔年一个，那时候女人都是生孩子的一把好手。母亲和杨姨要好，凑在一起说话，她说你有两个儿子真好。母亲说我还想要有个女儿。后面别人就提醒母亲不要这么讲，这叫风凉话。母亲说："没事，她不会这么想。"个中原因，是母亲生我时难产，我看上去不是那么聪明……或者说，分明是有点憨傻。既然这样，我母亲怎么讲也不会是风凉话。我觉得我母亲是个天生懂得把握分寸的人。

我最后一次去进士巷，是杨阿姨去世。她得了癌，挣扎几年还是去世。母亲作为她生前最好的朋友，在追悼会上念悼词。悼词是我写的，我对她俩的事实在很熟悉，不劳母亲费神就挥就。那晚追悼会，母亲念得很投入，很动感情，几次哽咽着停顿，回过神又继续，文章便像是她亲自写的一样。

四

所以，我的记忆是从粮食局的宿舍院子开始的。

粮食局和粮店分开，职工不多，宿舍院只一幢两层楼。说是俄式，就是全用火砖砌成，回廊有立柱。上下十二户人家，照样随时有人搬走，接着自会有人搬进来。那时候住房紧张，一个萝卜一个坑，不像现在有那么多空置的房间。铁皮的瓦漏上敲有凸出来的数字，标明了房子的建成年份，是1957年建成。楼前有一溜厚重水泥糊成的盥洗池，四五个水龙头，都不上锁，水费是单位出，而拧紧水龙头，是每个人应尽的义务，那时候厉行节约，我们小孩用完水咬着牙拧紧水龙头，要不然准有一个大妈蹦出来数落。

我家住一楼一号，接着是二号三号，接着是一个楼道，再接着当然有了四六号。再过去是两间大厕所，蹲坑的，岸阔流深，小孩经常一脚踩空半悬在坑口。接着有人尖叫，然后会看见小孩被大人整个放在水龙头底下冲洗。有一回被冲洗的是我，并不感到羞耻，反正院里的小孩总有那么一回，有如某些外国的小孩承受洗礼。

屋前的院子至少有半亩，那时我小，院子看起来很辽阔。莳弄花卉，还有菜畦，养的花主要是牵牛和凤仙花，突然有谁种了几蔸颜色纷杂、非常鲜艳的大丽花，引得别的院子的人纷纷前来观瞻。后面有人把"怪花"移走，免得"招蜂引蝶"。那时候人们都嘴碎，所以人人害怕抛头露面，引人注目，人们似乎都乐意不声不响地活着。种菜当然都是常见品种，萝卜白菜当家，葱蒜芫荽见缝插针点上。记得另有一种菜叫莙荙菜，又叫牛皮菜，拿来炖汤异常地稠，粥一样的，却很快被淘汰，现在再也没见着。

记忆中院子除了养花种菜，还有一角是个别住户违反规定，外面捡来成堆砖头，砌成猪圈养猪。那时候，城里上班的人也养猪，他们把潲桶设进每一家的厨房，这要看关系远近。有人要往我家厨房设一只潲桶，母亲一次次回复说："现在已经有人摆，明年再看吧。"有点外交家的风度。有一年厨房设有两只潲桶，让外婆伤透脑筋，往里面倒剩饭剩菜就有衡量，总是有一只稀一只干，但又要尽量不让别人看出来。有时潲桶积得太慢，外婆看在眼里觉得挺对不起人，择菜时主动薅几把老叶子塞里面。那时候吃肉不叫吃肉，叫开荤，一周顶多一次，若能吃上两次，便是养猪的人户，腊月时熏制许多腊肉。他们会悄悄给设潲桶的人家送一两块，礼尚往来，或者坐分红利的意思，明年继续设潲桶。

有时候，猪会大白天拱出圈，满院子蹿。出圈的肥猪会引发一场小小的狂欢，小孩拿大个的猪当马骑。有的小孩天生是骑手，跨骑上去两腿夹紧，捏住猪耳朵能骑上很长一段距离。猪其实跑得蛮快但不经累，我看见有只猪被小孩骑得直吐白沫，主人赶来的时候脸上显出悲怆的表情，这一通跑不知会掉多少膘。后面我在小说里写到小孩骑猪，描写生动，是因为虽然小时候很少吃猪肉，但真没少见过猪跑。

五

我读到小学,家又搬了一次。那时母亲单位没分房,我一家一直是跟外公住。外公从粮食局调到财政局,家一日之间就换了地方。不停地搬家,便能更准确地知道哪些才是生活必需。以前老人们是不让扔东西,反复嘱咐"一粥一饭当思来之不易,一针一线恒念物力维艰"。一角钱买包葵花籽,吃完后纸筒也要拆平放在家里,再不行可拿去擦屁股。那时候擦屁股爱用报纸和书页,现在一看不但不卫生,简直是危险,擦屁股的报纸往往油墨未干。但在当时哪有这么多顾虑,单位的报纸是一种生活福利,主要还不在于看,而是看完拿回家的各种用途,包括裱墙。所以我一度怀疑,只有不停地搬家,才能够让每个家庭接受一次次清理,腾空,用以盛放新的东西。搬家便是吐故纳新的过程。搬家过后,旧房子会遗留许多杂物,一地狼藉。外婆还背着背篓回去几次,把扔掉的东西重新一件一件捡拾起来,然后统统放进背篓,背回。外公会大发雷霆,然后任由外婆再把旧物一件一件归回原处。于是,新居仍是旧居,想扔的终是扔不掉。

他们那年代过来的人,经历过极度艰难的日子,到晚年,稍稍有些痴呆的时候,普遍得来一个毛病,便是翻捡垃圾箱。这是没有办法的事,让子女都非常为难。

"现在家里日子好过得,你不要再去捡这些!"

很多年后,我听母亲冲着外婆的残余听力,扯起嗓门反复么说。外婆翻翻怪眼,依然故我。在外婆晚年,我们甚至不敢多给她钱,她会疯狂地买肉,年前熏制成腊肉,大半年都吃不完。在她内心深处，总担心有一天会断粮。

搬家扔不掉旧物。邻居有一老人，搬家以后回到旧居，把扔掉的照片都捡了回去。其实大都是儿媳妇的，现已离婚，人不知去向。照片捡回去，引发旧痛，家人都说这些东西还留着作甚。"都是花钱照出来的，扔掉可惜，多看几眼也好。"她捧着那堆照片，反复地看。

六

我家搬去的政府机关一处宿舍，位于一座小坡头，走到顶有一百多级台阶。台阶很深，我第一次几乎是手脚并用爬上去，看见一个院子宽敞，有两棵核桃树。分前院后院，有十五户人家。我家是在前院正中间那一户，前院有两层楼，二楼通道正好连通后院。后院是一溜平房，依山取势，地势比前院高一层楼。住进去以后母亲要我记十五户人家各自姓氏。我记得很快，这样跟人打招呼有准确性。那时候见到亲戚朋友要强制性打招呼，仿佛最能说明家教好坏，不爱吭声不肯喊人的小孩据说迟早要吃亏。

我家有黑白电视，上海飞跃牌，据说比常见的韶峰要好。大家挤到我家看，也啧啧地说确实清晰一点，你看这雪花点颗粒都细。我家晚上总是人满为患。我记得那种热闹，在那时候热闹简直是最不缺的东西。因为这台电视，我家算是很快融入这个院子。刚搬上去不久碰上洛杉矶奥运会，感觉像是过年，家里挤得不能再挤，大家凑钱买了鞭炮，会为中国获得每一块金牌大肆放响一通。

在我们前院的围栏底下是政府招待所的贵宾馆,叫"江山如是楼",比不上现在的家庭客栈,当年却是小县城最有档次的地方。主要接待领导,讲级别,胡耀邦当年来凤凰在这幢楼小住数天。我们都见过,听说是大官,到底多大我们暂时无法理解,家长说和当年毛主席一样,我们也不肯信——真看不出来。那时总书记也就一两个随从,不用森严护卫,而群众也并不围观。

住"江山如是楼"的贵宾不爱看电视,州歌舞团和县阳戏剧团经常会在下面的院子给领导表演节目。我们居高临下地一起看,胆大的小孩敢叫领导的名字,领导通常和蔼地朝上面挥挥手。但歌舞表演看上十分钟就很无聊,还是回家中看电视。那时候,正播《霍元甲》,每个周六限量特供两集,显得如此珍贵,每个姗姗来迟的周六都有如盛大的节日。同时,停电也是常事,三天两头。《霍元甲》播到最后两集,据说电厂的领导紧张了,开会指示今晚一定保证不断电,"要不然明天会有人拆我们骨头"。

宿舍所在的坡头都是菜地,种得最多却是扫把草,长势特别繁茂。小孩都说,在扫把草里撞见过豹子。大人说只能是猫,小孩坚持说是豹子。大人有口难言,他们总是言之凿凿地说我们这山上有豹子,是为我们不随便乱跑。但当时没有电脑,没有网游,电视机晚上才有节目,白天小孩总要四处乱跑,山前山后。那时候小孩一定会扎堆,大小孩带小小孩,自然而然就分成几拨,每一拨都有孩子王。对面气象站也是个坡头,用白色围栏围了四方的一圈,我们只能在围栏以外疯跑,看围栏里的仪器总是觉得高级,里面穿白褂的工作人员令人心生敬畏。

此外，我看见一口生铁的铸钟，巨大，倒扣着钻不进去，在气象站围栏外的草窠子里一摆便是许多年头。我对那口铸钟印象深刻，因为它的存在，整个气象站坡头不但属于先进的科学，同时也氤氲着一种神秘古老的气息。偶尔，我独自去那坡头，是不敢面对铸钟的。我绕开它走。

气象站坡头再延绵过去，是党校坡头，那里有一个废弃的蓄水池，漆黑如深井，也是独自不敢去。那时候，周围遍布神秘的事物，每一栋有年份的楼房都会流传吊死鬼的传说。与之相应，我的回忆里总有一种暗黑的效果，随时会陷入深深的惧怕之中。那时候，觉得周遭一切都过于巨大，而我们很小，所以做人做事要格外小心。

其实住在政府宿舍的时间很短，但在记忆里很长。后面我还去过那个坡头，格局并没改变，但房子已经卖给私人。前院的院子被围墙割开，一楼每户多得一间半。一棵核桃树还在，被户主圈在院子里，没有盖成房。院子不复存在，人们内心都想着分割土地，据为私有。反正，时至今日人们也用不着交流。

我以前的邻居，仍有几户住那里。一想他们在这里住了三十多年，年纪都已不小，房子又已私产，估计不会再搬走。

七

不光我家，亲戚也不停搬来搬去。比如我家搬离了政府宿舍住进自建的楼房，小姨又搬进去住，因为按规定那房子还可以被外公使用。后面小姨又搬到烟厂宿舍，房子并不比政府宿舍更好，但有闭路电视线，每晚都可以看两集港台武打片，是一笔令人眼红的福利。

在小县城，平时见着的亲戚都是母亲这一支，她有四姊妹，母亲行二，上面一个姐，下面一个弟一个妹。父亲六兄妹，他为长，五个弟妹都在农村。除了大姨从未搬家，其他三个姊妹都不停搬来搬去。大姨父是住河边的祖宅，木结构，歪歪倒倒，且还潮湿，充斥着霉味。去大姨家走动一多，不免是要问你家怎么还不搬，"是啊，想搬搬不了。"大姨似乎也有遗憾，"你们好搬，我这里想搬搬不了。"风水轮转，后面搞起旅游，大姨家住的那段河岸成为最值钱的地段，一年租金可在县城买半套房。

搬家最多的是舅舅。我唯一的舅舅是县城里一名活跃分子，小有名气。因他创下了无数个第一，比如开设第一家冷饮店，又开第一家电器维修店，第一个有了私家录像机，买来第一台南方摩托，第一个（至少也是第一批）穿喇叭裤戴变色眼镜，第一个跑越南引种原种斗鸡苗，第一个自行盗版盒式卡带……

舅舅的能耐，也在于不停地变换单位，每个地方一定待不久，每一时段必定在干四五桩事情，所以他也不停搬家。

后面，我们两家一同买了山上的宅基地，建成私宅，他又调到地市。他家私宅似乎从未有人正经住过，一直被我家当成杂物间，已近三十年。舅舅每次搬家，旧宅都会遗留许多东西。他家里东西多，丢弃不要的也多。每次搬家后，他都不会马上交出旧宅,钥匙递给母亲。"看还有什么能够继续用的,找一找,不要浪费。"舅舅自己浪费,却回回交代母亲不要浪费。于是我们去他旧宅,拧开门,东西多得像是四十大盗的宝洞。有一次他家从副食品公司搬到烟草公司,母亲叫了父亲还有我,父亲挑一担箩筐,我和母亲各背一个背篓,一趟还收拾不完,要去第二趟,甚至满心喜悦。那年头,不怕自己家变成废收站,堆的东西越多越好。

第二趟我们往回走,走至半路碰到母亲熟人。熟人说:"亲戚搬家了?"母亲回答:"噢啊,我弟弟。"

"又调单位了?真是狠人。"熟人又说,"汤大姐,正好我家也刚刚搬,留下好多东西可惜了。要不要去看看。"

母亲正在犹豫,不知如何回复。

"不用了。"我见父亲脸色一沉。

八

1983年父亲从别的县份调回凤凰,很快在河畔一处坡头买了一宗宅基地,要自己建一幢楼房。一有告别宿舍的机会,小县城的男人们都热衷于自建楼房。

那一宗宅基地有六分,即四百来个平方米,购入价格是一百六十块。是的,简直像是传说或者开玩笑,每平方仅四角钱。那是八十年代初的事。过几年,我舅又买下了紧挨的一块宅基地,面积稍小,价格也未上千。

"当时还有两块钱报个名,开个票,就可以分到三分地,在团鱼垴。"母亲说,"但有规定,要两年内把房子建起来。我们当时胆小，怕建不起来辜负领导的意愿，不敢报名。"现在一看，团鱼垴几乎是小县城的中心地带。

父亲买地那个坡头是坟山，要自行迁坟。我们这四分地里有两座坟，皆无墓碑，不好查找坟主，告示张贴数月，无人认坟。动土迁坟这事情，其实很热闹，因为坡头一带挖出过官坟，有文物。那年月闲汉极多，有的专门在坟山晃荡，见有人迁坟就围过来看。离我家那宗地不远，另一宗吴家买的宅基地动迁了无主孤坟，残破的棺椁弄开，里面找出两只玉镯。吴家小儿子打架全县有名，要挖地基的民工将玉镯交出，"宝物"当然不会旁落，归他所有。他被武侠书看坏了脑袋，一早就想仗剑走天涯，揣着两只玉镯离家出走，却换不成"银两"——看在眼里值钱，要拿去卖，根本卖不上价。过不久他又自行回家，挨父亲一顿打，照样每天去读书。那时候，小孩一到十几岁，大都有离家出走的欲望。

等到我家宅基地两座坟动迁那天，我们都赶去看，挖开第一座，有些腐烂木头，不见一块骨头；又挖开第二座坟，里面什么都没有。父亲还到处打听相关的说法，说是相邻那个坡头是官坟地，这坡头却是乱葬岗，以前有谁被土匪"关羊"找不到尸首，会埋一座空坟，说不定我家碰的两座坟皆是如此。这说起来仿佛有些不吉，但我一想，过去的年代真是充满故事。

宅基地买到手，等到房屋建起来已经过去了几年时间，倒不是精工细作留下百年基业，原因只一个：缺钱。这房子是父母零打碎敲攒起来的，他们没有向人借钱的习惯，攒一阵钱买来一堆建材，父亲再把乡下的兄弟亲戚叫来，将这堆建材变成楼房相应的那部分。钱花光，便停工待料。或者，到了农忙时节，乡下亲戚也不得不停工，回乡务农。

那几年，每到周末和假期，父亲就带我和弟弟到未建成的楼房里，干些力所能及的事情，比如把土坎一凿一凿弄出台阶的模样；比如说到处捡石块，把台阶砌得齐整一些；还在周边开几畦菜地，种各种蔬菜。劳动和游戏其实浑然一体，终日待在山坡头，并不累。但父亲一念书，人就发困。那时父亲爱给我们念书，虽然听不太懂，一听便是两小时，强自撑着，不敢不听。记得父亲读完整整一卷《艳阳天》，我只记住几个人名，以为都是父亲认识的人。

房子建起一层，弄出个一个四方的阳台，父亲把竹床扛到阳台，晚上三个人挨挨挤挤地睡，睁眼便见满天星斗。夏天极热，山上蚊子又多，很长时间难以入睡。我却不烦，以为生活原本这样充满忍耐，也怀有期待。

两层楼房历经数年，旷日持久地建起来，回头想想那东拼西凑的模样真是丑得骇人，但建成时，全家只晓得开心。用父亲的话说，我们自己有天有地。更重要的，从此以后再不用搬家了。

吃货之家

一

无疑，小时候的美食记忆大都来自外婆。外婆一天到晚所有的事情，都围绕着吃，上午去买菜，一定要耗两三小时，买上一背篓才肯返回。她并不是去挑品质上乘的菜，相反，她喜欢给那些菜摊扫尾，别人挑剩的，她讲到极低的价钱包圆了买来。表面上看省了钱，但是"一分钱一分货"的道理总是没错，扫尾的菜往往削掉大半才能吃，算起来一样的价格吃到最差的菜。外婆不算这笔账，她需要那种便宜的快感，也需要在择菜中消磨时间。试想，要是买的是最好的菜，或者像现在去超市买来净菜，到厨房三下两下就摆弄妥当，接下来的时间，外婆又能做什么？她多的是时间，她要把这些时间都消耗在"吃"上面。做菜既是生活的必需，也是外婆最大的乐趣。

外婆时不时要掏出一盆老油，放锅里烧至沸腾，然后用来炸东西：糍粑、红薯片、黄雀肉、锅粑、小青鱼、河蟹、灯盏窝、拖面……过油一炸，所有的东西都焦黄脆香，在那个年月，沾着油人就感觉有上好滋味。包括拖面，是一种消失的食品，说白了，是用茼蒿在灰面浆里滚一滚，放油锅里炸。不难想象，这是一种替代食品，产生在更为困难的过往的日子，外婆将之保留下来。八十年代初过日子仍是半饥半饱，拖面依然行销。试想，只要买几斤茼蒿，半斤面粉（那时都叫灰面，白色的叫"富强粉"），弄出拖面就有一大盆，邻居小孩挤进门人人都给，一顿饭便能吃得热闹非常。外婆的油炸食品是定期发生的狂欢，平时嚼不动的锅粑，吃怕了的红薯，用油一烹全成了上好的美食。所以那一锅热油在我眼里也无限神奇，有时候会偷偷地将一些剩菜放到里面过油，希望它们都发生奇妙的变化。外婆看见就挺心疼，说"你不要搞坏我一锅油"！外婆极看重这一锅油，菜好不好，她要看会不会坏油。那时我母亲在县贸易公司，收蛇剥皮，蛇肉几分钱一斤地处理。如果我们愿意吃蛇肉，那么简直算是一步跨入共产主义，天天有肉吃。但外婆反对母亲每天带蛇肉回家，因为这东西据说煮不透，一定要过油炸，但炸过蛇肉的油有腥味，不能回收利用。外婆心疼一锅油，所以坚决反对我们吃蛇肉。

煎炸食品现在看来固然是不健康，但在当年，神奇的油让一切普通食品发生了质的嬗变。比如五分钱一块的老豆腐，母亲就只能拿来打汤，顶多加足花椒做成麻婆豆腐。而外婆将老豆腐切成小方块或是三角片，放油锅里面小心地煎，往往一个多钟头才弄出一盘两面黄的煎豆腐，没有一点焦黑颜色，皮面略微起皱，一块块黄得亮眼。这是功夫活，只有像外婆这样一辈子觉得时间长得难以打发，想尽各种办法消耗时间的人，对做一道菜付出最大耐心的人，才能将豆腐煎出黄金般的成色。后来外婆不能做菜，我们却还想吃那种煎豆腐，各自试过，才发现豆腐搁在热油上，一不小心就粘紧，筷子一搌一定扯脱皮。外婆煎菜时那种细心和全神贯注，我们根本学不到，豆腐吃进嘴，高下立判，都在回忆里。

小时候充足的食欲，也离不开外婆和母亲的苦难讲述，"忆苦思甜"进一步促发了胃液的分泌，恰在那个年代又以"能吃"为赞美，所以一天到晚想着吃东西也不为罪过。偶尔，家里杀鸡宰鸭，就有近乎节日的气氛，而在单位杂院里，弄了硬菜后是"开着门吃"还是"关着门吃"，衡量着人品。开着门吃吃不够，但邻居都认你家是好人；关着门吃一逞口腹之欲，但门外闻香未见菜的邻居不免要指指戳戳。我家大多时候开着门吃，偶尔也会关着门吃，灵活处理。有时候开着门吃，也有相应的措施，比如鸡鸭大腿一定整个斩下来，横着划多条口子炖得入味，炖好先给我和弟弟碗里各放一只，再敞开了门侍候邻居们的碗筷。有时候一顿饭弄得差不多时候，忽然来了几个亲戚，外婆和母亲的脸色就一齐变了为难，只好将仅有的肉端进卧室，叫我和弟弟关门吃肉。我一直记得关门吃肉的情形，有隐秘的快乐，也有艰难时日予人的那种不体面，那种尴尬。有时候，家里实在没什么菜，我和弟弟都没胃口，外婆会把米饭捏成饭团子再递到我们眼前。我们一吃，仿佛米饭又发生了神奇变化，饭团吃起来硬是比米饭香软可口。有时候，母亲也会学外婆，将米饭捏成饭团哄我俩吃。我俩不上当，因为先前已得来比较，口味不一样。米饭当然是一样，但捏饭团的手分明不一样。

二

那时候刚刚吃到饱饭。在大人们的讲述当中，他们满满的都是幸福——更准确说是庆幸之感。我听得出来，他们隐含了一种焦虑：忽然有一天，又要吃不饱饭了，所以有饭吃的日子都得勤加珍惜。而我们小孩没有这焦虑，总以为日子会越过越好，幸福感会越来越多。回头一看，吃不饱饭的日子不再来，但幸福感也稍纵即逝，仅存在于刚开始吃饱饭的时期，当彻底吃饱以后，幸福便又不那么强烈。那么，还是回到八十年代初，我们一家人成为吃货，或者整整一代人为"吃"而不遗余力，都是那么必然。现在很多人喜欢回忆八十年代，仿佛那是最好的年代，说出各种理由，我却觉得肯定与"吃"关系最紧密。

吃肉须凭肉票，只能去副食品公司割肉。菜场偶有私宰猪，价钱稍贵，叫"议价肉"，寻常人家不舍得买。有谁去买议价肉，邻居全都看在眼里，口耳相传，院里有了大户人家，那这一家也不好关起房门独自品味。而我家里，母亲和外婆也会因几张肉票发生争执。外婆喜欢多买肥肉，甚至全都割了板油，熬出猪油点在菜里，"每天菜都有肉味"；但母亲偏向于瘦肉，"要吃肉就像模像样地吃"。一个倾向于细水长流，一个倾向于把瘾过足，都没错，错的只是那时代连猪都缺。慢慢地，日子又稍稍见好，手头活络，每月能买个活物宰杀，那不光是开荤，而是过节，大人们都说是"吃大肉"，以别于吃猪肉。可选择的活物主要是鸡鸭，炖牛肉也日益见于餐桌，一定是要放土豆，因为大人都说"土豆炖牛肉"就是共产主义生活。其实，我怀疑是他们想让一盆菜显得更有分量，放土豆最为立竿见影。但牛肉汤由此变得糊糊粑粑，那时又罕有冰箱，容易放坏。"吃大肉"前四五天，一家人就围着饭桌讨论买鸡或是买鸭，定不下来，最终买到个啥东西，都要视母亲和外婆去菜市以后的具体情况而定：简直就像一场缘分，有时候碰到一只好鸭，有时碰到一只声音脆的小公鸡，便敲定，今天吃它了。每一次吃肉，都历经数天的等待，真正开吃的那天，坐着听课总是心思游离，等待放学。现在想想，那时候每顿大肉都吃得酣畅淋漓，是因为口福总是从等待开始。等待就是发酵，就是酝酿，若缺少等待这个环节，吃仅仅是为填饱肚皮，乐趣总是会丧失大半。

所以最开心的只能是过年，那有连续数日的大鱼大肉，之后还有余韵徐歇的剩菜回炉当火锅，一连半月都能见着肉。弟弟由此多了一个心思，他似乎更多遗传了外婆的基因，自小懂得细水长流。过年时候天天吃肉，甚至会有点腻油，而平时要吃肉又得首先陷入一次一次的等待。弟弟想抢占先机，争取主动，过年的时候就会偷偷藏东西：腊肉、香肠、灌粑、午餐肉罐头、咸菜、梅干菜、熏鸡腿、熏鱼……这些当然逃不过外婆的眼睛，一切吃食都在她头脑中备了案的，一块两指宽的腊肉丢失，她也会在第一时间察觉。一旦查明是弟弟藏起来，是等着日后家里缺肉的时候再取，外婆就睁一只眼闭一只眼，甚至有些欣慰。她说："这个崽有心计，以后会过日子。"再到四五月，大人们就会随时问弟弟：还有什么东西？今天拿出来吧。弟弟拿出一块腊肉，拿出半边熏鸡，嘴里说"再也没有了"，但下次还是拿得出。他便这样不停地赚取大人的夸奖。我也想像弟弟一样，过年趁着年货多，截留一点，但一到过年，看着这么多东西又丧失了留藏的兴趣。后面父亲说我比弟弟更有"安全感"，反正道理都在大人的嘴里。

弟弟的行为，在那时候固然延长了年节的快乐，但后面有了自建的私宅，屋子太大，弟弟又总想把食物藏在意想不到的地方，导致很多东西想不起来放在何处。某天被父母意外找出，往往被老鼠啃去大半。所以那时候，我不痛恨老鼠偷吃，而是怪它们为什么不懂得珍惜粮食，要吃索性吃光，不给我们留有遗憾，多好！弟弟的行为被制止，事实上随着餐桌上的肉越来越频繁地出现，弟弟也懒得再去藏食物。这种行为变成故事被父母炫耀于亲友中间，他们便要夸，你家老二是个有心计的人，以后一定会过日子。但事有意外，成年后弟弟成为最没心计的一个人，什么心思也懒得动。我怀疑是肉吃太多的缘故，要让他一个月开一次荤，他心思才会活络起来。

三

我二十六岁回家写作,说是稿费过活,其实最初几年稿费不够养活自己,还要蹭老。好在家里都是上年纪的人,有一年轻人陪同也是好事。于是,一家人除了弟弟在外县上班,别的都窝在屋子里一天一天打发日子。虽然这时已然不缺吃,但吃在我家仍是重要的内容,要依靠它打发时间。

厨房的事情似乎更应属于女人,反正小时候,家家户户都是女人做饭弄菜,所谓"男主外女主内"。但在我看来,男人似乎更有烹饪的悟性,有的平时不下厨,一旦碰一碰炒菜的勺,就像激起了一份天赋,很快就能做出十足的好菜。像我父亲,便是这样。母亲还老是回忆多年前他们恋爱时的情景:父亲到母亲上班的乡镇,母亲问他会不会弄菜,他不好说不会,于是硬着头皮上。当天,煮一块老南瓜,没削皮,还结结实实往上面淋老酱油。

母亲讲的故事总要无数遍重复,其实父亲调回我们所居的小县城,只用一两年时间,弄菜就拿得出手。尤其是做硬菜,总能调出肉质的异香。亲戚朋友越来越喜欢聚到我家喝酒,冲着父亲几个招牌菜,炖羊、回锅肉、腊猪腿、糖醋排骨……都是常见的菜,但就是和别地方吃到的不一样。他们分析是因为我父亲是化学老师,一辈子和各种药物的化学反应打交道,便对调味料有更独到的把握。父亲自己不认可,他说:"那不是说我用的调料多么?"其实我知道,父亲仅仅是喜欢多放油,他笃信"油多不坏菜"的道理。随着生活理念改善,他用油才一再地克制起来。他能弄好菜,尤其是大菜，几乎是从他切菜开始。我见一只剥好的鸡鸭或者一腿羊放在专门的肉案（一般摆在地上，不能放到灶台），父亲举着刀，下刀之前总要盯着肉不停思考，再一刀一刀落下，保证肉块均匀，形状也尽可能统一或者彼此呼应。到有关节的地方，父亲会舞动几把刀，让整个肌理慢慢暴露本相，最后用最常用的那把刀，轻轻一割关节缝隙，筋肉就断开。长的筒骨他从不用刀刃去碰，只用刀背转着圈敲一通，最后一下稍稍用力，便一声脆响开了口，瞧见里面肥嘟嘟的骨髓。父亲尽量不用剁的姿势，尽量不动声色地将一块整肉变成一盆肉块。装盆时也有讲究，比如鸭鹅，一定是按着顺序下锅爆炒，先是切成两片的鸭头鹅头，接着是肉掌和批了几刀的小边腿，再是中翅，再是翅尖……这时再放几片肥肉，将油备足，其他的肉块再分部位先后倒入其中，一同炒至劈叭地响，下老抽。对于硬菜，父亲几乎都是用黄焖，招式用老，却次次都管用，每样都好吃。具体到每一种食材，步骤和下料分量稍有不同，但父亲说，"都是笨功夫，首先要耐烦"。这跟乡贤沈从文先生说写作是一样的，世上无难事，只要耐得烦。

肉菜一弄，凉拌菜也是父亲拿手，他喜欢现来，弄好硬菜以后炒一两盘叶菜，最后再弄凉拌。要拌的菜先都切好，调料也备好，吃之前装了盘随便搅和几下端上桌，菜和调料还没有完全融合，吃起来那种粗粝和鲜爽便同时呈现。父亲也喜欢自创，比如有一次买到一罐品质极好的豆瓣酱，父亲扫一眼厨房，拣几个肉椒和两根仔姜一同切片，拌在黄豆酱里摆一刻钟，一上桌马上被分食而光。"反正一打开豆瓣酱，嗅见气味，我就想到找什么跟它拌在一起。"父亲喜欢这样的即兴发挥，于是我们也经常吃到意外的口味。他很少去菜场买菜，只管待在厨房，偶尔一去也准有收获。有一次父亲经过早菜批发的地方，地上的蒜须堆起来老高，主须长过了中指，但都成了垃圾。父亲便到地上拣，回家后仔细洗净，弄成凉拌菜，又一次导致全家抢着下筷，很快光盘。这也不须人教，父亲说，看见地上那么多根须，喉舌动了一下，知道弄出来肯定是一道菜。弄出来，果然就是。蒜须是没人要的东西，后面我调离老家在另一城市生活，菜场上拾到蒜须，弄了几次，却与父亲拌的菜味相去甚远，只好作罢。菜之差异，终究还是人之差异。

四

家里做菜最多仍是母亲。我母亲生于麻阳县，这个县份的人以勤快耐烦著称，本地有谣"麻阳县的官，管事管得宽"，麻阳人的耐烦和唠叨都像是注册商标。我母亲当然也不例外，一边唠叨一边干活，一天说到晚，干活也不停辍。她自道，脑袋伸过灶台就开始炒菜，但有时候，菜勺拿得太早，习惯思维形成也太早，后面就不好有长进。这也是母亲对自己的评价，事实也是如此，母亲做菜缺一些天赋，更明摆的是缺一些记性，经常忘了放盐放应放的料，甚至有时煮饭忘了放米。菜挟进碗一吃，我与弟弟脸一变，说又忘了放盐。"哎以前我记性蛮好，哪会忘了放盐？"母亲一边添盐，一边找理由，"都是生了你俩以后，记性才变坏。"忘了放盐还好补救，有时忘了自己已放盐，又追了一道盐，一盘菜就实在没法吃。母亲也不愿吃自己的菜，主厨的慢慢变成父亲。父亲以前不弄菜，弄菜已是结婚以后，四十多岁了，可谓是大器晚成。

当然母亲弄这么多年菜，日积月累，反复操练，毕竟也有几道拿手，但她拿手的不在烹饪技术，而在烹饪的态度。母亲弄得最好吃的有两样，一是白肚汤，一是心肺汤。这两种菜难就难在怎么弄得干净，需要破费大量时间。我记得母亲洗白肚是用炭灰搓一道，再用菜油搓两道，搓得猪肚白里透红，像婴儿脸蛋，炖出一锅汤浓稠得跟牛奶一模一样。猪心肺是便宜东西，据说有肺吸虫，一般人不敢弄吃，即使弄吃，洗得不够干净，会炖出一锅浮沫，看着就恶心。母亲洗猪心肺舍得放水，而且专门弄了一根软管，一头连水龙头，一头穿进猪肺的主管，接头处还用细铁丝扎紧。放水也有讲究，水量要逐渐调大，急不得，让心肺充水膨胀到最大限度。在这过程中，母亲用针在心肺上面扎孔，也是有讲究，这些孔会引导水的流向，母亲便是靠这些小孔，将一副心肺每个角落都洗透。往往，冲水两三个小时，那团心肺变得像棉花一样白，你看一眼，不可能再有任何不放心。当然这还没完，断水以后，母亲会用一把剪刀循着肺管一点一点剪开，从主肺管到支肺管，再一路往下剪，最后换成一把最小的修眉毛的剪刀，肺管也细到不能再细。我和弟弟往往左右各在一边，勾着头看母亲剪开那只雪白的猪肺，像是玩一种魔术，再小的肺管剪开，下面还有小孔，还有更枝丫的肺管。母亲表现出无尽的耐性，猪肺从洗到完全剪开，要花费五个小时，到最后母亲手中膨松雪白的一团，像是发生了化学变化。如果没看过整个过程，指着那团雪白说是猪肺，怕是没人敢信。洗到这份上，再放锅里煮，那就变得轻松，滚出一锅汤，只消放上盐和葱姜，就极为鲜美。

小时候吃母亲弄的猪杂汤，再去外面碰到熟人邀上心肺馆子，我会下了脸面请熟人换一个馆子。母亲洗猪杂的情形历历在目，因此，我也对路边的心肺馆子根本信不过。除了母亲为自己小孩，还有谁能花费这般的力气？

五

我这一家吃货，每人都能下厨房，外公是例外，我从没见过外公碰菜勺。这真是很罕见的事，他小时候读私塾，大概是"君子远庖厨"之类的教育早早渗透骨髓，不管别人忙得如何不亦乐乎，他就能端坐在电视前面。母亲说外公其实也馋嘴，很早就会弄烧烤，只是现在家里用不着烧烤。外公十六岁就成亲，二十几岁已经有了几个小孩，他自己都没反应过来，总觉得自己还小。有时候外面弄来一小块牛肉，想等孩子都睡了再烤着吃，没想肉香入梦，人人饿醒，循着肉味将他团团围住。他只好将小得不能再小的一块牛肉，扒成多少份，每个小孩给一份，自己只能舔手指。外公从未下厨，直到六十多岁，家里接待了两位北方客人，客人教会他捏饺子。我们一家爱吃饺子，以前包饺子一个褶一个褶叠出来，很慢，费事。北方客人双手一捏，一个饺子瞬间成型，煮熟了不开裂，还好吃。这一手工夫，外公学得最像，可能是他的指节用来捏饺子正合适，可能也是一种天分，他捏饺子又快又好，而我和母亲费力地揉面擀皮，不够他捏。所以，做饺子时外公觉得自己是主劳力，而且还轻松，可以随时吆喝我们"快点，再快点"。那以后外公喜欢上了做饺子，一旦大家讨论今晚吃什么菜，一时没了主意，外公就会再一次说："要不再吃一顿饺子？"其实他不要打商量，家里他年纪最长，他说了算。

　　我天天待在家，光吃说不过去，也打算为家里的美食作一些贡献，想有几道拿手菜，但并不容易，因为家里能做菜的人太多。有一次，我靠着灵机一动，也弄出自己的拿手菜。其实和母亲一样，不在于烹饪技术，而在于意外寻获自己的烹饪"神器"。是这样，我一家爱吃黄刺骨，又叫"黄鸭叫"，一种鲜嫩的小鱼，家里人最爱的吃法，是用菜油烹了再吊汤上红油，油重味重，但就是爽口。长期以来，做这道菜，难点在于黄刺骨肉质太嫩，用油一烹就脱肉，父母和以煎炸见长的外婆都一直解决不了。某天我在市场看到一款漏油煎锅，忽然想到可以把小鱼放进这种煎锅，整体入油，又整体捞出，只要火候调节得当，脱肉的情形应当可以缓解。拿到家一试，果不其然，炸出的黄刺骨最大程度保持了完整。这以后，这道菜便专门由我操作。我积累经验，近几年还专门上淘宝搜索各种烹饪"神器"，逐渐也积累了几道拿手菜，再去到厨房，就不必带有打下手的心情。

六

回头想想,那几年在家陪伴老人,是自己最舒心的日子。五个人全都待在自家的院里,隐秘地过着小日子,时间充裕,人手众多,吃必然地成为重要内容。几年下来,我体会到吃也有鲜明的季节性,看着墙上挂历,依着时令,父母便算计接下来可以吃到什么。记忆最深,是春秋两季吃两鲜。春天发的小山笋,粗不过手指,细的像一支铅笔。市场上多是剥好且用开水烫过,买回去切段炒肉,是主要的吃法。而在我家看来,这么吃完全是糟蹋了小山笋自带的鲜爽,还有那股淡淡的山野腥味。最佳吃法,是用擂钵擂成笋泥,生滚开再下一些肉丸子(我父多是爱配肥肉),滚个十分钟出锅,每人先来两三碗,饭又大量剩在锅里。

秋季最好吃,当属枞菌,地道特产,农科人员花几十年精力也没有人工培植成功。枞菌有几种颜色,黄的,红的,乌色的,只有乌枞菌富含菌油,锅里稍微滚几滚便芳香四溢,和任何别的气味都截然地区分开。做汤也是父亲的强项,仿佛真能控制食材和调料之间的化学反应,汤滚开后,他也从不看时间,就盯着汤面,完全依赖自己直觉,及时关火出锅。早几年旅游没弄起来,枞菌并不贵,秋雨一落十字街头就聚满小贩,各自拎起一提篮,悠然地等客惠顾。母亲宁愿多花点钱,上好的乌枞菌一朵一朵挑出来。转眼,这已成最吸引游客的菜,一斤涨到好几十,还不许挑,满篮子一次性上秤。母亲毕竟心疼,想买下不了手。我劝母亲,该吃还吃,一年就吃两季鲜哩,我可以专项资金支持。但母亲始终觉得，值不到这价，有钱也不肯吃。生活于她而言就是一点一点地划算，不能任性，也没什么非吃不可。

到夏末吃蜂蛹，家家都弄，我始终认为还是自己家弄得最好。十来年前蜂蛹还便宜时，母亲在市场认准一个农民，议好一口价格，说是只要有货，都按这价格收。没想这农民是个弄蜂蛹的好手，伙同一个兄弟成日上山转悠，隔三岔五就挖出整个的蜂巢，来我家交货，从上到下少则六七层，多的十来层。母亲话说出去，不能收回，一个劲儿地收。那年我家买来的蜂蛹上百斤，农民兄弟还在源源不断地送。母亲吃不住，说："够了够了，够我家当饭吃了！你们卖到别家吧！"改日路上碰到农民兄弟，他们很后悔一直不打听行市，卖到别家一斤多赚好几块。然后又问："你还要吗？"

最好吃当是幼虫，首先要一只只从蜂巢里夹出，劳动量便巨大，每一只都要小心侍弄，稍不小心弄破，肉浆子进出就剩一张空皮，煞是心疼。那年买来的巨多，除了远庖厨的外公，全家都上，专门买了平头镊子各自挥舞起来。幼虫白嫩的样子看得我发馋，一边弄一边时不时扔一只进嘴里，一嚼，味道近似甜玉米浆。从小我就爱这样吃，母亲以往买得少，还不舍让我生吃。那一年母亲不吭声，我吃生幼虫吃得撑肚皮，没几天就胖了两圈，尤其胖脸，眼睛都像是睁不开，肿圆了，不敢再吃。剥出的幼虫，开始蛹变的黑虫和成虫，都要找阴处摊开晾晒，一天以后阴干变瘪，用油一烹恢复原来的大小，便是半成品。过油蜂蛹出锅，用密封袋扎好，吃时再回一道锅，加入干椒花椒姜蒜进一步爆香，搁到任何人嘴里，都能引发欲罢不能的痛苦。

那一年家里买蜂蛹太多，父亲一锅一锅爆香以后，还装入家中留存的那些罐头玻璃罐，亲戚朋友都送。翻过年头，蜂蛹暴涨好几倍，再过一年，一斤的价钱也攀上了整百。"这个价格，只能是给外国游客吃，"母亲说，"平常人几个还吃得起？"父亲也后悔，说早知道涨价这么快，就囤一些到冰箱，这东西也放不坏。

从春到秋，一家人最爱的两鲜一香，除了春笋涨不起价，别的都已是奢侈的食材，甚至以往大家不吃的红黄两色枞菌，现在也能卖很高价格。这几年，我偶尔在有枞菌时赶回家，不管什么价格也买一两斤打汤。母亲哪哝一句，不吃又不会死。接着又说："你真想吃，还是等我去挑一挑。"

七

到冬天不必挑菜，简直样样都好吃。天气一冷，一家人全都蜷在外婆的厨房。我家宅子有里外两个厨房，外面这间是烧液化气。外婆不敢碰那个看上去像炸弹的玩意，她只会烧柴灶，于是专门辟一间屋，垒起灶台，让外婆也好成天有事做。外婆的厨房挖出一个小小的地炉，冬天可以烧炭、烧柴，上面再熏起腊肉。虽然柴烟把房子熏得黑乎乎，但冬日大家围成一圈在黑屋子里，挨挨挤挤，似乎更有一种相濡以沫的氛围。

这时节，晚饭也要围着火，在地炉上摆起三角架，架锅炖煮。每天一个主菜，都是硬菜，老人不见肉不欢。那一锅硬菜吃得消下去，油汤显现出来，再就汤涮菜，芽白、小青菜、芫荽、油豆腐、冻豆腐、魔芋、鸭血、金针菇、海带结……一家老人，也只接受这些吃了一辈子的品种，主要在于一锅肉汤，烹出上好的口感，别的菜再煮进去都一同鸡犬升天。往往是从傍晚灯火初起时分吃开，哪时停止，没有定数。母亲和外婆当然放碗筷最早，摆开架势要收拾残局。但是杯未停，局未残，外公、父亲与我已然喝起来，就着地炉的火，听着窗外风响，呷一口白酒，全身筋骨像是被人犁了一遍。外公一辈子喝酒，一辈子不醉，每天顶多二两。父亲与我确乎有点贪杯，嘴皮一沾酒都有些停不下来。有时候，差不多准备停歇，忽然蹿来个亲戚朋友，如果这朋友也喜欢喝两杯，那这一席残局，必会拖沓到半夜。

为这一晚的吃，一早就要开始准备。母亲也一直说：起得早的吃好肉。懂吃的人，买菜都赶早，甚至"撞头彩"，天麻麻黑就赶去菜市，城郊乡村的农民刚挑菜赶来，眼尖的轻易看出菜质差别。同样的菜，价格差不到哪去，但弄出来口味天差地别。他们带有一种淘宝的心情，比眼力，比经验，当然也要比赶早。去晚了，眼力再好，所见一切都是别人挑剩。

我感觉母亲也是这样，她蹲下去挑一挑菜箕里的菜，掐一掐根须，不慌不忙一路走。每次到了市场，母亲先要去肉铺。当天要吃什么不必先入为主，要因时而变。比如猪肚，母亲走过去都会习惯性掐一掐，一般情况都是掐完就走。有时突然停下来，很明显，她的手指被肉反弹了，说明这挂猪肚既新鲜又厚实，值得进一步探究。之后去禽肉行，去几家鱼档，再去卖野味的几个店子，主要依凭具体的情况，确定当天的主菜。厨房里父亲主厨，到菜市母亲更为在行，她有耐心，而且善于与人讨价还价。讨价还价并非小事，母亲能从卖家的反应和表情里面，进一步判断食材的好坏。主菜买下来，围绕着它还要相应的佐料和配菜，母亲都会一一挑选，宁缺勿滥。菜都买齐，母亲往往要我给父亲打个电话，"让他心里好有个准备"。为弄一锅好菜，厨师的头脑也要预热，要有一个构思。

八

2002年起，我待在家里写作，说是自由撰稿人，其实还要家里帮衬。2008年我成为文联的创作员，也不必每天去办公室，大多数时间仍在自己家里写，陪着家里几个老人。这些年，我和弟弟先后结婚并有了女儿，家里越来越热闹，吃饭一大桌，吃起来很香。"饭菜要抢着吃才香"，母亲总是这样总结。很多时候，我以为这样的日子将一直持续，就像抬眼看向窗外，山长青水长绿。但到2012年，外公外婆身体都已不行，先是成天坐着不能站起，紧接着经常得躺在床上，偶尔坐一小会，就说累。他们坐的时间越来越短，躺的时间越来越长，这看似成比例的变化，却让我们如此直接地感受到，生命一点一点消逝。

很快，外公说话已不清晰，但依然爱吃，时常主动提要求，想吃什么，当天要做，否则还会发脾气。他一辈子有人照顾，即将走到生命的尽头，依然任性。两位老人躺在床上，我父母还有两个姨要轮番照顾，父亲七十多，当年轻人用。母亲和两个姨分了班,一天二十四小时不间断地照应。有一天,外公忽然说想吃饺子,并提醒,不能到外面买来糊弄他。他就喜欢吃自家做的。外面买来的饺子都用机擀的皮,厚薄一样,包的饺子煮不出熟悉的老味道。我们都知外公的口味,饺皮定要自己擀,中间要厚,四边稍薄,每一张皮的分量起码顶上两张机擀皮,捏成形后,比外面买的也大个许多,吃在嘴里,因这厚厚的面皮而生发出一种醇厚的往日的香味,肉馅用料十足,实实在在满口溢香。

那天,外公提出这要求,母亲耐心跟他解释,现在家里没有人手,只能在外面买,要将就一点。外公咕哝着不肯将就。这时我脑子一抽,跟母亲说,我来做。其实,我也想吃自家做的饺子,外公一提醒,我才想起好久没有自己做了。我想起全家围在一起包饺子的情形,各司其职,相互配合,很快就将饺子填满茶盘、竹簸箕和翻过来的锅盖。母亲瞥我一眼,说我们忙不过来。我说我一个人包圆儿。母亲有些诧异地看我,稍后有了一些欣慰。

我估计我一个人能做完所有的活,从和面擀皮剁馅到包饺子,我都干过,虽然未必熟练,但最终弄成大致的形状,吃到嘴里是差不多的味道,应该没问题。包饺子头一次变成我一个人的事,每样事情都比以前大家合作时麻烦,所以,用时也远超我预计。那天我用了整整一天,黄昏时终于弄出三百来个硕大饱满的水饺,亮灯的时候,让家里人都尝到。每个人的口味各有不同,有的干捞蘸醋,有的带汤吸溜,还有的要将刚出汤锅的饺子再放入油锅,过油炸至焦黄,我都一一满足。不管由不由衷,家里人自是说好吃。那一天我独自干活，这过程中我非常强烈地意识到：他们都老了，一家人聚一起包饺子的幸福时光，再也不会来。以前包饺子总有欢快的气氛，只这一次，我感受到悲凉。

当天，我揉面不得法，用死力气，自后腰和手臂疼了几天。自后还包饺子，但饺皮都从外面买，煮不出一样的味道，一家人只得将就。

2014年，我意外调到广西工作，来到南宁，有好长一段时间适应不了这边的口味。有时吃着异乡菜，鼻子里蹿起古怪的气味，再想到家里父母做的那一桌菜，竟至心口隐隐生疼。这边生活并无不适，只是苦了嘴巴与肠胃，我把单位周边的馆子篦了一遍，也难找到几个适口的菜。后来，没办法，只有在家自己弄，虽然差强人意，好歹还吃得出家乡味道。

平日聚餐，我跟广西的朋友反复讲，我父母都是弄菜高手，以前在家吃得舒服，来这里难以适应。说得多了，朋友们的胃口竟被吊起，都说等你父母过来，一定弄一桌。去年冬天，我把父母接到南宁，安顿之后，就用整天时间，配合着父母一齐弄一桌菜，尽是父母拿手的菜式。虽然食材大都产自本地，我一吃绝对正宗，因这些菜已被父母做过百千回，一招一式都成形，味道不会有多大出入。当天我怀有期待，留意朋友们的表情。怎么说呢，幸好有三瓶正宗茅台，朋友们痛快品啜，热闹欢腾。一顿饭吃下来，朋友们自是赞不绝口，但我仍能从他们表情里看出应酬之意，对这菜的反应不过尔尔。这时，我忽然想明白，父母弄的菜，我始终念念不忘，那是因为这里藏有我的最初的味觉记忆，这记忆早已附骨入髓，掌控着我的味觉，以此为正宗，从而也主宰着我对其他菜品的判断。这一点，我没法与朋友们共享。我们各自的味觉记忆截然不同，最爱的仍是各自家里的味道。想明这一点，自后要邀朋友，便到外面找饭馆；回到家里，和父母一同吃家乡菜，讲一讲以前的事。

村庄

我喜欢马路边村庄的标示牌，黑圈，黄底，中心构图是一幢孤零零的房子和一棵树。我想那是夜晚来临时的情景。傍晚坐在车里，看向路边，那种标示牌蓦地进入视野，会陡然而生对简单生活的无限向往。

一

我去的那个村山高水低，十分荒蔽，竟然有两百多户，八百多口。现在看到日新月异的变化似乎不难，但要看到二三十年一成不变，反而不那么容易。六十多年前我父亲出生在这里，四十多年前他离开村子去读大学。直到现在，那个村只出了我父亲一个大学生。据说现在的孩子成绩越来越差，厌学程度越来越重，所有的理想就是读完初中出去打工。这里的女孩也普遍长得丑，出去的没有傍得大款，让别的村子嘲笑。村内异姓通婚的很多，女子内部消化。即使这样，村子里的光棍仍是特别多。

我从来都是个闲人，闲坏了，经常去那里一住十来天。村子较大，一队三队（行政上的"队"早取消了，却作为地名固定下来）的人基本上都认识我。他们说我父亲削尖了脑袋拱出去，而我却一门心思回老家。他们知道我一直没有工作，抽烟也跟他们一样。在他们看来，一代英雄一代衰，虎父往往也是要生犬子的。去得多了，他们看见我不再说"你来了"，而是说"你回来了"。我喜欢这样的感觉，在这里放纵自己粗俗的一面，别人反而觉得是一种亲近。

住了几天我的想象力就会肆意地编排自己。我的想象总是很有实景性，直到自己恍惚起来。有时候我非常真实地感觉到我就是这里的人。这么想的时候，我又自问，是不是到更穷蔽的地方来放纵自己那点可怜的优越感呢？冷静下来我想不是这样，在城里也没有自卑，哪需要来老家找回自信呢？

如果我爸没有考上大学，我只能是这个村里的人，那肯定也是考不上大学的，只能当当农民。这么想着，我背心会一冷。我继续设想，如果我是农民，那将怎么样呢？仔细一想，如果生而为农民，一切的乡村生活也就顺其自然了，没有大喜也没有大悲。在乡下，三十岁的时候要么早就结婚了，生孩子了，要么就成了铁杆光棍。老婆肯定也是随行就市地又黑又丑，生孩子的话，也肯定是不生男孩誓不罢休。

又一想不对啊，如果我爸不考上大学进城，他不会跟我妈结婚。他会找另一个女人，生的孩子跟我全没关系。我因此不存在……这么想着，我才得以从先前的假设中脱身出来，像梦了一场。我这才清醒地意识到，自己正坐在村子中间的三岔口上。好些村人挑担子走过，跟我打招呼。穷的地方，人们脸上往往热情洋溢。

二

这次去，是因为爷爷眼瞎了。原先他瞎了一只，现在瞎了另一只。去看了看，那只眼是得了白内障，等天气凉下了，做做手术就完事。

到了村里就特别看得进书，而在自家书房，难免有些躁，书桌上总是堆了几本书，交叉着看。在家里只看中短篇，长篇则留着拿到村里看。成天陪爷爷枯坐。他想找我说话，但他耳太聋了，说起话来风马牛不相及，很累。他感到我不愿说话，就给我出题目。爷爷经常能说出非常古怪的题目。有一道题目是，要把牛绳吊到水塘中间的一根柱上去，但人不能沾水，也不能坐船，问何事搞。我脑袋懵了，想不出来。他说很简单，把牛绳头子压在水塘边的石块下，再赶着牛绕水塘走几圈，就行了。我这才晓得这题目隐含了一个条件：牛绳是可以无限长的，而不是市场上那么短。

有一个叫林林的孤老想来找爷爷打点子牌。他从黄罗寨走来，见爷爷睡了，就用棍子敲他的脚，把他喊醒。爷爷告诉他眼已全瞎，没法打牌。林林心有不甘，拿手试了半天，确认爷爷是瞎了。他要走的时候，爷爷提醒说你还欠我九十块钱，记在门板上。林林说今天没钱，黄罗寨的孤老院还没有"关饷"。爷爷说那你拿什么打牌？林林阴阴地一笑，并不回答，走了。后来才听说他打牌手脚不干净，喜欢偷牌换牌，即使这样，还是赢不了爷爷的钱。

我听别人说这个孤老以前结过婚的，但女方一个月以后就跑了，原因很简单，他的生殖器发育不良，不足两寸，而且细。都罗寨因此多了一个光棍。后来他住进了黄罗寨孤老院，就把在都罗寨的祖屋卖了，连地皮带建筑物卖得一千七，去苗区打牛头马面两天就输光了。从此他在这个村子里不再有落脚之地。

三

次日是阴历七月半，午后爷爷嘱我烧纸。他叫我烧了十四堆。烧毕，他掐指一算，脸上陡然惊惶起来，嘴里说，拐了拐了，日他妈，我一闪神把你婆给忘记了。他要我补烧一堆，要比原先每堆大一倍。

烧起来了以后，他对着火堆谄媚地说，老婆子，刚才我不是忘记你。我给他们少点，给你的钱要多得多。我把他们都支走了，这才给你送钱，免得他们心里不舒服……

爷爷一辈子怕老婆。我父亲说婆年轻时候特别凶，打架也厉害，人送绰号"铁匠娘"，说她打崽就跟打铁一样。婆死了七年，但虎死不倒威，仍能令爷爷闻风丧胆。

四

村子在经营旅游业，像县里许多村一样，在县城打几块广告牌，和野马导游谈好折扣，村寨游就能上马，然后就能赚钱。这些因陋就简的旅游业看得我是触目惊心。

旅游这回事让我感到人们真是憋疯了，好不容易有点休息时间非要去哪里走一走不可，要不然就觉得被时代抛弃。我碰见过一个旅游的人，脸上是痛苦，一路唠唠叨叨。我问他为什么来旅游，他说放假了找不到人打牌，就这样。

我们县搭帮这股风气，旅游也搞得红红火火。朋友问我凤凰怎么怎么样，值不值得来。我不好怎么说，说几句实话，有人会骂我是叛徒。我想说的是：我很奇怪……凤凰这样的地方都变成小有名气的旅游城市了，我只能说，祖国呵，难道你就这么难看吗？我觉得我国的旅游区能达到欧洲小国的农村风貌，大概就是3A级景区了。

几年前——大概是2002年，村里几个同辈的人来我家找我，说是他们村也搞旅游了。他们想在下面河滩搞点生意，希望我能够帮他们写几句广告词。我问他们景区取了什么名字，他们说叫游逻江风景区。我就叹一口气说这他妈也太过时了，还风景区呀？做生意多少也有些策划意识好不好？我建议说叫黑潭大峡谷，这名字比什么风景区要好。他们大都是小学没毕业的文化，有"峡谷"这个生词的那篇课文还来不及学，问我峡谷是什么意思。我说，管它什么意思，信我的，就这么叫。

结果生意大好，但改成了XX大峡谷。外地人，一看峡谷，猎奇探幽的心思就激出来了。跑来一看，就是一些山夹着一条气息奄奄的河沟，大呼上当，门票却是不退。这件事使村里人一时间对我另眼相看，他们说："啧啧，多读点书还是有好处，骗人都骗得转一点。"我出主意的时候，满以为这么一个充斥着狗屎牛粪味的小村寨，门票能卖到五块钱就够狠毒了，没想当年就卖到三十块钱一张票，野马导游拿的回扣是二十。现在，我们县到处都是峡谷。

当时他们从古城公司买了两条报废的船拿到下面河沟去撑。可划船的河道不过两里，幸好拐了一个大弯，游客不知底细，还以为有蛮远，坐上船去慢下心思准备体会一番游乐，但一转拐就到头了，票价十元一人，又连呼上当。所以村里人认为城里人都挺笨的，被骗了，也多不吱声。要是他们去哪地方坐船，只两里地，宁可拼了命也不会掏这十块钱的。

五

虽然有了电视，村子里的人还是习惯了早睡，一般九点多钟都熄灯了，除了几户打牌赌钱的。我一路走过，大多数人家都在看《喜气洋洋猪八戒》。这当然是恶俗的片子，我一直这么认为，但现在有了别的看法。自诩有深度有层次的城里人都不会看这样的片子，要看也只看反映现实题材的。乡下农民喜欢看充满幻想的，神话的，俊男靓女的，超级女生……所谓百货中百客。我的堂弟堂妹学习也是一塌糊涂，晚上看电视，对歌星如数家珍，时下当红的那些歌星一共发了几张专辑，每张各是哪年发的叫什么名字，甚至销量，上榜周数，都说得出来。晚上，他们一边剥玉米粒一边听歌，并行不悖。剥累了，就用胶鞋的底纹撮玉米，眼睛一直粘在电视上。他们也说今年超级女生没有去年好看，然后又评论一句："不新鲜了，也不晓得换换花样。"

村中间一条两米宽的石板路是主路，一路有几十户人，大门都朝着路心敞开。仍保留了晚上聚在一起聊的习惯，天要黑不黑的时候，都端着碗，互相搛菜。我喜欢买包烟挤进一堆人里面听听。看见了我，他们喜欢开涮。在他们看来，城里人都是韭菜麦子不分的，一涮就进套子。这么多年了，一直有比我大不了几岁的人拦在我眼前，厉声说："哎，喊爷爷！"我父亲年纪虽然大，但在村里字辈特别小，所以很多人都是爷爷辈的。以前我都应，因为乡下把字辈看得很重要。有的并非爷爷辈的，也借机诈我。

还有别的涮法，在捉弄人方面，我相信乡下人的智慧确实要高一点。在城里游荡的扁马，大都有着农村出身，农村经历。农村的生活易使人形成狡黠的一面，即使这种狡黠并不能带来多少利益，只不过是以狡黠为荣罢了。都知道我容易被涮，其实我也知道，往圈里跳，只不过是想弄明白他们的底里，回去好涮别的城里人。记忆中最深的有两次，一次是他们告诉我，如果鼻子被捏了，那舌头就伸不出来。我不信，自己捏了鼻子，不碍舌头什么事。他们却说手法不对，是这么这么捏，说着一只手就捏在我鼻子上了。当我再次把舌头伸出去，好几只脏兮兮的手以迅雷不及掩耳之势伸了过来，捏住我的舌头，同时一阵坏笑。还说是手下留情了，要不然会把猪粪涂到我舌头上。另一次，他们说如果人蹲下来，手从后面绕过腿，再把两只手腕缚住。这样，即使手中拿一根棍，也敲不破地上摆着的一颗生鸡蛋。我觉得这也毫无理由，知道是涮，仍想试试。如果不以身犯险，他们会守口如瓶，不会向我透露玄机。我按照他们所说，被缚了双手蹲在地上以后，要他们把棍子给我。但他们没有给我棍子，而是把我推倒在地，然后一哄而散。我这才明白厉害，好半天都爬不起来。

现在我三十了，肯定不能再老是往套里钻。如果还有人借着夜色晦暗面目不清来诈我，说"喊爷爷"，我就大声地应一声，并说："乖，但我不姓喊。"

六

晚上睡在小叔的鱼塘边，有一间守鱼的小屋，床上说是铺了席梦思，感觉却很硬，翻翻身，会听见里面弹簧弹动的声音。问了堂弟，才知道去年有个河南的木匠来村里现做席梦思，每家每户只需出木料（以木为大骨架的席梦思），布和弹簧都由他提供，每张一米五宽的席梦思，索价一百四。没想到生意奇好，木匠干了三个月，才得以离去。许多农户家添了几张这种因陋就简的席梦思。农民追求现代生活，于此可见一斑。

鱼塘只几亩大，V字型，周围都是山，离村子也有几里路。进到这里，静得瘆人。我认床，换个地方梦就会新鲜起来。有一晚我梦见了毛泽东，他依旧梳着毛式大背头，反背着手在村子里逛。他从村人身边走过。村人自顾忙着,仿佛浑然不知。我在旁看得明白,大是稀奇,真想冲过去跟他们说,说什么不记得了,大概是想提醒大家,毛主席是多么稀见的人呐,还不揪着机会找他要签名?只消签个名,还不抵你们打两季稻子?接着我梦见毛泽东转过脑袋瞪了我一眼,那颗福痦子像电珠一样闪亮着。我就吓醒了,才知道是个梦。

醒来,觉得这梦怪,毫无来由,忽然怀疑这乡村的席梦思,是否有特异功能?

七

那晚和堂弟打着电筒穿过村子去井水边洗澡,走过了狗多的那一段,忽然看见地上有暗淡的血,一摊一摊。电筒的光照在血块上,有点虚幻。我猜是不是有人打架了,堂弟说那不可能,一有人打大架,见了血,整村都会沸腾起来。他说,应该是猪跌了。坎上是一间空屋,用来关猪。十年前我看见那屋里住着一个身形佝偻的老妇女,村人都不肯挨近她,说她是蠱婆,懂得放蠱害人。后来她死了,她的亲戚拿她留下的空房当猪圈。堂弟说,果勇真是胆大,敢把猪养在这里。这不是找死嘛。

第二天一早,一打听,果然是果勇喂养在空屋里的猪跌下坎死了。我正打算去那一户人家割几斤猪肉,一想不妥,猪是跌死的,又是在那间不祥的空屋里面待过的。虽然我不信邪,这时候心里仍是堵了起来。想吃肉,还是托人去黄罗寨集上买，吃着放心。

八

游客要村里人唱山歌，说给钱，村里的男人就学着唱了，一个调式，唱词可以灵活变动。唱词一般都是四句，每句七字，末尾基本押韵就行，有点像律诗。我没想到村里男人颇有几个好嗓子，唱起歌来顶高顶尖，韵味十足，一点也没有城里卡拉OK腔，怎么听都舒服。

有时候游客拽着机子录山歌，原先村子里流行的那几首三两下就唱没了，游客觉着不过瘾。他们叫我编一些山歌，以适应需要。我也就去帮他们编，摸熟了，有时候一天下来可以编几十首，村民都觉得我编的山歌特别土，像是地里长出来的一样，唱起来也顺溜。

我自己较满意的是一支伪丧歌，并不地道，完全是迎合游客。当然，游客们完全听不出来。

看见什么唱什么，看见灵魂换穿着。看见尸手洗尸脚，尸脚试鞋小大合。看见鬼爹笑呵呵，看见鬼妹害娇羞。从此鬼府添一口，耕种鬼田多双手。

九

这个村的旅游始于2002年。我记得很清楚，在那条所谓的峡谷里，有一天下午五个农民合计着在河滩垒石打灶，割茅苫屋，弄成了一个十二分简陋的厨房。又找来几块整块的平石板，铺成桌面，就算是开店了。次日来了几个游客吃了一桌饭菜，五个农民事后每人分得十几元钱，大喜，觉得这事确实比侍弄庄稼来得容易。

过不久我看见茅草房变成了木楼，接着别的村民也脑筋活泛起来，纷纷在河滩上建屋开饭店，还有撑船。那片河滩上的房子仿佛蘑菇一样长了起来——蘑菇也爱傍着长，有了一朵，旁边就会冒出两朵三朵。没两年，河滩热闹得像是一个新的村庄，在饭店做事的人，往往要比来吃饭的游客多。村里老人看不过眼，他们觉得在河滩上开店的年轻人，是在偷懒。

现在，村子的旅游生意基本上已经垮掉了，平均下来一天只有一拨游客。河滩上的饭店不再有人守，店主们打好了商量，排班做生意，每家轮一天。有游客进村了，村口的人就会扯起嗓子报信，当天轮着的店主赶紧背起柴米油盐到河滩，专门为这一拨子人服务。

那天来了十二个客，说是澳门来的，反正都讲广东话。当天去了五个青壮年劳力，到河滩为这一拨人做饭、划船。澳门的客要了两只鸡，一只爆炒，一只炖汤。当天毛收入是一百七十元，扣除成本，五个人各分得十七块五。整好有一个人有一把碎钞，于是几个人来了玩性，钱也不由一个人点着分派了，而是沓在一起，像摸牌一样，你摸一张我摸一张。同样是十七块五，这么一搞，几个人又多赚取了一份乐趣。

分了钱，已是下午四点，几个人感到饿了，就在河滩煮饭。给澳门客炖汤的那只鸡，鸡肉人家不吃，只喝汤。他们正好把剩下的鸡捞出来，加点佐料爆炒一番，吃得蛮有滋味，觉得今天真是挺划算，同时也想不通，这澳门人何事只喝汤不吃肉？真是宝里宝气。

十

我喜欢去河滩，那里很静。经常没有游客，也没有别人来这里。有几个晚上我也睡在这里，但蚊子巨多，要烧几盘蚊香。每天早上，我会被山谷不明的回响声音闹醒，有一天还看见一对白色的鸟，在十米外的河滩踱步。我一发出声音它们就飞了。不是鹭鸶，是别的什么。村里人把鹭鸶叫哈鸟，十分厌恶。

那里有一个潭叫黑潭。问村里人这潭有好深，他们说二十担箩绳放不登底。我发现穿上救生衣在潭上睡觉，是非常舒服的事。我喜欢在水面上睡觉，有时候会做梦，醒来时发现自己随水漂到围堰上。睁开眼，山壁显得非常巨大，光线和阴影奇怪地分割着这一块地方。天尤其高。耳朵泡在水里，水中有浑浊的声音，可以把一个梦拉长。睡了十分钟，醒来你可能觉得是一个小时，或者更久。有时候放牛的小孩会把两块石头摆到水中，相互撞击，撞击的声音从水中传来，我的耳朵就像被电打了一样。醒来，看见他们的谑笑。

过不久那些小孩也喜欢穿上救生衣在潭里漂着，有滋有味地睡觉。

都说睡眠是为了更好地工作，但我想，反过来我偏要说，白天努力工作是为了晚上睡个好觉，听着也是蛮有道理的。我觉得睡觉是很舒服的事，但太多的人不晓得享受，占用睡觉的时间忙无关紧要的事。如果真能把思路调整一下，为了睡好觉而工作，也许会得来一种意想不到的轻松。

十一

从村子到黑潭的这一段路很陡峭，许多游客走到这里，就再也走不动了。而回村子的路全是爬坡，走起来更难受。于是滑竿生意应运而生。

但村民遇到了定价的问题：游客胖瘦不一，定一样的价格，瘦子划不来，胖子又没人肯抬。于是综合了一下意见，最后定出一个方案：买一把地秤，先把游客称一称斤两。起底是一百斤（不足一百斤按一百斤算）一百元。若是超重了，每超一斤加一元。

村民都觉得这个方案非常公道。

十二

那天去三岔口搭车回县城。岔口那个地方，是附近几个村村民搭车之处，久而久之形成站点，有一家人心思活泛，在那地方建一栋房开设杂货店，也方便等着搭车的人进到里面歇脚。

我进去买了一瓶水，刚坐不久，来了两个中年男人。这里乡村山高水低，日子过得苦，人一般都老得快。男人到了中年，脸上往往全都皱了起来。他俩坐下来，也想着要买些东西，要不然白坐店家的椅子，似乎不妥。于是就买了软包装的豆奶，五角钱一包。我喝过一次，全是添加剂调成的饮料。当时是十点钟，两个喝软包装豆奶的中年男人和店主聊了起来。说是要去郴州的一个工地干工，一天四十块钱，包吃包住。喝了豆奶，两个男人就开始连续不断地抽烟，管我是什么人，也扔给我一根。

又来了四个半大不小的小孩，看着时髦，有着各种挂饰的衣服穿在他们身上，产生一种不伦不类的效果。其中两个个高，皮肤极黑的小孩把脑门前一撮发毛染成黄色。他们认得前面那两个中年男人，问他们讨烟。一个中年男人给小孩发烟，同时说，李李，要是你是我的崽，搞成这副鬼样子，老子一耳巴子扇死你。抽着烟的小孩说，管你卵事。说着大人小孩都笑了。

最小那个小孩花五角钱买了一包袋装食品，袋子上印着"鸭排"的字样，我就奇怪了，难道五角钱可以买到这么一包带骨的鸭脯肉？打开一看，竟然全是细碎的鸭骨头，可能被油（潲水油？地沟油？）重新烹过了，他们嚼出一片脆响。我心里一阵恶心，我怀疑是黑心商人从城里饭店的潲水里把吃剩的鸭骨回收处理一番，做成这种"食物"。里面的细骨头特别干净，如果用刀剐成这样，是要亏本的。我越想越觉得，唯一的可能就是城里人吃剩的，嘴巴里吐出来的。

车子老是不来。店主说今天有点邪门，从城里来的车和返回县城的车都没见来。可能是正在拓宽乡村公路的缘故，前面路段堵车了。十点半一过，两个中年男人急了起来，说是他们要到吉首搭十二点半的火车赶赴郴州，吉首那边还有四个人在等他俩。从这里到县城,要四十分钟,从县城到吉首火车站,要一个钟头。车再不来,那肯定要误车。寻不着其他四个朋友,他们就找不到郴州的工地。两人焦急的样子让我看着都累。我觉得,穷人更容易着慌,有钱人喜欢摆出冷静的样子,不晓得是不是爱装。

四个小孩要搭乘县城过来的车,到十里外的黄罗寨赶乡场。乡场上有很多女孩子,他们也许是冲着这一点去的。车子老不来,他们也慌了神,不再等车了,顶着焦毒的太阳步行去往黄罗寨。

两个中年男人越来越焦躁,直至骂骂咧咧。店主忽然又说到现在拓宽乡村公路,也需要劳力。两个中年男人问了工价,店主说是三十块钱一天,活不重,但吃得特别差。店主又说,天天吃南瓜糊。两个中年男人商量着是不是不出去了,就近找这活干。虽然每天少了十块钱,吃得也不行,但可以照顾家。很快就要打谷了。两人越说越兴奋,越说越觉得留下来在公路上帮工干活,也是很不错的选择。两人说着说着,听在我耳里,似乎已经打定主意要留下来,不再去往郴州。

快十一点,去往县城的车来了,两个中年男人各自拎着蛇皮口袋,毫不犹豫地往车上挤去。

小说家的面容

短篇小说家的面容

如果可以对人生重新加以规划，我愿意当一位只写短篇小说的作家——也不一定是作家，我会用一个毫不暴露自己的笔名写下去，发表下去，过一种略有些困顿的生活。如果这笔名有可能暴露，马上换一个。适度困顿对短篇小说家而言是一种福分，唯遭遇困顿，短篇小说一笔笔微薄的稿酬将是生活里甜美的安慰，会促使作者一直这么写下去。并且，只是发表，不急于出版。等我年事已高，再将风格相近，或者自鸣得意的短篇结成集子，印出来，也许三五本，也许独一本。在我理解，好的长篇如教科书，好的短篇集如武功秘笈，教科书宜乎众矣，秘笈则深藏门道。我这集子纵是印量极少，如有三五同好将它视为武功秘笈加以收藏，甚或秘不示人，则吾道不孤，此生足矣。

短篇小说和长篇小说是完全不同的概念。专业作家需要用长篇小说开疆拓土，确立自己的江湖地位。短篇小说作家不同，他们应是潜伏在自己生活中的特务，一个个简约的短篇就是他们递交的关于人类生活隐秘状况的情报。它必须短小精悍，因为真正有用的见地，说穿了往往就几句话，必须像情报一样精准。那些收悉情报的人，仿佛被针扎中了某处，恍然间对自己生活的一切得来全新认识。他们对发出"情报"的"特务"并不知情，只能在一种隔离的状态中对那人建立起一种信任。他们还想获取更多的"情报"。到最后，他们看出来，这"特务"发出的所有"情报"，勾勒出的是他一生的灵肉沧桑。他们终于得以认识他。短篇小说家借助一系列碎片，为自己拼凑出一副动人面容。

短篇小说家的真实面容，大都是在漫长的时间中一点点地清晰起来。从这个意义上说，短篇小说家必须是离功利最远、离孤独最近的那个人。他在自己生活中隐蔽越深，融入世相越彻底，越有重要的启悟和发现。我难以想象，遗传中没有些孤独因子的人，会是个作家，尤其是短篇小说家。他懂得享受孤独，甚至，他为此暗自得意。为了继续有所发现，他必须意识到隐蔽下来正是自己的职业道德。他应该有一份用以隐蔽自身，用于安身立命的工作，不会太累，也不会风光。他不会有太多的爱好，闲暇时间主要是独自相处，码字是他最爱的游戏，造句是他最爱的运动。

短篇小说的写作没有苦劳，不是圣徒似的苦行和朝圣，它更多的是对庸常生活的接受和隐忍。这会是个长期过程，开始阶段他也会痛苦，也会因时间流逝、功名无成、家业无着而感到焦虑。一旦度过了这一时期，他会慢慢发现，为了写出理想中的短篇小说，他成了和别人都不一样的人。他拥有了一种不一样的视角，就像他的目光能够游离出自己身体之外，在某个适宜的角度平静地打量着别人和自己。这种眼光使他日益超脱于生活，日益变得轻盈。他由此得来幸福。真正的幸福是害怕别人知道的。所以，短篇小说家隐秘的心情和平静的状态，都会有一个自我暗示自我强化的过程。我想，真正的宁静无需求取，只是乐此不疲。

到最后，短篇小说家也许会忘掉自己的身份，犹如特务终生潜伏，不被识破。有一天，如果他和组织失去了联系，就是潜伏彻底的成功，他将特殊的身份消弭于无形。他不经意留下的痕迹，留与有心人追寻。

这是个易于潜伏的时代，大多数人的浮躁恰是潜伏下去最好的掩护。文人大都自诩"少无适俗韵，性本爱丘山"，若这时代真给他一份清静，往往又是最不甘寂寞。眼下，每个人都言之凿凿地判定：这个时代太浮躁了。为何不想想，只看得见浮躁，说不定源于自身浮躁的内心。躁者言躁，静者知静，彼此无法沟通而已。只有自己静下来，才能发现一个静悄悄的世界与喧嚣的一切并行不悖地存在着。

很多人都是潜在的短篇小说家，只要他愿意相信，用短篇小说保存记忆里最珍贵的部分，比照片和DV影像来得更好，他就有可能入手。只消看一些具有示范作用的名篇，他就有可能摸通此道，然后从记忆中抽取几段写成短篇。我爱用一个比喻，说有些人可能是足球天才，只要他的脚一碰到足球，所有的天分都将被激活。但他可能是山里放羊的孩子，脚丫一辈子也得不到一次触球的机会。写短篇小说大概也是这样。

既成事实的意外

六七年前，孔夫子旧书网上，山东临沂一家特价书店甩卖上海译文新版《狄更斯文集》，十九册精装带原书箱，折扣低至一五，一整箱两百，还包物流。这是一个低得令人生疑的价格，原因也在照片中体现：这书店积压了半仓库，不少于一千套。当时我买五套，多的备着送人。两百块钱的礼物，难找比一套书更适合送文友的，且文友有谁不知道狄更斯之名？送出去，总不至于唐突。事实上，当我跟朋友联系，说自己多买了几套《狄更斯文集》准备相赠，对方态度都是欢迎。我心里还想，要是自己开书店，一定狠狠地压一批过来，这套书一定会涨价。现在我写这篇文章，再到孔网一查，当年满街满巷，眼下只剩数套，最低的标价两千，又查孔网已售情况，标价一千八以内都已出手。这个涨幅，应该有保值作用。当然，这并非偶发事件，我当时之所以入手，是知道狄更斯早已经典化，是世界文学史上为数不多的岿然不动的巅峰之一,任何的倒攻反算文学清洗,都不会动到他头上。尽管,他的作品我只看过《意大利风光》,那是小时候家里就有的书。当时家里的书实在不多,于我而言,这一本好过那一堆领袖著作。而狄更斯的大部头小说,我无法坚持看完任何一本。

经典不乏运气成分,最要讲求天时地利人和,是在最合适的时间干最正确的事情。所以我们常说,这个作品,早几年就出来了,可惜……无法论证,但有大量可比照的实例。经典与时代的关系也如此密不可分,所以有所谓经典时代,也必有非经典时代。在经典时代,经典创生的数量和几率都有如神话,比如勃朗特姐妹,双双写出世界经典,虽然《简爱》现在看来如此平庸,《呼啸山庄》技术层面问题也不少,但其经典属性已无可质疑。非经典的时代,广种薄收,或者颗粒无收,一个世纪整个国度的人也不会获得勃朗特一家子两姊妹一般的好运。再说狄更斯,当年被经典化,其实也是在大众普及层面做到极致。在英国不再会有比狄更斯更受欢迎的作家,在他生前没有,死后也没有。不仅在国内,域外亦是如此。每一期刊载狄更斯小说最新章节的报纸,从英国运往美国西海岸,总有上千读者排队等候。如此盛况,大概就如同今天的观众追《权游》,一集等不及一集,一季等不及一季。电视剧很容易过季,热度全熄,无人问津;而在视觉艺术泛滥的现在,我们即使读不出狄更斯小说曾有的跌宕起伏,但冲着狄更斯的大名,书籍仍有日常销量。只要有销量,书籍就一直卖下去,反之,书籍一直卖下去,销量就一直都有……经典何尝不是一种良性循环,最难是启动,一旦启动便又停不下来。接受我馈赠的几位朋友，未必看狄更斯，但这套书适合放在书柜显眼的位置，比一般装饰品更显档次，对家中小孩也有熏陶作用。

我理解中的文学经典，就是某些作品脱离了大多数文学书籍，成为大众的、畅销的、常销的商品和礼品，甚至还是收藏品。如同马尔克斯所言，他实难想象，《百年孤独》突然畅销，"就像热狗一样卖到每一处地铁口"。余华先生去年在北海讲课，有一妇女用平板车推来两百册《活着》要他签名，随行的诸人担心这行为是揪着偶像当苦力，有失恭敬，而余华先生安之若素，平静地签完两百本。当时流水线一样的签字过程，让经典二字进一步揳入现场观众的内心。我估计这位女士神经如此大条，未必是拿去送朋友，也未必有这么多文友可送。两百册全是《活着》而非十数套余华的作品集，显然《活着》才是该女士反复择汰并认定的绩优股，拿回家增值保值。哪一天往外抛，她可能都有远景规划。

其实经典本身的含义也一直处在流变过程中。一直以来，经典是指各个专业门类中具有权威性和典范性的作品，强调专业性，时至今日，经典已暗自嬗变为"记忆的经典"，强调大众普及性。尤其文艺作品，能进入公众记忆的部分，能被更广泛的群体接受，"经典"地位往往是由群众基础夯实。这中间必然发生了某种平权运动，转变的过程或显或隐，显见的，是歌手从港台定制转为全民选秀，隐蔽的，是文学经典的确立。个人以为，这个转变最明显的节点便是路遥的《平凡的世界》，这应是新时期文学里头一部绕过评论界而完成经典化的小说。这部小说不光是以杂志与书籍，更重要的，在于倚赖中央人民广播电台以广播剧形式传播，1988年3月27日开播，之后进行126天的连播。它在传播形式上，有别于之前大多数长篇小说，尽管在当时评论界并无好评，甚至一片差评，但传播形式弥补或替代了评论界的发声。当然，还有路遥自身盛年而殁，使这部作品更多一层悲壮色彩，人与文的境遇交织，某种程度上道成肉身。

"记忆的经典"侧重于大众普及性，更多是从传播学角度考量。文学似乎更是如此，新世纪以来寥若晨星的几部被经典化的文学作品（不止于小说），每一部都只有个案可循，虽然也是专业领域与大众普及层面的通约，但主导的力量日益偏重于大众层面。影视行当谋求口碑与市场的双赢，换成文学行当，口碑与市场容易混为一谈，若说经典化是行评与市场达成某种默契，应不为过。行评的作用，在于厘定一部作品是否还属于文学范畴，相当于准入资格，有些书卖得再火，披不上文学的外衣。行评自有级别，把"茅奖"当成国内行评最高级别，也不为过，但事实上获取茅奖也不意味着一部作品完成经典化，还有待获奖之后的多年时间内，该作品在读者和社会之中自然发酵的过程。"时间是检验真理的唯一标准"，时间可长可短，经典的认定离不开一段必要的时间。

读者越来越相信自我的判断，大众也可能是某种专断，在此情势下，文学专业领域的声音日益微弱，文学经典更容易成为"记忆的经典"，以致金庸也已成为难以撼动的大师。作为专业的阅读者，内心自有对作品的评价，如果阅读量足够大，对自己的判断足够相信，每个人头脑中自有一部"文学史"，而不妨把业已写就印行成书的各种"文学史"看成"文学传播史"。专业人士尽可以怀疑已有的经典，或者哀叹心仪的作品未能完成经典化，但经典本身似乎太多道理可讲，它就是一个个既成事实，就是一次次的意外，或者说是既成事实的意外。比如说李白有诗"桃花潭水深千尺，不及汪伦送我情"，借助这两句，我们知道一千两百年前有个男人叫汪伦。为什么是他？换是另一个名字，也会随这两句被人记住。这首诗不管写得如何操蛋，它随着李白的声名鸡犬升天，已被经典化。"汪伦"恰好嵌在诗句之中，现在我们都知道汪伦，这便是既成事实的意外。

经典不可复制，包括不可由作者本人自我复制。经典需要求同，而专业必须存异；经典更多的在于普及作用，不一定是真正的专业高度。就像谈及古典音乐，世人皆爱贝多芬、莫扎特；谈及男高音，脱口而出帕瓦蒂诺；指认喜欢的指挥家，十有七八会讲祖宾·梅塔、卡拉扬……但要说喜欢的流行歌曲和电影，则众说纷纭，无法统一口径。因为流行歌曲，我们都真的去听，只要是个入门级的文艺青年，都看过成百上千的影片。自我的判断，是要以量为基础；而未知的领域，经典化的作品和大师才得以成为共识。

文学亦是如此，与人交流，问他喜爱的国内作品，若答《白鹿原》《平凡的世界》《活着》，当然也算有一定识见，至少和回答大冰、于丹、张嘉佳有质的区别。只是这答案太过标准，总让我怀疑他只看过这几部，甚至只知道这几本书名。在专业领域，经典很可能就是障碍，质疑经典无可厚非。我们更需切近地问自己，你是发自内心喜欢这一部？你是不知道它的经典地位就读出它的好？你是因为它的经典地位而更充分地读出它的好？抑或，你是因为它的经典地位而不喜欢它……

像我本人，对于经典的作品，更感兴趣的是它如何生成，我更乐于了解它的传播史。而随着阅读面的扩大，往往以捞偏门搜冷本为乐事。和经典离得太近，看出每一部经典的好，可能是自我迷失的一种表征。当然，如我这般，喜欢的东西大都是偏门冷本，亦是一种自找没趣，是自我的枷锁。我一直以为，一部具体文学作品的受众，应有一个阈值，多了少了都不对，不多不少也不好，仿佛文学本身就无处安身。

作为专业的写作者，我对经典的理解一直处在一种含糊混乱的状态，却仍止不住盼望自己的作品能够经典化。为什么不呢？既然经典意味着一部作品华丽转身，变成日常的商品，该作者从而一劳永逸，且还美其名曰"洛阳纸贵""一纸风行"……所幸，因我确信经典就是一次次既成事实的意外，这盼望反而能够放在一个合理的区间。就像买一张彩券，盼望着获特等奖，赚取天文数字，也早知道几率是天文数字分之一。为这渺小几率使尽浑身解数，不但瞎费力气，往往适得其反。都说作家应是仰望星空且脚踩大地的群类，我对此的理解，也可用买彩券作比：心里盼着特等奖来临，偶尔得中末奖，五十块一百块，晚餐也不妨添杯小酒，暗自一乐。

我的"天书"之癖

一

我掏钱买的第一本外国小说是《百年孤独》。

我买它是 1993 年，读高一。初中以前是走读。那个年代，走读生没有零花钱，书只能报批购买，必须是工具书和教辅。要看别的书，去图书馆借，图书馆的书通常老旧，像战备粮仓，只供应陈米。高中我成为寄读生，去往离家最近的县级市，在集中营般的宿舍占有一张床板，好的是生活费自己掌控。我想拥有自己的书，看完无需归还，随时抽出来重读；我想读最新出版的小说；我想触摸簇新的纸页，闻见尚未干枯的油墨气味。这都促使我节省饭费，去买小说。而当时，我阅读口味正从《小说月报》延伸至外国小说。

当时只找得见新华书店，并未开架售书，一溜玻璃柜台后面站着神情漠然的店员。在外国文学专柜前面反复选择，我指了指其中一本。我喜欢这个书名,《百年孤独》。孤独是我那时年龄正待进入的东西,我喜欢这名字,喜欢暗银色的封面,此外对这小说一无所知。我并不知道它已然引发巨大的轰动,没有看过任何介绍的文章。一无所知,或许是最好的开始,有如邂逅。

我指了指这本书,店员问我,你要买吗?他们厌倦了将书一次次拿出来,又一次次收回去,面对学生模样的顾客,尤其厌倦。我认真地要他先报价格。所以,我至今记得那本浙江文艺版小字缩印本的《百年孤独》,定价是四块二。

翻开一看吓了一跳,它读不懂,几乎就是天书。它跟我之前读过的国内小说不一样,跟读过的外国小说也不一样,故事密集人物众多,肆意铺排挤挤挨挨,好像就不让人读懂。但我喜欢遍布字里行间的想象力与气味,喜欢那些句子,目光一触碰这句子,就能顺然往下滑行,有种停不了的快感。不管看了多少,合上书得来是一阵恍惚,理不出故事主线,甚至确定不了主要人物是谁,先前的阅读有如梦游。既然如此,这还叫阅读吗?还有必要继续吗?我难免有了诸多的怀疑,语文课分段落总结中心思想的教育,让我们误以为文章一定要读懂,阅读中能复原故事线索,才是看书。很快我意识到,也许有些小说并非如此,它并不是要读懂,它只是好读,属于"风吹哪页看哪页"那一类——虽然这句话被老师用来形容"假读书"。因是自己购买,我也拥有了枕边书,随时翻看,经过一段时间调整,放弃了将它读懂的企图,顺然接受闲散地翻看。那年月小城真是足够封闭,即使与这书相处好长一段时间,仍不知它名头之大,所以不知敬畏。我以为只有极少的人像我一样与它邂逅，享受一种古怪的阅读快感，就像第一次遗精，我还以为是患了一种独一无二的病。我甚至以为，这样的外国小说能找出一堆，每一本打开后都是无限伸展的迷宫。对此我充满期待，而这样的天书也像即将发生的爱情，总在什么地方等我。那些看不懂的书，校图书馆不可能订购，需要自己去买，但生活费捉襟见肘，书店店员的脸又不好看，不能放肆去搜寻。

读到高二，我才将这书费力读完一遍，快感之后，仍是恍惚，还夹杂着虚脱之感。我将书推荐给同学阅读，也不免带一丝虚荣，想告诉他们，我读了这样一本天书。此前我就经常给同学推荐国内的小说，那几年的好小说正处于井喷状，王朔的《动物凶猛》，余华的中篇版《活着》都是那时候出的。同学也相信我的推荐，但被转阅最多的是尤凤伟的《石门夜话》，匪首形容剥开女人的衣服就像"打开一本书"。"打开一本书"由此成为我们的暗语，在晚自习时用来引发同伴的窃笑，引来女同学诧异的目光。

《百年孤独》他们看不下去，即使我告诉他们这本书不必读懂，顺着文字往下看即可，他们也转换不了阅读习惯。书转了一圈，没有变得更旧。

很久以后，我在一位名作家的文学讲座集子里看到《百年孤独》人物关系图谱被整理成树形图，书本要加装一张折页才印得下整张图，精确，整饬，密密麻麻。我吓一跳，我想这位破解天书的老师完全可以转行做伟大的科学家，破解人类更深层的秘密。

二

九十年代初，我刚开始阅读外国小说，书店里最著名的丛书有三大套，一是外国文学名著丛书，俗称"网格本"；一是二十世纪外国文学丛书，俗称"版画本"；还有就是漓江出版社那套诺贝尔奖获奖作家丛书。网格本我嫌封面太单调，那时年纪，对单调有着本能排斥。于是版画本是搜寻重点，封面怡红快绿，但小说质量明显良莠不齐，有些小说口感老旧，时代痕迹深重，实难卒读。阅读重点自然集中到诺奖丛书，当时诺奖丛书的前几辑，已统一换了红封再版，我去新华书店前后买了有十几种，每位作家一册，收录最重要的作品。诺贝尔奖本身就是高大上的同义词，或许有这先入为主的暗示，我读得认真，事实上，最初阅读的一批诺奖小说大都没有令我失望，且激发了我写作的欲望。我虽不能将阅读过的小说条分缕析看透底里，但我依稀闻得见流溢其中的高级的气息。这气息如此令人着迷，我尚未写小说，但分明感受到字句通过某种魔法般的排列，突然焕发出自己所期待的文字气息……每想至此，不免心旌荡漾。诺奖丛书并未让我当作家的想法变得遥远。

阅读的环境自然也重要，那时我们男生搬入一排连着廊道的木板房，年代久远，没准我父亲读书时就住过。尽管只是平房，采光严重不足，走进去便是暗影重重，像钻进山洞，但房间里恰到好处的幽暗，似与文字阅读相得益彰。我的铺位靠窗，我喜欢将被子做成沙发，靠上去坐着看书，书摆在膝头，大片钝白的光从窗口铺到纸页。那时的书还是铅印，有轻微的凹凸感，正好被这白光抹出来，每一颗字都显出一种庄重，不可更改。于此阅读，心有敬畏，阅读过程中渐渐清晰的那些人物故事，又随这钝白的光效伸向无限遥远之地，或是无限久远的时空。阅读效果最好，当是冬天，借同学的被子垫背，自己的被子裹紧腰腿，外面风声一紧，屋里更显寂静，时而从段落里读出永恒的气味，铅字上方空气里浮游的微尘也乍然醒目。

不妨随记忆清点一下：帕·拉格奎斯特的《大盗巴拉巴》让我知道在小说中体现"心路历程"之难，之重要。一个强盗何以嬗变为圣徒，不长的篇幅里淋漓展现这心路变化，让人心服，我也从中领受一份宗教体验。这对日后写作极有帮助，"心路历程"是我有意植入小说的重要内容，固然很难，真正写出来总有意想不到的效果。

纳丁·戈迪默的《我儿子的故事》其实是儿子讲述父亲的故事，让我学会以次要人物为叙述主体，讲述小说主角的故事。两者间有异常亲密的关系，次角以一种恍惚的语态，稍显疲沓的声调讲述他并不能完全理解的主角。这种叙事的效果让我迷恋有加，我的多部长篇小说都采用这样的人物设置和叙述主体设置，像是一件兵器，渐至趁手，不怕招式用老。

阿尔贝·加缪的《局外人》让我知道人物情绪与事件本身有种间离效果，甚至背道而驰，默尔索种种不按常理出牌的态度，突然就颠覆了国产革命读物里人物情绪高度统一准确，向性鲜明所生成的阅读经验。我喜欢捕捉人物瞬息千里的内心，我们其实都有不按常理出牌的心情，往往羞于言说。而对于写作者,这实为秘要。后来我写《一个人张灯结彩》,有人指出摹仿了《局外人》。熟人不以为然,我虽写作时并未有意识,但我知道此言非虚,这种摹仿内在而隐秘,又如何证伪?

另有卡内蒂《迷惘》、怀特《风暴眼》、阿斯图里亚斯《玉米人》、戈尔丁《蝇王·金字塔》、肖洛霍夫《静静的顿河》、汉姆生《大地硕果》(这部小说我读的是版画本《大地的成长》)、莫里亚克《爱的荒漠》……都在特定的时期带给我一段异质的人生体验,我的生活有了现实与虚构两部分内容。其时许多同学也爱阅读,也同时享受现实与虚构两个世界,但他们的现实世界太过强大,将虚构挤轧。而我,宁愿沉湎于虚构,令它在身体内部具体并强大起来,事实上这也对自己领受的现实境遇有所抵御。所以,学习成绩差强人意我并不心虚,我要去的地方本就不如他们一般一目了然。

这套书我搜集很多,排列在书架上整饬、庄重,每一个名字都能给我一种不一样的况味。我开始在一个硬皮抄写下突然浮现的小说篇名(当然,硬皮抄保留至今):《水果的性别》《浮幻》《处女兽》《一个人张灯结彩》《同父异母的姑姑》《若虫》《环饰》《洞中人》《离开世界去趟你家》《另一侧的海》《彼梦消长》《我敌人的敌人》《我女朋友的男朋友》……每个名字之下会有怎样的故事,自然一无所知,但只要想出一个名字,分明就是得来一笔财产,暗自叫好,反复把玩。后面的写作,虽然大多数篇名都用不上,偶有故事和事先想出的篇名匹配成功,甚至严丝合缝的，总令自己更多一层喜悦。

三

我没想到，诺奖丛书对我影响最大的，竟是《弗兰德公路·农事诗》。这是两部长篇的合体，后一篇《农事诗》我只读了一遍，而《弗兰德公路》二十多年来一直反复看。这肯定是诺奖丛书最难读的一本，纵两百多页，并不很长，但其行文之繁复庞杂，能把读者统统打晕。它似乎就为寻找那些有自虐倾向，宁愿被搞晕的读者。我显然忝列其中。

书的勒口给出的内容提要这样写：小说以二次世界大战期间法军在弗兰德地区被德军击败后撤为背景，描写三个骑兵及其队长的痛苦遭遇，而贯串全书的是那位对全军崩溃、对妻子不忠怀有绝望心情的贵族出身的队长像谜一般的死亡。

这内容提要似乎没有指向故事，因这小说没有连贯性的故事。以上提要毋宁说是一个叙述的容器，里面可以填载无限可能。相对于这本天书，《百年孤独》突然就变得好读。不怕读不懂，就怕更难懂，发现都在于比较，或许对"天书"的阅读就要在这对比中压榨出理解力。这书刚买来时也搁置一阵，先去看一同买来的另两本。直到一天，应是中午，坐在上述的寝室窗前，读到开始的段落，在耳际幻化、还原成一种声音，忽然如此意外而又熟识。

他手里拿着一封信，抬眼看看我，接着重新看信，然后又看看我。在他后面，我可以看见被牵往马槽饮水的一些马来来往往的红色、棕红色、赭色的斑影。烂泥深到踏下去就沿到踝骨眼。我现在回忆起那天晚上大地忽然霜冻，瓦克捧着咖啡走进房间说，"狗在啃吃烂泥。"我可从来没听说过这种话，类似神话里传说恶魔般的动物，嘴巴四周呈粉红色，雪白狼齿寒光逼人，在黑沉沉的夜里啃嚼黑色的泥土……

这段文字已坦白告诉我，它不打算讲故事，但会包涵故事之外的一切，声光、气味、触觉、现实、传说、幻境……这文字是我此前从未遭遇的翔实、精准与逼真，以致同步地具有虚幻的效果。我知道，这叙述应合了我对小说的暗自期待，它让我浑身有了莫名的悸动。这本书阅读者不多，现在查豆瓣也只有一百多人评分，这在译过来的诺奖作品里也实在低得可怜。这样的写作，自然不强求读者，甚至设置了进入的密码。而这密码像是我阅读前夜梦见的一串怪异的字符，不妨一试地键入，竟得以接通。

接下来很长的时间，我都在反复阅读，说实话除了几个骑兵的名字可以确定以外，我的阅读只能给我万花筒一般变幻不定的场景、情节和画面，景致的壮美和人物命运的悲惨都在字里行间乍然闪现，旋即又消失于漩流……像我童年时母亲带我去看外国电影，看不懂，但大银幕里声光的炫惑让我对外面的世界有最初的体认，碎片似的印象撞击出体内隐秘的快感。西蒙的一个段落经常延绵好几页，会用数百字描写同伴的一脸死相，上千字描写一滴水的坠地的过程，用七八个页码写人一瞬间记忆与思维的变幻……那种镇定与缓慢，挟裹了"你一定要服膺于我，一定要跟从于我"的威仪。乍看满目零乱，但能从文气中读出作者逻辑的缜密，否则这样铺排文字会率先将作者本人搞疯。西蒙只让读者跟从，不容破解。

我进入这样的文字迷宫，一时出不来。我记得初读此书那一段时间，大概有个把月，人都是恍恍惚惚，心情却是奇诡、壮丽以及美妙。我放弃了破解它的冲动，日益变得顺从，随意翻开一页，阅读，默读，背诵里面的字句，将一些段落抄写在纸上。我的字迹本是随性潦草，抄这些段落时突然变了整饬。在阅读中，我分明感到自己性情在放缓，每将这书翻完（不能说是读完）一遍，就像是做一次脑力方面的耐力训练，我以此磨炼性情。学会放缓以后，我意识到足够的观察能力如此重要，它能让习焉不察的生活变得趣味横生，让人在任何时候都不枯燥。合上书本，再去自己所在的班级，我几乎整天都在走神，老师讲课的声音全都汇入窗外的风声，丝毫没钻入耳朵。我已知观察之妙趣，有意锤炼，乐意将班上每个同学的体态神情一一捕捉，盯一个人看上一刻钟，换一个。我过早让自己目光变得沉静内敛，在这种目光操控下，那些原本熟悉的同学竟然又变得陌生、古怪，再慢慢回到熟悉，像是重新认识。我甚至猜他们上辈子各是什么动物，这样我几乎是在动物园里读书。观察日益成为一种游戏，一种乐趣，身边的事物渐渐获得质感，有了影像般的画面感。若我乐意，便想象是四十岁的我或是六十岁的我穿越而来，隐没其间，还可给视野添加老电影的胶片刮擦声，让滋味变得更醇厚。

这种变化让我暗呼过瘾，我知道自己正变得不一样，就因为这本《弗兰德公路》，这本天书，确乎蕴含了让人脱胎换骨的能量。观察积累到一定程度，写作就成为顺理成章的事情。

四

从高中开始我大量读小说，总是不知餍足，晚上看得兴奋了，不觉天亮。比如那几年的《小说月报》，我都是从封面读到定价，慢慢读出好坏。我所获的第一个文学奖是百花文学奖的读者奖，从两百多篇小说里圈定二十篇获奖作品，我的选票和最终榜单相差无几。读大专时我将时间颠倒，校外租房是为晚上看小说，白天上课基本打瞌睡。好在同班同学许多都专拣白天打瞌睡，晚上要打通宵牌，这让我睡得如此心安理得。

读得多的当然是读得懂的小说，反正大多数小说也让人读得懂，比如那段时间我读了所有能借到的松本清张，故事复杂却又如此一目了然。读得懂的小说都是一遍即过，枕畔摆着的，总是读不懂的小说。比如《追忆逝水年华》《尤利西斯》《玫瑰之名》《弑君者》《生命中不能承受之轻》……仿佛是个癖好，因我读《弗兰德公路》受益颇多，就对读不懂的外国小说有一种执拗的偏爱，还想再打开另一个匪夷所思的文字世界，再一次醍醐灌顶，让自己平添功力。我总觉这与曾经疯狂阅读武侠小说关系很大，借武侠小说里的说法，这些天书，最切近于武林秘笈。《侠客行》里，那些欲练神功的好汉几乎都是书痴，欲练神功，必看天书，一碰天书，如醉如痴……而他们都没看懂。

我喜欢阅读这些书籍时有如梦游的感受，喜欢独自在灯下通夜恍惚而过，却又始终得来莫名的亢奋。天书固然一本都没有彻悟，与此同时，对于那些读得懂的小说，我的读解能力在不断提高，有时翻一页看一页也断不了故事，掉不了重要情节。读得懂与读不懂，其实都是阅读的必须，两不偏废，彼此确乎有着相得益彰的关联。

搜寻并阅读那些读不懂的书，受益最大除了《弗兰德公路》，便是胡安·鲁尔弗的《佩德罗·巴拉莫》。我看的是外国文学出版社出版的《胡安·鲁尔弗中短篇小说集》，是"当代外国文学"丛书的一本。我对丛书有天生的喜好，喜欢聚起来看它们整齐地排列，这套书不是很有名，但数量庞大，地摊一淘总有新收获，通常一两块钱一册，这套丛书在我手里越聚越多。但这套书的选题过于庞杂，其中一些小说气息老旧，文笔极差，瞎读几本坏了胃口，影响我对这套丛书的印象，也导致我没在第一时间翻看鲁尔弗的这一本。直至某天下午，我翻开鲁尔弗的这一本，前面选自《平原烈火》的一组短篇，译笔口感上佳，但也不至于如何感动。读到篇幅最长的《佩德罗·巴拉莫》，我马上感知自己又邂逅一部心仪之书，顺着翻看几页，文字构建起来的这个场域尽皆影影绰绰，光怪陆离，读几页眼睛发疼，一定是一直瞪得老大，想将目力洞穿纸背。这篇篇幅更短，数万字，只是个中篇，那天下午我囫囵看一遍，书一合上脑里恍惚间只有黑白交织的光影中几点鬼火闪动。我知道我和这书铆上了，一如《弗兰德公路》，接下来许多年里每年都要翻看，而且某年夏天发了狠，半月内将《佩德罗·巴拉莫》反复看了七遍，并分情节段落，用笔记本归纳段落大意，找出那些游离的情节段落彼此粘连的规律，最后总结出"双线索不对称交错"，时序上的跳宕回旋是最核心的小说技术。

强攻之下，这部小说在头脑中乍然清晰一阵，不久又在记忆中漫漶不清，仿佛鲁尔弗设置了某种记忆消除的密码，所以我可以一再重读。我也从中读出《百年孤独》与《佩德罗·巴拉莫》的传承关系，这一点马尔克斯本人并不讳言。《佩德罗·巴拉莫》篇幅不长，包罗万有，且拒绝普通读者。我总以为《百年孤独》某种程度上是将《佩德罗·巴拉莫》作了稀释，作通俗化的处理，高大上的面目和平易近人的表情兼具，才得以"像热狗一样"卖到每个地铁口。我总以为上帝摸着了鲁尔弗的后脑壳，而马尔克斯看见了摸在哪里。

五

后来有一阵我懂得不光要看小说，还要连带性读作家传记，日记以及书信集。我喜欢找大部头的传记，体验心仪的那些作家巨细靡遗的一生，比如托陀两翁、福克纳、海明威、马尔克斯，甚至兰波、魏尔伦和一夜之间名声大噪的卡佛，都有巨厚的传记，但我始终找不到西蒙和鲁尔弗的传记。西蒙固然是小众作家，传记也许因不会有销量而作罢；鲁尔弗却因写作时间太短，突然写出不可一世的《佩德罗·巴拉莫》而终止了自己的写作生涯，即使有传记，也来不及拉出篇幅。鲁尔弗是个隐者，销声匿迹是他写作必然的余绪。

我钟爱的这两位作家也有我仰慕的生活方式。他俩在写作一域显然存有野心，若无这份心力，作品如何能登堂入室？但他们的野心，使他们一生安宁。

我只在《弗兰德公路》译者序里一窥西蒙生平。西蒙自知这一路数写作无法谋生，所以一直在比利牛斯山脉种植葡萄以养家糊口，同时写小说。译者概括西蒙其人，用了"沉默寡言""不善社交"和"严谨孤独"，也正是我心目中一位小说家的最佳形象。而在网上某篇文章里，作者评价西蒙生平，说他"过着最简单的生活，写最先锋的小说"，似乎合于古代先贤"穷上返下""至简而繁"的训格，在写作之初就留给我极深的印象。而隐者鲁尔弗三十几岁就写出《佩德罗·巴拉莫》，这对于他既是好事，也是悲剧。他自知，写出这样的小说，等于终结了自己的写作生命，没必要再狗尾续貂，只能转行干点别的。除了几部声名卓著的小说，他还留下了一些照片，据说摄影是他晚年爱好，也是黑白交织。他经过了耗尽心力的巅峰写作，那些照片尽皆平静安详。

对鲁尔弗生平有限的了解，以及结合这本让我迷恋有加的小说，我认识到真正的作家自有其写作生命。马尔克斯也说过："就一般而言，一个作家只能写出一本书，不管这本书卷帙多么浩瀚，名目多么繁多。"我怀疑这一体认源于鲁尔弗。鲁尔弗过早地写出这本书，只能骄傲而又无奈地结束写作，而马尔克斯写完《百年孤独》仍笔耕不辍，某种程度上，他不认为写出了独属于己的那本书。所以一直以来我对著作等身的作家并不感冒，拒买全集，关注那些曾用具体的写作结束了自己写作生命的作家，搜寻他们唯一的作品。在我看来，这是作家最好的命运，结束写作便是他们给自己颁发的大奖。诺贝尔文学奖相对于这一奖项，都显得太多。

阅读与写作这些年，我明显感觉，当下与从前的巨大区别，在于读者不再喜欢读不懂的书，尽量挑一目了然的作品。环境如此，我们的写作也正在做减法，关乎销量，在乎读者，虽然再怎么在乎也是读者寥寥。当然，对于读不懂的书的阅读，自有其环境与时段的要求，现在的生活节奏，容不得他们再去那些天书里梦游。人们的旅游和远行都目标明确，计划周详，不容自己有半点恍惚。偶尔给学生做讲座，谈到读书，不免被问到，你提到的书我看过，看不懂，怎么办？我不想叙述自己当初阅读这些书的快感，快感都如此私密，难以言传。我只能说，我真不知道怎么办，这只是个人爱好，总有一些人，就喜欢看不懂。你看不懂，但还想看，就接着看，不想看，就扔。

树我于无何有之乡

2014年,我经历一次调动,来到一所大学。这感觉很荒诞,我两次高考落榜,没读过高校,自然没想到进入高校工作。但也不奇怪,因为写作,我会碰到一些荒诞的事,我提醒自己要适应,这是写作给予我的"可能性"。我是为"可能性"而写作,因此,"可能性"偶尔也反作用于我。就如沈从文所说:我怎样创造生活,生活怎样创造我。

进入大学工作,想来也是出于自己的一份虚荣。因为学历低,写作之初,有位老师既帮我改文章,也亲切地叫我"小文盲",有勉励之意。对于绰号,我笑着应对,心里却不想戴上这顶帽子,虽然学历低,我自信看过的书有不少,十岁起每天必翻书,从未间断,而且记性好,日积月累,肚子里还算有货。人缺什么就想什么,有了去大学工作的机会,我当然不会放过。事实上,从世俗眼光来看,在我所居的小县城,当年获得鲁迅文学奖,从无业游民变成文联创作员，只是一时的新闻，而这次调动，被别人看成真正的成功。小县城就是这么个古怪的地方，人们总是不相信身边的人，只相信自己一无所知的远方。

事实上，调入一所大学，对我来说，只是换一个地方写作。我挂在一个杂志社，只承担微乎其微的组稿任务，不须上课，除一个主管领导，我无须和任何老师任何学生打交道。转眼来这里一两年，我并没和这个学校发生什么关系，走在空阔的校园，用不着跟任何人打招呼。有时候我感觉自己来到一片荒野，寂寞之余，又是无边的自在。我偶尔也问自己，这个大学，是否是自己该来的地方？

杂志所属的学院刚搬入新楼，办公室相当充足，富有余裕，我也搭帮分到一间。以前，我都是在家里写作，家人的打扰在所难免，现在有了办公室，我体会到截然不同的写作状态，泡一壶茶，买一份便当，关上门在办公室干一整天。偶尔，走到窗前，看着下面操坪青春飞扬的脸孔，看着他们的欢悦，我更强烈地意识到，我并不属于这里，只是在这里。慢慢地，我喜欢自己的办公室，它让我充分地体会到私人空间，老婆也不得冒犯。我中午会在椅子上打个短盹，睁开眼，会有一种恍惚。这里过于宁静，拉长了时间，有时候睡个把小时，醒来总以为是另一天，看着窗外午后阳光棱角分明，会有种不真实。某天，在这种不真实的状态中，我又问自己，你不断地写，不断地寻求可能性，也暗中期待，写作将自己带入一种意想不到的地方……转眼，你四十岁，不应有惑，这时候，你扪心自问，今天所得的一切，是不是你原本想要的？

顺这思路，一直浮想，脑袋忽然有了亮光。我想，作为一个写小说的人，在哪里都是观察，都是写作；任何地方的人，有心去看，留意观察，都比任何雕塑可爱。既然如此，哪里又是我该去或不该去的地方？曾经，我不想把自己看作一块废物，于是，便把自己看作一株樗树。而现在，一个不属于自己却待下来的地方，是否就是我的无何有之乡？樗树不是好木料，无何有之乡也不算好地方，但两者结合，却是心有所归，身有所寄，彼此安好。

于是，我也终于跟自己说，放下你伪装的低调，适当时候，纵容自己得意一下，自嗨一把，又何妨？一直能将小说写下去，不就在于，写小说的过程中，总能让人小小得意一下么？

我喜欢自己的办公室，密闭，拉上窗帘，四壁惨白。在这样的环境，时间一久，我眼里总是隐约有所幻觉，正前的墙壁有如白屏，你想看什么，上面就会上演什么，侧耳一听，也有声音。我一直有这奇异的幻觉，记忆中最深刻的，是十一岁读小学四年级，一个下午，独自待在教室里，门锁紧，走不出去。我是被老师关里面，本来烦躁至极，后来我想，我不能这么枯坐傻等，我要娱乐自己。于是，我盯着墙壁，盯上一阵，墙上便幻象迭出，有如电影放映。天擦黑时老师开门，放我出去，见我安详，没有任何不适，心里肯定大是古怪。那天学校搞合唱比赛，全班四十五人，挑出二十二对童男女，就刷下我一个守教室。本来我很痛苦，心里想，我嗓音确实含糊，但你让我滥竽充数又有何妨？我一人就能干扰那二十二对童男女的声音？那一天，我强烈意识到，口口声声教我做人的老师，已经宣布我是一块废物。但我并不奇怪，因为自小就感觉到，自己是块废物。当我有意识，就知道父亲对我很失望。我本是早产，生的时候又碰上难产，人工呼吸救活过来，手脚畸形，哭声没有老鼠叫得响。我记得小时候，父亲命我走一条直线，用两年时间才不踉跄，学拿筷子用了三年。父亲失望的眼神，伴随我整个童年记忆，每天至少挨训五六次，动辄得咎。那时候，我就生怕引起任何人注意，只想躲起来，在没人看见的地方，小心活着。

事实上，我又不是那么安分的人，心里是想活得安静，但经常折腾起事端。我控制不了自己，安静与躁动，懦弱与狂妄，在遗传基因里都有很高含量。

我的不安分，体现在我爱撒谎，天生的，不说则已，一开口就能撒谎。我不怎么说话，一是口齿的问题，二是我很早知道自己有这天性，心里害怕。但很奇怪，在家长、老师和同学的眼里，我一直是个老实孩子，甚至还说我"从不撒谎"。我觉得从不撒谎的，只有白痴，那些励志故事里过分诚实的孩子，常常让我怀疑是天生的演员，他们共同具有大智若愚的品质。于是，在我很小的时候就得来一个重要认识：我并不是不撒谎，而是会撒谎，而身边很多人，并不是爱撒谎，而是不会撒谎。

我读小学时，正流行集邮，十个人至少三四个爱好者，除此也没有太多玩意。两三年时间，我成为学校集邮最出名的人，因为我卖邮票。我读小学四年级，学会邮购，把钱汇到上海，买来一堆邮票，加价卖给同学。这是靠信息不对等赚取同学的零花钱，为守住商业秘密，我必须给同学编故事，云山雾罩，就是不能透漏真相。事实上，我发现编故事有助于赚取更多的钱，某套邮票，编一个传承有序、得来不易的故事，出手一定快，价钱一定高。这明明是骗人，后来社会变得不一样，这叫"文化附加值"。卖给我邮票那位上海人，知道我是学生，每年元旦寄一张明信片，劝我好好学习，但价目表两月一期，从不耽误。记忆中，一套六枚的边区毛像邮票，在上海是大路货，在小县城几乎没人见过。我四块钱买来，舍不得孩子套不到狼，故事编得曲折，让我外公躺着中枪，因此要卖两百多。一个同学咬了牙，撬开家里柜头上的锁，国库券和公债一共凑了两百二，一定要买这套邮票。我平时赚赚小钱，这时面对一笔"巨款"，意识到，可能已是犯罪，不敢卖他，他却纠缠不休。后来他家长发现柜门被撬，顺藤摸瓜查出我卖邮票，报告给老师。学校没有处分，父亲将我所有邮票锁起来，那以后才收敛了心思。

我口齿天生有问题，才对讲故事如此感兴趣。在城里不敢开口，放假去乡下爷爷家里，有了机会。那时农村几乎没有电视，广播经常断播，冬天很多人挤到爷爷火塘边，听讲故事。爷爷读过私塾，认字，会讲故事。一到冬天，他家火塘的来客最多，这也是他洋洋得意的地方。几十年，他只看《水浒传》，书翻烂了几套，不断地讲。换成《隋唐演义》或者《杨家将》，也能讲，但别的人不认可，说要听武松打虎，要听拳打镇关西。故事大都知道，大家围坐一起，是在搞点播，耳熟能详的故事，还要再听，不是听故事，要听前后讲的有没有出入。这样，我们小孩有了上场机会，大人喜欢考察，哪个小孩记忆力好，一出故事讲得如同翻版，重要细节一处没漏下。于是，口齿声音都不重要，重要是记忆力好，复述能力强，于是我一次次得到夸奖。我在乎这样的夸奖，比考试出成绩更重要，我非常享受有人认真听我含混的发音。有这样的经历，我也一直认为《水浒传》是最好的小说，反复地看，经典段落几乎都能背下。四大名著我只看过这一部，被朋友笑话，说你竟然不读《红楼梦》。我自己觉得不丢人，找个理由，你们读过，我和老曹没读过。他们问老曹是谁。我告诉他们一个常识：曹雪芹也是在没读《红楼梦》的情况下，写出《红楼梦》来。

那几年空余时间，除了卖邮票，我只会坐在家里看书，这是我的命。我读的小学那个班，是教改实验班，搞作文强化训练，取个名叫"童话引路"，作文课上，老师都引导我们写童话，当年闹出一些影响，四年级有一学期全是上公开课，电视台来录新闻和专题，晚上才好打光，所以那半年我们昼伏夜出，晚上去上课。全班四十五人，有三十多人在公开刊物上发表作文童话。

有的作文杂志给我们班同学开专辑，一发一溜。那是上世纪八十年代，文学热至烫手，想当作家的人路上随便抓，一抓一把。但当时我写作文并不冒头，记得班上作文最好是两位女生，姓熊，姓黄。班内搞起小作家协会，正副会长好几人，我混上副秘书长。在老师看来，我好歹也算二梯队人选。我以为她们必将成为作家，而我也希望向她们靠近。后有"神笔马良"之父洪汛涛莅临我班指导工作，摸出一支钢笔，说是神笔。班主任指派，由姓熊女生接收。彼时，在我看来，不啻是一场仪式，宣告她已光荣地成为一名作家。那一刻，我的心里，酸甜苦辣咸，羡慕嫉妒恨。

还在读小学时，我就以为所读班级有专业方向，老师一心要扶植、培养一帮作家。我以为，即使毕业，也有一帮同学内心已揣定当作家的志向，表面上不管如何地不露痕迹，其实这志向已如信仰一般牢固。我们正向着作家这一身份发动集团冲锋，若干年后，再保守地估计，那几位种子选手，总是拦不住。我想象着，若干年后，我们一同以写作为生。我以为将来必是这样，从不曾怀疑。想当一名作家，这愿望于我而言来得太早，十岁就有，十多岁已变得坚固。这是很可怕的事，想得多了，纵然只发表三两篇童话作文，我便在一种幻觉中认定自己已是作家。这种幻觉，使我此后遭遇任何状况都不以为然，读书只读闲书，成绩飞流直下也无所谓。慢慢读到高中，我已成了差生，而以前以为会同我一样去当作家的小学同学，大都考了中专，等着就业。一开始，我想不通他们为何抛开好好的作家不当，想去从事那些古怪职业，比如老师、医生和领导。慢慢地，到了高二，我意识到，可能是自己脑子有问题，别人看得明白的事，就我一个人犯糊涂。我写的散文和诗歌，投到学校校刊，油印的小册，也屡投不中。这时候我如梦初醒，心里想，我大概当不了作家。有了这样的发现，我心情一度灰暗，直到有一天看了《庄子全译》，翻开第一篇，《逍遥游》，有如遇到知音。惠子和庄子对话那一段，用樗树做的比喻，每一句都讲到我心坎。大本臃肿而不中绳墨，小枝卷曲而不中规矩，我宁愿把这些和自己对应上来，先天有这么多不足，但不想当自己是废物，那就不如以一株樗树自比。我和身边的一切总有千丝万缕的隔膜，可能是因为我没被安置到合理的地方，就像樗树不能混入松树或者桦树林。樗树就应该生长在无何有之乡，广莫之野，孤孤单单的一株，无所依傍。我用很多书换回同学手中的《庄子全译》，贵州人民出版社的版本，不断地看，后面还换了别的注本。这本古怪的书，引发我头脑中无数奇异的想象，这让我重新找到怡然自得的心情，让我恢复了必是一个作家的幻觉。

真正写小说以后，别人觉得我吃尽苦头，我自认为走得蛮顺利。最初那几年，是我心情最好的日子，精力旺盛，干自己想干的事，脑袋里时不时冒出的一句话，能让自己开心好一阵。我那时写小说，完全抵得上朋友们打电游，他们打出一个个装备，我写出一个个意想不到的细节和句子。小说很少发表，我就存在电脑里。我已看了足够多的小说，相信自己写出的这批东西，质量不差，假以时日，发表出来不是问题。2005年短篇小说《衣钵》发表在《收获》杂志，是我写作生涯一个转折点，那以后，一如之前的预想，积压在电脑硬盘里的小说，马上被人要走，发表的瓶颈转眼突破。2007年，获了鲁迅文学奖，县里面给我解决了工作。我这时知道，我可以一辈子写下去。我并不担心自己能写多久，因为我口齿不清的毛病无法纠正，我的表达欲望就可以一直高涨。我是天生爱撒谎的孩子，但小说的虚构，某种程度上缓解了我撒谎的冲动，我把撒谎融入虚构，狠狠发泄以后，在现实生活中继续沉默寡言。

我也总结自己写作顺遂的原因，可能就是因为我的写作理念简单，易于执行。对我写作理念影响较大的，是赛珍珠获诺贝尔奖时的演讲。这是一位近乎被遗忘的作家，可能也是唯一靠通俗小说获取诺奖的作家。在这个演讲里面，她认为中国的小说传统就是通俗路数，离老百姓近，离知识分子远。她认为，在中国，文人不认为小说是文学，这是中国小说的幸运，也是小说家的幸运。这一点我笃信不已。她也从《水浒传》里得到很多养分，并将这部小说译为《四海之内皆兄弟》。我喜欢乡村，喜欢那些张着耳朵听故事的人，喜欢身边最真实最朴素的生活，肆意地去看，去接近，不是故意，确实从中得到无穷乐趣。在十余年的写作中，我怀疑汉语成形于农耕社会，千百年来重农抑商的实情，文人所葆有的歌颂乡土田园贬斥朱门富户的传统，使得汉语词汇天然地对城市和富裕带有贬义色彩。基于这一点，我进一步怀疑以汉语描写城市和富裕阶层，本就有欠缺，一旦触碰乡村和底层，马上变得天宽地阔，左右逢源。当然，隔了数十年，赛珍珠的见解也受时代变迁的影响，中国小说在全球一体的冲击下，必须是文学，或者必须沾染上文学，必须以文学装饰自身，否则也行之不远。我写小说的理念，由此折中而出，简单地说，既要写得好看，又要让人看完觉得高级，通俗或是高雅且存而不论，面目模糊是最好。我乐意用极简思维去处理复杂的事，因其简单，才容易在我笔下发育出稳定的品质。

我小学毕业留言册上，大多数同学祝我"邮票生意越做越好"，有个女同学祝我成为作家。多年后聚会，她提到这事，我说你是否给很多同学都这么写？因为在当时，我们班眼看会成为作家的,大有人在。她否认,说就给你一个人这么写。我没有问为什么。我相信她已经看出来,只有我是那种一条胡同走到黑的人。她预言了很久以后的事,在很久以后的现在,每当我遇见她,就要请她预测一下,我最近文运如何。

给没有感觉的人

有作家说,在他年轻时,看见带女字旁的字,就会兴奋。有人会笑,我羡慕,那是多么发达的感觉作梗。这样的人,日后不当作家,天理难容,日后当了作家,是念念不忘那一刻的兴奋。有首歌曾唱:当我有时间的时候我却没有钱,当我有了钱的时候我却没时间。歌词有些磕巴,人世就那么吊诡。

多年以前,展开一本书,就是打开一个世界。阅读从等待开始,书籍是稀缺资源,控制在少数人手里。你去图书室,紧俏的书永远都是传说,不知哪时转世轮回,来到你手里,那一刻你抚摩书页,脑袋里蹿出第一个词,必是"缘分"。那时候我们是小孩,爱看武侠,"成人童话",父亲也看,却要禁止我,只好等到入睡,被子蒙上,打起手电看。一对五号电池七角钱,够看一百五十页左右,成本不菲,心中理想,是有朝一日坐着沙发就着日光灯痛快地看,没谁打扰,一百五十页不费一角钱的电。那时候,将小说看到尽兴处,忽然担心,此时将被子掀开,外面已是另一个世界,刀光剑影,而我也是身怀绝技,出手不凡……再大一点,我们给女孩子写信,铺开纸,一个字一个字写,既诉衷肠,又要让女孩子看出来我有文才,日后必有前途,或可对我暗生情愫。信寄出去,等待的过程无比美妙,我们都体会到什么是"黯然销魂"。情书是悲壮之书,大都泥牛入海,慷慨赴死,偶尔有哪个兄弟收到回信,里面还有暗通款曲的句子,就像两块钱摸中百万大奖,喜到手脚抽筋。那时候,每个县城,每个年份都有私奔或殉情的男女,行事决绝,后果惨烈。现在讲给年轻的人听,他们不理解,为什么要死?家长不同意,环境不允许,换一个行不行?为什么要为失恋痛不欲生?网上去下载 A 片,看到你两眼犯花,看到你反胃作呕,还会不会痛苦?或者……

这已无法沟通,我又怎么能告诉他,我们又怎么告诉他们,爱情最美妙的,就是非谁不可。那时候,殉情男女让人艳羡,趁着年轻,许多人心里还想,如果有人相伴一同赴死,或可胜过活在这感觉日益稀薄的人世间。当然,这是歪理邪说,是一念之想,而我们终究老老实实地,百无聊赖地活着。

之所以拿起笔写小说,固然是喜爱文学,也是喜欢书本。我想起少年时期接触的那些书本,装帧朴素大方,内文都是铅印,有轻微凹凸,有墨香,纸张通常暗黄,书角总要卷起一些。一些封面设计过于出彩的书,借回家中,看完还要摆几天,每天放手里抚摩一阵,再去还。读到高中,每月生活费一百多，总要省下二十块钱，买两本书，或是买两盒磁带。我只肯去买书，磁带向同学借，心里打了算盘：磁带借来借去，容易不见；而买来的书，想借的人已经不多。忽然想起《古今说海》里记载一条，在古代，家里只养母狗不养公狗，就是占人便宜。这么一比，我只买书不买磁带，岂不是人品出了问题？不敢多想，书照买。

那时少有人借书，还当捡便宜，稍后基本无人借书。我终于弄好自己的书房，上万册藏书规矩码放，担心有人借，写一字条贴门上：书不外借，概无例外。母亲说我写这话，会伤亲戚朋友，命我撕掉。撕掉以后，也怪，从未有人问我借书。他们到我书房看看，啧啧地感叹，从未有人想过问我借。我感到落寞，我忽然又希望有人借走，即使冒着有借无还的风险。我希望书本在多人抚摩下有些发暗，有些卷角，一屋子书没一本卷角，全都这样品相上乘，又是多么孤独？但事实就这样，书房里除了我，就外婆时不时进来，把书翻一翻，看里面的画。她九十多岁，是个文盲，一辈子读不了书，所以一辈子都想读书。

现在看书，书不是问题，电费更不是问题，但我要承认，即使我这写书之人，阅读的快意也每况愈下，大部头的小说，必须带入乡下老家，待在四壁空荡的房间，才能读完。我这是职业性的阅读，因为我老提醒自己，你都不看书了，凭什么指望别人看你写的书？

当我终于能够出版自己的书，读者已呈几何级数递减，甚至有人说，现在看的人还没有写的人多。为什么这样？我怀疑，那是因为书的阅读，要从等待开始，若无等待，若不在等待中让感觉发酵起来，符号就无以还原成意象，语句段落就无以还原为场景。有了网络，许多书本和影视资料一敲键盘即可获取，取消了等待的时间，自是无比便利，同时我感觉痛苦万分。我们失去的是等待，是一切阅读必以其为先决条件的等待，而现在，没人愿意等一等。取消等待换来的时间，只能是无边枯寂。

当然，我有我的看法，你有你的解释，也许都有理，也许都是妄言。但可以肯定的一点，时至今日，我们的写作，是面对没有感觉的人。太多的传播方式争抢眼球，所以个人的感觉不必动用，照样接收无穷的信息，我们可以不动用脑子，照样觉得自己无所不知。

有人断言，纸质书必将消失，以后都是电子书，一块硬盘，等于一个图书馆。我知道，一块硬盘永远不可能等于一个图书馆。如果写下的小说不能以纸质出版，只是网络里的一份电子文档，我的写作愉悦或将丧失殆尽。当有人和我商量电子出版，我的回答只有不，绝不。我只为纸质图书写作，纵然这必将没落，不合时宜，我也认命，甘心成为一名落后分子。事实上，这个时代先进分子太多，我这号落后分子，即使为保持某种生态平衡，也有存在的必要。

对于这有如末世的前景，为了强打精神，我只能幻想，真有那个时候，我能否以一块硬盘的钱，买下一座废弃的图书馆？当图书遭到废弃，我只想尽我所能，保持它们的尊严。我又想，当别人都一往无前地奔向远方，必然要剩下一些人，站在原来的地方，捡拾别人不再需要的东西。人们一心奔向的未来，未必就是精彩，而被我们这个奇葩时代舍弃的，也未必就是废物。这是日渐被遮蔽的真相，你我有知即是福分。

幸好，纸质的书还在出版，有封面设计，有正文和跋，用现代的技术，复制着一千年以前的字体。纵然印数几千，也是不小数目。如果你翻开书页，从正文一路看到这篇跋文，我必须拱拳相谢。我有个乡亲，叫沈从文，他曾经感叹，我和我的读者都行将老去……他以为，这是他个人的感叹，其实这是每个时代共有的感叹。时至今日，写小说已是向死而生，这也没什么好抱怨，因为我确乎还有一部分过剩的感觉，要给没有感觉的人们匀一匀。

电贯钨而流明

——评东西《篡改的命》

我看六十年代之前出生作家的创作谈或访谈,有一趣象:因书本稀缺,阅读量受限,他们写作的源头大都清晰明确。就那么一两本书的影响,促使一个作家的形成,也保证了此后风格的稳固。比如说沈从文,是被一部残破的《圣经》开启文学之思;比如说莫言,《百年孤独》和《喧哗与骚动》有如左膀右臂,支撑他最初的写作;又比如余华,是被卡夫卡《变形记》导引,改变了文学思路,迅速进入创作成熟期。在他们经历中,早年阅读的匮乏,反而使得自身文学创作有一坚硬的核。但在以后,80后90后作家,巨大的信息量使得他们个个转益多师,门派杂糅,出手就是迷踪拳,写作传承不好再作血统论式的考究。

东西第三部长篇小说《篡改的命》,牢牢地镶嵌在他写作谱系当中,仍然是鲁迅余绪的铺陈,以笔为刀,解剖世象,探究个体命运时顺带勾勒出一群人、一层人甚至一代人的命运轨迹。东西对鲁迅的钟爱，从不跟人含糊，写作之初曾专门模仿鲁迅的艰涩句式，被同好夸赞太像鲁迅。对于鲁迅的追从，使得东西笔下人物，同样具有写谁不像谁，都像指代了我们全体的意味，构思时必然提炼，成文时也作了符号化的处理，是寓言式，以简驭繁。所以，他的小说，大都可以提炼出最核心的关键词，以此出发，搭起一个大框架，再往细部填塞相应内容。当然，我们通常以为，"主题先行"是为文之大忌，我们大多数人遵从的教导，应从细节生发，故事连缀，再以整体呈现思想。但我们也是知道，文无定法，诗有别裁，在文学史上，体量庞大无匹的鲁迅和陀斯妥耶夫斯基，写起小说，都是"主题先行"的代表。鲁迅的小说，控吃人社会，写以血疗众、惜妇女困苦，叹乡民愚木，都是集中了火力，字字无虚落，篇篇对症下药。陀翁笔下，行文必服从他前置的思想表达，细节必服帖于主旨规定的范畴。据此，他才得以汪洋恣肆，发力稳准狠，将小说写成一篇篇蛊惑人心的东西。但这是写作者的险路，大多数人若先起主题，细节必散，行文必空。"主题先行"是过于小众的路径，甚至是畏途，大多数人进入不了，但得以进入的，必是天性使然，能够凭借强大的叙事能力，能够随手拾来妥帖的细节与故事，将主旨完好地呈现。

在《篡改的命》中，主旨显露最厉害的，当是第二章"弱爆"结尾。黄葵死后，两个警察要将汪长尺作为嫌犯抓捕，引发村民群体激愤，夺枪救人。营救成功，却导致整个村庄的惴惴不安，想象着警察必然会有报复，在报复到来自前，村民们对汪家的孤立，劝汪长尺自首。民暴义举接上出卖丑行，冰炭一炉，极尽了夸张之能事，这已明显溢出乡村常规的经验范畴和行为逻辑。作者在此处跳将而出，像一位专横的领路人，让前面倚靠写实笔法建立起来的人物，折身走入写虚的轨道。到后面，汪大志的乡村过敏症，完全就是写虚的一笔。汽车又走了100公里，再测，大志的体温又降半度。200公里降一度，那还要医院干什么？今后发烧的病人都来坐长途汽车算了。看到此处，读者已然了悟作者苦心，仿佛彼此早已达成共识，一切具有鲜明指向性的虚笔和怪诞事件，都能毫无挂碍地接受。这两段人为设计痕迹绽露的文字，恰是这部长篇的华彩部分。这种乍看突兀棱嶒，实则圆融一体的虚实转换，也已成为这小说独特的气味。

这让我想起书法家白蕉的诗：风藉草以见势，电贯钨而流明。"钨"具有强烈的工业意味，几乎不入律诗韵文。乍看这一联，明显"隔"了一下，再一想，又是工整和妥帖。黑色的钨丝接电而亮开，映入白蕉眼里，竟出古意盎然的句子，新与旧巧妙融会，翻生奇突而雅致的意境。

《篡改的命》语言也如此，一面好用层出不穷的网络语言，比如全书一共七章，有三章的名称来自网络热词：弱爆、屌丝和拼爹，显然有意为之。另四章，必是找不出恰好的网词，才安放了常规词语。许多作家对网络用词存有警惕，生怕这些词来得快消失得快，若为文章千古事，这些速生速朽的词会不会拉低文本的价值？这一点上，东西显然荤腥不忌，一切皆拿来我用，而且这似乎是他一个嗜好，一个新词出其不意的安置，又隐含着他对语词的敏感和焦虑。而在另一面，东西又不惮于将古典和现代的诗词文句，成段地植入农民嘴里。比如,汪长尺会说:如果我们想要大志出淤泥而不染,濯清涟而不妖,中通外直,不蔓不枝,香远溢清,亭亭净植,唯一的办法就是把儿子交给他们培养。又比如:文盲小文一张嘴竟然也讲这样的话:我也想干净,但你养得活全家吗?你要养得活全家,我就买一水缸酒精来消毒,从此做个幸福的人,劈柴喂马周游世界,面朝大海春暖花开。显然,这样的话语难以出现在日常生活,更不会是农民工、文盲的口头语言。东西行文至此,仿佛暴露出一个话痨的不管不顾,停不住嘴。但往细处一咂,作家讲网民的话,农民讲诗人的话,这种乱象,何尝不是我们这个难以命名、难以指称的奇葩时代最真实的语言生态?文不对题、言不由衷、引喻失义、表义艰涩……网络热词和诗文词句生硬而又合理地杂糅一块,形成一种狂欢式的表达。每个人都有一张失控的嘴,却找不准自己该讲什么话,于是,在一片聒噪的表象之下,隐藏了一个时代的失语和孤独。

毋庸置疑,若用一个词概括《篡改的命》,必是"进城"。东西显然下了一番狠劲,删繁就简,披沙拣金,最后将城乡的冲突矛盾,浓缩进这一个词语。就像余华在《活着》之中一再写出非正常的"死亡",又在《许三观卖血记》中紧紧抓住"卖血"。汪槐叹自己错过进城机会,把希望寄托到汪长尺身上,前仆后继。汪长尺一番努力白费,进城之路难于登天,就把希望放在下一代。妻子怀孕,一定要带去城里生产。汪长尺跟汪槐表决心:不要说生孩子,就是一个屁,我也要憋到城里去放。能在城里生,难在城里养,汪大志放回村里,不吃乡下女人的奶,而且患上乡村过敏症，只有进城才能脱敏，转危为安。在汪槐看来，这是志气，是仍然持续着的希望。汪长尺发现一切努力都将落空，最后祭出必杀招：把自己儿子送给城里人养。从此，他成为一个影子父亲，离儿子很近，但不需儿子相认。儿子成长后对自己的拒绝，在他看来仍是希望所在，仍是命运改变的迹象。当此计划暴露，林家柏看穿了汪长尺的目的，汪长尺为保全儿子城里人的身份和富家子弟的命运，他毫不犹豫去死。

汪长尺死后的投胎，无疑是全书最悲凉的一笔，是作者忧愤郁结日久的爆发。但是，在东西笔下，死亡和投胎搅在一起，又是充满希望，莫名地欢悦，甚至还有欣欣向荣的气势。汪长尺作为一个进不了城又回不了乡的游魂，其实早已死亡，早死早投胎，他以死换来转运之机。所有的乡亲，都送他往城里去，投城里人的胎。城里人何尝不这样？当有明星产子的娱乐新闻爆出，无数网友会在跟帖上感叹：又一个投胎高手。汪长尺投胎变成林家柏的私生子，他和自己亲生儿子，成了难兄难弟，为了进城，丢了脸面，失了尊严，又遑论伦理天道？表面上，将城乡矛盾，农民与城市人的冲突提炼为"进城"，仿佛有融合矛盾的迹象，将复杂的问题也符号化了。只要进了城，我就成了你，乡里人就变成城里人。实际上，最后这一笔，又回归了问题的复杂性：改变了身份，也不能改变命运；乡里人永远是城里人的儿子，穷人永远是富人的儿子。

这个长篇最大的看点，不在故事，尽管故事已是如此惊心动魄，小人物的命运已推向极致，无以复加。整个小说，处处充满两个方向的张力：语言上的张扬与凝练；整体色调应是阴冷，却有扑面的暖意；人物个性鲜明，又有符号化的统一；故事波诡云谲，却又统摄于极为平静的叙述；文风写实气息浓郁，又处处存在四两拨千斤的巧劲，写实和荒诞气质水乳交融。拿故事这一点说，汪长尺知道小文卖淫，从始至终从未说破，完全包容，行径与所有男人都不一样。甚至，谈论小文的职业（当妓女），竟成了他们交流的热门话题……当安都佬要验汪长尺的性无能，汪长尺也是不假思索，全力配合，所有的耻感，都在生存和"进城"的欲望中压缩到可有可无。如果从行为本身看，汪长尺已是不堪入目的失败者，但能将这一形象拗救回来的，正是汪长尺身上一种近乎天真的气质。他的包容和忍让，是出于临事时的利弊取舍，更是出于一种本性，一种在任何压力下都改变不了的天真。这种天真，是从东西的叙述腔调中生发而出，这种腔调，包含一种假痴不癫、大智若愚的通脱态度，几近达观。正是这种腔调，包容了文本中诸多相背而驰的张力，形成有奇观之效的文本。这个故事，故事中诸多突兀意外，让人乍一眼会发懵的细节，都被这腔调熨平，成为可能。同样的故事，换一种腔调，换一个讲述者，必将难以为继。由此，小说的腔调成为牵引阅读的核心动力。

而汪长尺身上具有的天真，也是东西小说中一脉相承的气质。在《后悔录》中，曾广贤一直在后悔，却从不在后悔中成熟，就体现出这种天真，后悔凭借这种天真的力量，形成一种近乎宗教的情绪：所有人的后悔都会指向别人，而曾广贤的后悔从来都是自责。在《篡改的命》中，汪长尺的天真，幻化为一种悲悯的力量。他也愤怒，他也一直在控诉，但因有此天真的叙述腔调，愤怒与控诉的同时，原谅就已同步生成。他有很多埋怨，却能在重重逆境，事事不遂中化解了恨。所以，他无条件地包容小文，他能把儿子送到林家柏家里。

小说中，汪长尺打算把儿子送到林家柏家里之前，有大段的独白，要说服自己，林家柏没有这么坏，可以接受。看到此处，同为写作者，我不自觉生出感触：何必这么大一段自我说服，不是有个词叫鹊巢鸠占么？换一个思路，让林家柏养自己的儿子，让儿子脱离穷命变成富人，针对林家柏，岂非一场快意恩仇？全文看罢，再一思索，原谅比报复更能说服汪长尺。这个人物，就因这态度转换时的几微之差，得以丰满、独特，让人难以忘怀。

文章最后，林方生，也即汪大志，追查汪长尺旧案，查出自己身世。他赶紧毁掉汪槐家中所有自己的旧照，抹去自己作为汪大志的存在。他只能是林方生，只能是城里人，只能是有钱人。一切对于真实的追索，都在利己处断开。读罢全书，周天寒彻，悲从中来，缓过这一阵，心中却生出表达的热切，写作的热情。好的小说，对于写作者，就是一剂兴奋剂，会被激发，会重拾写作的快意。就像"电贯钨而流明"，白蕉写出这句的一刹那，其实也契合了若干年后顾城《一代人》的表述：黑夜给了我黑色的眼睛，我却用它寻找光明。这种遥远的呼唤，突然又灌注心头，尽管已是有些不合时宜。

如何向张万新先生致敬

去年《凤凰》杂志有了我的一份编辑责任，需要编辑一部分稿件时，我毫不犹豫地想到了把张万新先生零零碎碎的几个短篇编辑成一个专辑。

2006年我在北京拜访过他，在他租住的小屋里住了一晚，聊了一晚，晚饭时喝酒，早上吃面又喝了酒，在两顿酒中间则不停地抽烟。我们都是发散型的思维，都跳跃，跑马似的，你一搭我一搭不知把话头扯向哪里。之后分别，再也没见面。

那次去，是因为之前在杂志上看见他的几个短篇，其中的《马口鱼》和《老水手》，看了以后心里一直隐隐约约，里面有一些句子以及细节电光火石般地在脑袋里不停迸跳。我受不了咀嚼那些细节及文字时，脑袋里伴生的犹如电压不稳时那种吱啦吱啦的响声，遂有了见他一面的想法，在他博客里留言。他爽快地把电话留给了我。

他是西阳人，我们打电话可以用乡话交谈，畅通无碍。我到北京以后，他请我吃饭，还有两个写作的朋友作陪。那一桌很丰盛，四个人，却有十几个菜，张万新说他就好吃，而且习惯每盘菜只攥一筷子。他也真是这么做的，十几盘菜他就攥十几筷子，此外喝了两杯白酒吃了一碗饭，此外拿面巾纸擦擦嘴，结了账。那家川菜馆子我以前去过，前次去是请别人吃饭，知道该店菜价不低。但也不奇怪，我在他的两篇小说里看到了某种类似于八旗子弟做派的闲散态度。当时就料想到能有这份态度，必是生活安泰、用度如裕之人。每盘菜只攥一筷子的习气，以前在清宫戏里见过，皇帝老儿面对一百多道菜的满汉全席，即使每菜只挟一筷子，也撑得愁眉不展。当时我就自以为是地认为窥见了他写作背后的某些事实：应该是在富足的家庭泡大，家长一再灌输也不能促使他生出雄心壮志，只愿轻轻浅浅地把日子过下去，睁着一双蘸着几分酒意的眼睛打量周遭事物，时不时暗自发笑……

吃了饭，两个作陪的朋友还有巨多社交活动要去处理，张万新没事，要我就去他那里过夜，他和朋友合租一套两居室，他那间七八个平米，一张大床占了三分之二，除了电脑好像没什么多余的东西，所以连整洁或凌乱都无从判断。当时我小说还发表不开，用度捉襟见肘，能省一点也就不去住旅馆。聊到半夜，知道他的经济状况比我好不到哪去，给一家经济类的报纸写书评，半个版面挣六七百块钱。我知他读书能力，一天读一本，再用半天时间写一篇对付报纸读者的书评应该不是难事，两天下来六七百。勤快地干这种活，一个月少不了有好几千，但他说他懒得写，一个月凑合着写个一两篇也就完事了。他就这么打发日子。他家里也帮不上什么忙。

第二天早晨去吃面,又喝了酒,酒比面贵。那个早餐铺子都是行色匆匆的吃客,唯我俩一口面一口酒闲扯了半天,而且还是谈文学。当时听到他一个非常有趣的说法。他说之所以写小说,为的是和人打架:和福克纳打架,和博尔赫斯打架……这两位他读得多,听口气很是推崇,所以要"打架"。有了构思,他先会想福克纳会如何下笔,再想博尔赫斯怎么着墨,然后他自己再另辟蹊径构思成篇,看是不是打得赢。也许写作不能让他兴奋,但这种"打架"的想法肯定让他心思活跃。他有一篇小说名字就叫做《和泰森打架》,整篇小说就是写小镇上几个闲人瞎想着和泰森打架会是怎么样的状况。由此看来那篇小说倒有点儿像是张万新先生"创作谈"一类的东西。

又问他,国内想找谁打架,他想了想说,国内的都经不起打。

我看过他几篇短篇,知道他只是老实人说老实话而已,犯不着像许多写手一样,脸上随时挂着掩耳盗铃般的谦卑。

那次我在他那里待了一整天,然后离开。之后几年零星看见他又发表了一两个短篇,他发表的东西,我都找来原杂志,复印后整理成册。自己写作的时候,这册子常在手边,起兴奋作用。有时候写疲了,把他的短篇章节翻看一下,登时脑袋又热了起来。所以也不能看多,只看一些段落即可,看多了又忘记自己本该干什么。只有两三个朋友的小说,我遇见后大都要复印,张万新先生的基本一篇不拉下。他发表的小说很少。这么多年下来，不超过十篇，而且大都很短。

2007年在《文学界》上看到他的《控制女人的脑壳》以后，就再也没有见他发表新的小说。几年下来，老在惦念，这老兄几时再抛出一篇新的东西。作为一个读者，我知道，有些作者写了很多，但在期刊上翻看到其名，就往后翻下一篇了，不写还让我老惦念着想看的，实在是不多了。如今我们的脑袋好像是垃圾箱，隔夜清空一次，必须善于遗忘，以便来日盛下新的垃圾。好的东西可能也夹杂在垃圾里头清空了，但最好的东西，毕竟是清空不了的，会在脑袋里烙下痕迹。

我对自己的读解能力还是自信的，我之所以也写小说，确是因为动笔之前坚信自己看得出好坏，能够从文字里咀嚼出诸多气味。好多小说乍然的一句话切中了难以言说的妙处，会让我回味无穷满口留香。有了这种沉浸与愉悦，我才敢于下笔。因为对自己读解能力的自信，所以也不愿意与人轻言小说。我尊重这种表达的方式，它也许在别人眼里五块钱一斤，但永远在我心头闪闪发光，以致聊到小说，总有言不及意之惑。我相信自己对小说的判断力，也许写作的能力仅仅是读解能力的一道脚注。提起这一点，我会想起中学时一位志大才疏的同学，英语笔试很差，但他一直坚信自己听力很好，那些古灵精怪的单词若非印在卷子上，而是念给他听，他准保知道是什么意思。小说其实也是这样，它是由语言构成，但它不是通用的语言，它处处存在着大彰若隐的秘旨。

写作以后，我好几次和朋友聊到相同的问题：什么样的人适合写小说？在一次次重复讨论中，问题的答案抽丝剥茧般越来越简化了，我可以越来越肯定地摆明我的观点：有小说思维的人才适合写小说。这么回答乍听着好似打王八拳，其实事实就是这样，能写小说的人肯定拥有与此相对应的一套思维。和绘画和器乐不同，没有专业的课程去训练这种思维的形成，我估计小说思维大都是闲散而有趣的人在生活中不经意捡到的，脑袋里生成这种小说思维，必然有一种身处事外或者世外的闲散淡定。这种思维落在谁脑袋里面，往往不会是什么好事，不会让人成为生活中的强者，相反，他们大都成为生活中的零余。张万新先生纵是把日子过得捉襟见肘，依然养成了一盘菜只攘一筷子的气派。我相信，这正是他脑袋里小说思维的遗毒。

因这满脑袋小说思维，张万新先生成为熟知小说内部条条秘径的作家，他有限的几篇短小说都是在明白无碍处暗藏玄机，语言的、语气的、转折的、甚或是停顿处的……语言中难言之妙，于他来说总是得心应手。他唯一的原因是写得太少，来不及让人充分体会，便已抽身而去。而太多的人，哪有那份闲功夫把一个小说看上三遍或者五遍？哪有闲心慢慢地参透，去等待水落石出时的悠然一笑？眼下实用主义泛滥，不会再有张若虚"孤篇压全唐"的浪漫机遇。众声喧哗之时，数量便成了最恒定的标准。

当然，张万新先生本来就是无心插柳之人，要说起写小说，那还是偶然间被别人催生的。把他小说多看几遍，就会觉得这人摆明就是打入别人生活内部的间谍，不肯眨眼地观察着人和事，兴起提笔，兴败之时掷笔而去，因他看得细了揣得透了，寥寥几句勾勒情境后，延展出来的想象绝不与人同，正是这种无迹可寻的思维，让读者脑际瞬间滚烫起来。

譬如《控制女人的脑壳》中，那位年迈的乡村剃头匠家中有女初长成之际，周边的流氓小痞夜夜麇集在他家房舍四周，吹口哨或者猫叫狗叫，甚至翻墙爬屋往里闯，以消释体内荷尔蒙的过度分泌。剃头匠作为父亲，执刀立于墙头东奔西突，严防死守。数年后女儿被人拐走，只有日益老去的夫妇俩守在家中，但很多夜晚，仍有小青皮在外面大肆吹着口哨，他们已经搞不清自己口哨吹给谁听。剃头匠这才意识到，"他们无意义地认定：只有到这里来叫上几声，才算得上是个真正的无赖，才有资格在街头混。想通了这个道理，我觉得又好气又好笑，从此不再理他们了，爱怎么叫怎么叫吧。"事隔多年剃头匠才突然省悟，当年正是屋里头的女儿和墙头上提着刀的自己，一起激发着那些个青皮持续的兴奋。其实这样的发现在张万新先生的小说里俯拾皆是。作为一个被小说思维贯穿的小说家，张万兴最大的乐趣就是，遍寻生活中这些无意义中有意思的秘境——所谓"有意义"，总归是有相对鲜明的指向，而"有意思"，则宽泛起来，向性不明，态度暧昧，但这种恍惚与暧昧，不是春光胜似春光，总能抚弄得处处生机盎然。

反观张万新先生的文字，初读时芜杂怪异。他的叙述总有种漫不经心，一件事毕又跳到另一件事情上去，之间的关联总在似不经意处，甚或根本就没有关联，却让人心底存疑，若有所思。那些不经意的细节，在他的叙述下如落盘珠玉，散乱却有致，看到后头才知此兄已玩尽笙箫夹鼓暗度陈仓的把戏。这就是中国小说源流中最正宗的"金线串珠","三言两拍"如此,《儒林外史》如此,《水浒传》更是这一路数的高标。缘于其来有自,张万新的小说大展怪异之处,总是散发着非常纯正的小说气味。

他写得不多,也无意多写,有一阵说是要写长篇,没想倒是隐遁之辞。后来陆陆续续从朋友口中听来他的一些消息。说是其人太懒,一个短篇短则数月,长则半年。有一次《人民文学》李敬泽先生约他写短篇,他拖了半年,刚写完一篇恰好接到一个省刊的约稿,便寄给了省刊。再约,他竟然不写了,说要写长篇。他要写的那个长篇,梗概先在朋友口中流传出许多版本。那个意想不到的长篇开局,能启动每个懂门道朋友的思维,所以版本衍生众多,而他本人,好几年时间,那长篇好像只写了几小段。贴在博客上,与那梗概透露出来信息相比,当然只是冰山一角。有一阵,听说他在王府井大厦的读者见面会上质疑刘心武有无读解《红楼梦》的能力,因而有新闻效应,引得一些喧哗。此后不久,又听说他回了酉阳老家,说是打算闭关了。

与张万新先生分别已经数年,和别的朋友们聊天时,我也好几次提到他的小说。他仿佛已经不写了。现在,不写即意味着被遗忘,架上新书翻不够,几个人愿意去翻拣旧货,认识此兄?所以我乐得介绍其人其文,让有心读小说的朋友,避免像读新闻报纸一样只在乎最新上市的期刊和书籍。有些文友看后质疑我,是不是在喜欢他文章时,更仰慕他写作的姿态?这样的观点也把我动摇了一下,再把他的那几篇小说拿起来读一遍,依然是新的,我知道自己有能力独自判断文字的好坏，以及"文学"的意味所在，而太多的朋友，有心想聊"文学"，其实都是拿着"文学史"的一些常识，或者现买现卖别人的观点虚张着声势。

现在，我有了编一个县文联内部刊物的机会，就乐得利用这小小的机会，把能找到的张万新的短篇小说搜集起来做成专辑，印出后寄赠读过或没读过他小说的朋友。如果他不继续写，那这十来年，仅有的几个短篇不够印成一个集子。数量的重要性，于此细微处依然有着体现。那么，这个专辑也算是有了一份效用。喜欢他小说的朋友，譬如我本人，正好可以用这杂志替代之前从各杂志复印而来，订书机糙糙订成的小册子。没读过他小说的朋友，正好在这专辑里尽情体味一把张万新予人的文字乐趣。我以此向张万新先生致敬，心中难免惶惑，好在张万新先生纵有一盘菜只搛一筷子的脾性，也不会嫌弃山林草莽之人一杯浊酒的相逢。

一根粗大的神经末梢

——张楚印象记

我还记得当年读《曲别针》后心内不可思议的迷惘，一晃十年，迷惘仍旧。我怀疑这篇小说有意无意中契合了70后一代人隐秘的心绪：青春未开场就已落幕、生不逢时、欲说还休……我觉得好小说不是给故事，而是激发出一种情绪，久久不会消退。那时我刚开始写小说，基本未得发表，这篇小说助我明确了最初的写作抱负：写小说，把自己的情绪渡让给那些无辜的阅读者，我没义务逗他们开心，但有权力让他们莫名地进入我掌控的情绪范畴，同悲同怨，同一脚迈入虚有之境。

有没有这种可能？但《曲别针》分明昭示了这种可能。

当年李敬泽已然成为60后班主任，还继续点拨着70后。他在《南方周末》开辟的"每周阅读观止"设一个小标题专推此篇：你一定要看《曲别针》！在他整个开专栏的时期，以这种发布诏告的语气推介具体篇什，仅此一次。据此我知道张楚在这短篇中传递的情绪，不单是同代人，而是可以"逆袭"上一代，搞得前辈也聊发少年狂（后来才知李老师根本不是我想象中那般垂垂老矣）。那时我刚开始摸着写小说的乐趣，性好模仿，《曲别针》自然成了范文。依照《曲别针》给我的启悟，我拿捏出一篇《弯刀》。我跟一些文友坦陈，这是模仿自张楚《曲别针》，他们都说完全看不出来。和张楚相识、相熟以后，我也没好意思把这次"偷师"的经历说给他听。

这几年，陆续看到张楚出的小说集子若干，我很奇怪，他为何不以"曲别针"为书名。后来才读到张楚早几年的访谈，此兄极警惕《曲别针》一篇造成的影响，会对他整体创作有覆盖作用。他甚至有些埋怨，读者都拿《曲别针》和他说事，而忽略了此后更悉心更专注的创作。他有这心态，我不禁暗笑。一些隐秘的心思，彼此都有，只是此兄不惮于说出。他希望自己整体创作留予读者的印象，是一片森林，而并非一丛灌木中高拔而出几棵钻天杨。但我得说，作品虽是自己的孩子，却自有命运，你无需强加一己意愿。作者的创作和读者的反响永远有着隔阂，甚至瞎打误撞阴差阳错，你无需对此心存芥蒂。我们要信任那些走向无法掌控的作品，就像要信任桀骜不驯的孩子。反观我们自身，何尝又是父亲最驯顺的孩子？何尝又是语文成绩最好的学生？所以我们写小说。

与张楚接触是在当年红火一阵的"新小说论坛"，2003年至2006年，我将此论坛设为自己的首页，每天都进去看小说，回帖。因《曲别针》在文友当中的影响，张楚已然是论坛大V，仅有的几次露脸发帖，都引发一长串跟帖。有一次他发帖送书，跟帖前十名获赠小说集《樱桃记》。我总是慢人一步，看见此帖再跟，前五十名都轮不到，于是发去一条私信：我是你粉丝，能否夹塞？他也不知道我是谁，我也不好抱有希望。很快收到书，正待窃喜，同时又揣测，以张楚的心性，此次送出的书大概远不止十本。

与张楚接触至今已有七八年，其实见面非常稀少，掐掐指头只三次：两次开青创会、一次论坛。三次见面，在一起的时间不过十来天。但在自己感觉中，倒像与张楚时常见面。可能是有限的交流中，开心的情绪一直弥漫于日常生活。见面总是不停地喝酒，那种恍惚可能抻长了在一起的时间。第一面是上届青创会，报到当天张楚就约了饭局，一进去好多人，自然喝了不少。我记得自己到前台付了账，事后张楚说他早就结了单，可能店家利用了我们的欢悦和迷糊，赚下双份。2009年一次论坛恰好在凤凰召开，湖南的作家和省外作家、评论家各半。那次得以集中招待各路文友，相处甚欢。这两次相聚，张楚给我留下一个印象：他类似民国文坛徐志摩那样的召集人，有他在，各路朋友都能撺成一桌，酒必喝至酣畅。他与人自来熟，开朗善饮，似乎也千杯不醉，不像我，没酒量徒逞酒胆。

某次酒至酣酾，张楚忽然喝问，喜欢我不？

我稍一愣，便铿锵作答，谁敢不喜欢你啊？

倒不是应酬，这么个人，明白无误地摆在眼前，粗犷的外表和善感的内心一样真实，找不出不喜欢的理由。

但后来听张楚说，他所交的文友主要有两拨，鲁院有一拨同学,还有一拨就是那次搞论坛结识的湖南文友。这个我很意外,那两次见面,见到他饮酒的畅快,以为便是他日常状态,其实不然。他予人的阳光与开朗,可能是表相,我越来越相信,他几乎所有篇什里蕴蓄的那种忧郁,他字里行间无处不在的怅惘,才是更真实的一面。文字,总是一个写作者最难以掩饰的性情。后来我在他一则创作谈里读到,他也担心长期困守闭塞的县城,走不出去,终了此生。那种闭塞予人的窒息感,我是深有体会。诚因为日常生活的闭塞,身畔无人以文学的名义沟通,所以,与文友有限的欢会,便是潜行者浮出水面长吐一气,怎能不醉?但据我理解,恰是写作的人与生俱来的敏感与纠结,导致他们(其实就是我们)在此处不安生,举目瞭望亦无彼岸。2010年上海作协出了一套"翼文库",首辑里我和张楚又撞面了,除了自己那本,我还要主编戴来寄我张楚的《刹那记》。在后记里,他谈的正是对当下生活的无所适从,唯有写作让他找回心安。"而你知道,心安对于一个没有宗教信仰的人来说,是件多么奢侈的事。"读到这句,心有戚戚。我们不落生于信仰之土,内心却有强大的皈依之愿,找来找去赖上了写作,倾情于文字。我们是夹缝的一代,不咸不淡活至这个年岁,要说自己也有灵肉沧桑,老一辈人一准喷饭。但在当下,一个人想长期保持内心的温润,不想随着人流一同伪装得冷峻强悍,又是如何地不容易?

见面不多,交流还是依赖对他文字的阅读。这么些年下来,我常读不辍的同代作家,仅三五人而已。面对别人的小说,我们大概都是判官,稍有一篇不顺遂,此后对该作者就不予理会。张楚正是我一直见字就读的作家之一。

张楚出手不多，作品主要见于《收获》——可能只有写作者，才明了这意味什么。《收获》的定位，文友一直难于说清，它不是倾向于所谓"先锋"文学，更不是现实主义……索性找个省事的说法：经典主义。碰到一些文友专事研读《收获》，想从中找到可依循的路径，读来读去，有人认为张楚的小说正是标准"收获体"。关键字也拿捏得出：冷硬与温润杂糅的气质、疏朗的叙述辅以绵密的感触、开放的结局、诗意在字里行间恣肆流淌……最后一条我理解尤深，张楚小说中的诗意有个极致体现：他笔下寥寥可数的"反角"和无篇不在的罪人，身上无不洋溢着诗意，罪人也往往承担着救赎。冷峻的笔调下，有可能是一则归于"疗伤系"的故事，在他笔底，总有诸多方面的矛盾统一，以致冰炭同炉。他的文风是否是《收获》的一个标准，有待杂志编辑认证。某种意义上，张楚区别于同时期大多数小说家的地方在于，别人在写小说，他在写经典。我知道，诸多跟从者可将他小说条分缕析得出一串关键字，但最关键的一环他们模仿不了，那就是将诸多元素纳入成品，将诸多食材和调料烹为一桌大餐的那个人。

张楚是为数不多的不依赖故事的小说家，在他小说里也有故事，但故事往往只是深藏的背景，只是一个容器，容纳他发达的感觉在其中肆意生长。他的结尾不是故事的结局，总也影影绰绰，镜花水月般地戏弄着读者。曲别针真能弄死庞大的志国？林红怎么将韩小雨干掉？七根孔雀羽毛到底意味着什么……你揣测着结局和真相，心头骤多般般滋味，纵是揣不明白，也不觉枉然。多年下来还能继续读他，就在于他文字里对某些稍纵即逝的情绪精准无比的描摹，看似毛毛糙糙地摆在段落里，一瞥之后泛起寒光。所谓一针见血，很多时候并不是高声大叫或者唐突冒犯，它就是见人之所不见，举重若轻地道破。他时常附体于笔下各个人物，比如《细嗓门》中的林红，米粒一杯茶水浇在她脸上，顺势下淌。她看见李永挟着米粒逃离现场，茶水继续下淌，由此引发的触觉反应、瞬间袭上心头的屈辱……那一刹，张楚完全就是林红，很快，他又会是别人。这无疑是他写作的乐趣所在，他能适应各色人等的状态，能随时附体，又能及时抽身而去，让笔下人物分享了他的体温。不疯魔不入戏，入戏后才有的那种表义精准，给予读者的快感，所在皆是，淋漓尽致。张楚的小说，于此有了鲜明印记，时髦说法正是"辨识度"。

他的想象力附着于感觉之后，随时处于蓄势待发状态，不在整体，而在细部，在一个个习焉不察的瞬间。所以，他的小说看似贴地而行，却时不时凌空高蹈，犹如高音歌手将真声假声任意转换，收放自如，不着痕迹。张楚的小说的确不需要故事，你只须顺着他文字往下走，各种感官便会不可思议地张开，以至于偶有悬念清晰、线索粗大的篇什（如《地下室》），卒读全文我反而预期落空，无所适从。这么多年，他低产稳产中显示个人风范，文字气味如此稳固，偶尔读到游离于他谱系的，甚至气接"月报体"的作品（如《夏朗的望远镜》），我分明感到格格不入。最新发表的《在云落》，依然地好，依然强有力地嵌在他写作谱系当中，但我要说，我没有意外。一直读他小说，喜爱之余，也陷入一种两难之境：没有意外不爽，有了意外又不适。这正是我隐隐的担心。张楚的写作，走的是"窄而深"的路线，犹如挖井，但易被读者当成以不变应万变。这种写作，犹如刀尖上行走，逼着人深入，再深入……这种写作，也将反作用于作者，进一步渲染他忧郁怅惘的情绪。

当然，这只是旁观者言，改变又谈何容易？在我目之所及的范围内，写作之事，改变往往是死路一条，只有扬长避短，将别人认定的缺点继续发扬为特点，打造为一己标识，才是唯一出路。诚因如此，真正的作家纠结永在，甚至万劫不复。

前不久又是青创会，又见了面，张楚肠胃不听使唤，罢了酒。但酒局仍是他邀约，桌上看别人喝酒，解自己的馋虫。这让我有些难过。我知道酒之于他，意味着什么。作家其实就是造物者延伸于人世间的神经末梢，但作为具体的人，他又不愿只是作为神经末梢一味地去感受，借一点酒，回复肉身，倚靠酒力，酣然入眠……此兄正是体量最粗大，触须最繁茂的那根末梢，但他如今不能喝酒了。青创会后回到省里，以为循着旧例会有一场汇报，幸好没有。如果有，要我汇报这届青创会最大的感受，若允许畅言无忌，我只能说，呃，张楚不喝酒了！

瞬间成型的小说工艺

——略论双雪涛小说

童年记忆的循环论证

双雪涛写作时间不长，但在创作过程中已出现重要的转型——先从事类型文学（主要作品为科幻小说《翅鬼》）的写作，尔后转向严肃文学创作。转型后，双雪涛仅用两三年时间，写出一批中短篇小说，不可谓多，但手法各异，许多篇什都给读者留下鲜明印象。我感兴趣的，是双雪涛小说变幻莫测的表象之下，隐藏的相对稳定的特质和法则。双雪涛小说好用第一人称，这使他的小说乍看多种手法多种路径杂然交陈，却又以最简单的方式达成形式上、体例上某种统一。既然人称统一，伴之而来的语调，也具有稳定性质，总体观照，不难从中看出小说中"我"的成长轨迹，心路历程。

《无赖》记述是我十二岁，一家遭遇强拆，在老马帮助下免费寄居于工厂车间的一个隔间。老马是个酒鬼、无赖，无靠无依，谋生的艰难使他具有多重面目，对我一家既施帮助，又行敲诈。工厂保卫将我家强行赶走，我认定是老马告密，欲借他或有的一丝愧疚，帮自己要回心爱的台灯。饮酒无度、神情恍惚的老马，用极端的方式完成我所托之事，就像所有弱者面对强者的抗争，必是一种悲壮的表达。

《荒冢》则写同样十二岁的我，与一十五六岁女流氓交往的经历。这篇小说字里行间有莫名的吸引力，或许借助少年郎共有的隐秘心思——期冀遭遇一个成熟的、带有叛逆气质的女人，引领自己，使初开的情窦得以完好托付。小说大部分篇幅中规中矩，稍显铺张地记述了我与女流氓老拉的交往，只在最后部分，两人走入一片茫茫煤海，老拉说不见就不见。我四下寻找，在煤海一洼积水里找见一具女尸，还当老拉溺亡，拽上来，是另一个女人。自那次煤海奇遇，女尸作梗，我与老拉可能发生的故事全都戛然而止，此后形同陌路。

到《冷枪》里面，我已读高中，读大学，十五到二十岁的年纪。我是现实社会的街头霸王，老背是网络游戏中虚拟世界的无敌神人，两人相识相知，互为照应。在虚拟世界老背给我庇护，在现实世界我为老背撑腰。这种对应渐有失衡，老背日渐沉湎于网络，对现实中的一切不屑一顾，我却日益认同老背在虚拟世界中遵循的秩序。老背出手惩罚违背网络秩序的游戏同仁，因此人存身于现实世界，老背出手以后受碍于重重幻象，轻描淡写的一击，却在老背幻觉中肆意夸张，自以为犯案。我窥明实情，主动出手，完成老背未尽的惩罚。

《跛人》中的我也读高中,十七岁。这一篇下节重点论述。

如上几篇,可以一窥双雪涛在小说中埋藏的基本叙事策略。

《无赖》显然出手较早,应是处在双雪涛写作转型的当口。据我揣测,同时期的作品还有《长眠》和《刺杀小说家》。后两篇凌空高蹈,承接地气一说彼时对于双雪涛,不在考虑范畴;而《无赖》则矫枉过正,一路夯得密实,只在最后,圆里求缺似的有了一笔转折。当写到老马将啤酒瓶敲在自己脑袋上,小说叙述陡变,"就在这时,好像有谁拉动了总开关,我听见工厂里所有的机器突然一起轰鸣起来,铁碰着铁,钢碰着钢,好像巨人被什么事情所激动,疯狂的跳起了舞……有人喊叫着,从房间里面冲了出来,把我撞倒在地。我倒在雪里,台灯在桌子上还放射着温暖的光,震耳欲聋的轰鸣声把我包围。我感觉到,前所未有的安全。"小说自此结束,没错,就这样结束。小说叙述在此有了急遽的流变,虚实转换,突兀生硬。老马那一啤酒瓶,砸在自己头上,还是砸在所有人所有事物上面,抑或砸在地球上引发一场地震?这巨大的流变,却能生发出纯正的小说意味,将一切突兀包藏。《荒冢》几乎没有故事,人物也游离模糊,已到收尾处,全文还紧紧围绕我与老拉两个人物若即若离的交往。老拉在煤电四营(当双雪涛要起虚笔,前面的细节或者地名,往往真实得纹理毕现,触手可及)失踪,我从积水洼中拽出却是无名女尸。小说至此,隐约的故事线索断裂,读者强烈地失重。然而，在这断裂与失重处，小说的意蕴却蓬勃生长。《冷枪》里的老背跟我说惩罚了网游中作弊的疯狂丘比特，自以为事态严重，还担心就此挨抓、坐牢。我赶去疯狂丘比特的寝室，发现这人一切如常，后脑勺粘了一块纱布。而笔者读到此处，却以为，如果疯狂丘比特后脑勺一块纱布也没贴，这小说照样成立。老背沉湎于虚拟世界所导致的迷离恍惚，甚至轻度谵妄，由此彰显，亦是这小说旨趣所在。

以上所说的流变、虚实转换、断裂、失重，以及后文要提到的跳切、无厘头变形、多重叙事空间，都是双雪涛小说中的惯伎，甚至是标配。双雪涛何以一再掉弄这些小说技术，反反复复，乐此不疲？除了小说中可以归纳的技术点，笼罩于双雪涛几乎所有小说中的，是一种影影绰绰、虚实相生、亦真亦幻、迷离恍惚的情境，在这情境中，少年的迷惘与成人怀旧时的惆怅，都诡异地调和在一起。

儿童在十岁以前，视觉、听觉以及种种官能，都在发育成型过程中。成人通常以为儿童心智未稳，易有幻觉，易受惊骇，易形成心理障碍，都与这诸多官能发育不完全有关。儿童看到听到，感触到的事物与世界，与成人迥然有异，他们看到的事物即便具体有型，头脑中也能翻生出幻象。物我不分，虚实相生，亦真亦幻，迷离恍惚……都是儿童感知外界事物时的典型品质。弗洛伊德在《释梦》中指出，儿童期的感受与思维，具有碎片的特质，游离漂移于记忆深处，是人类发梦重要的构成材料，成年后于头脑中随机出现，形成相应梦境。如不找出该记忆碎片初始形成时的情况，释梦将难以为继。弗洛伊德的童年经历与人一生对应关系的诸多创见，都与对儿童记忆碎片的阐发息息相关。

弥漫于双雪涛几乎所有小说中的情境，非常契合儿童未发育成熟时的视听感受，或者说，这正是由作者的一种儿童视觉引发，在小说的字里行间、整体意蕴中彰显。这样的作者，必然有着极为顽固的童年记忆，头脑保留了远超常人的童年记忆碎片。

据此反观《跛人》《荒冢》《无赖》等篇什，里面的"我"虽是十几二十岁青少年，但其观看世界的眼光，似乎始终停留在十岁之前。有理由相信，对于成长和时间，双雪涛很早就做了自主的选择。他的思维，至少是眼光，长时间停滞在儿童时期，或者有能力随时返回儿童时期，葆有了足够的任性和好奇，所见的事物，具体处必生模糊，清晰时即见恍惚。毋庸置疑，双雪涛本人玩味、享受这种眼光，用这眼光反反复复打量着周遭事物。浸淫日久，沉湎日深，他已分不清，是童年记忆引发这种视效，还是这种视效保证了童年的延续，这成为双雪涛借用小说循环论证着童年记忆的强大动因。循环论证，诚因其引证失据，结论无效，所以在双雪涛的诸多小说篇什中一再重复。而小说，恰好不必从论证结构上入手，求证或者归谬，所以双雪涛小说中的这种重复，有如西西弗斯式的抗争，并非没有意义。借这种论证与抗争，他得以长期侧身于童年，一再延宕于童年，由此伴生的诸多不适，又倚赖小说创作的过程自行消解。

瞬间成型的小说工艺

双雪涛的短篇大都短小，万字以内，六七千字也自行成篇。因儿童视角的烛照，看似随意的笔法，却一再营造出蓬松、毛糙、生机勃勃的小说情境。

《跛人》七千字不到，内部的气象却时阴时晴，多重变换。小说叙述我高中时有一任性刁蛮的女友刘一朵，高考过后，刘一朵拉我离家出走。有她买单，我一头扎进说走就走的旅程。前部分叙守着规矩，小说家的脾性暂且藏起，纵有刘一朵近乎夸张的刁蛮，写实的气味仍四下弥漫，却是双雪涛布下的幌子。到火车上，遇一跛足汉子，坐对面，请我们喝酒。皮箱一打开，全是啤酒没一件衣衫。行文至此，小说初现怪异气氛，但还轻度，只让人觉得稍有不对劲。懂小说的，从跛人的皮箱，一下子会联想到奥康纳笔下善良的乡下人手提的装圣经的箱子。好的小说必然暗生呼应，相互召唤，但也仅此而已，大多数读者不会细想，哪里不对劲？接下来，酒一喝，刘一朵猛然发情，示意我不妨去洗手间。而我即刻心思荡漾，"我喜欢洗手间，想一想就让人喜欢啊，飞驰的火车上的洗手间。"叙述到此，小说家的乖张性情已经然显露，不是有哪里不对劲，是整个小说情境现出诡谲气氛。跛人漫不经心讲着自己的事，语调一变，突然审问我与刘一朵，为何离家出走，还要查看我们的书包。包里搜出一把折叠刀，跛人将它掰折，刘一朵这时已不能容忍。"刘一朵站起来，伸手向他的头发抓去，他拿住刘一朵的手腕一拧，刘一朵嚎叫了一声，坐在我的身上。她挥拳向我打来，劈头盖脸地攻击我的脑袋。"那个跛人在一旁起兴："给我打他，打他！"我一下子懵掉，"我任她痛打，没有出声。到底是怎么搞的？什么时候一切就全不对劲了？"至此，小说的第一重高潮，借助于一种无厘头的手法，突然来临。

小说推进到这一步，可能性其实已无限拓展，明白无误的每一个情节，无一处虚笔，却又阴森怪异，像太阳底下双眼发黑，像大白天见到鬼。往后的叙述，是这精心建立的怪异气氛的顺延和铺陈。跛人下了车，我俩在洗手间干完想干的事，刘一朵却忽然消失。我随意找了一站下车，并就此踏上回程。一个跳切，半月以后，母亲叫我复读，一切仿佛恢复正常，但刘一朵消失后再不出现。又一跳切，现在的我生活在北京，也去了天安门，想到刘一朵，想到放风筝，恍如隔世。最后这一次跳切，使得前述一切，忽然又渲染了一层回忆的品质，就像一部黑白片，最后一小段落忽然着色，形成现实与回忆的对照，予人以时空恍惚之感。

之所以细究这一篇，是因为《跛人》最能体现双雪涛转型后的创作风格，其反复运用的诸多小说技术，在这一篇中得以和盘托出，整体呈现。整个小说，乍看处处贴地及物，笔笔不虚，但所有事物都看得不很分明，整体笼罩于梦呓般的情境。前述双雪涛的儿童视角，在这一篇里得以淋漓地呈现，儿童时期的记忆碎片，以这样的小说拼命打捞。双雪涛笔下恍惚有如梦呓或者梦魇的品质，明显有别于同以写梦境著称的残雪。双雪涛写出这一切，没有刻意，没有用力，只让文字在一种眼光操控下肆意流淌，喷薄欲出，喷涌而出，自然圆融。

某种程度上，《跛人》也与余华《十八岁出门远行》遥相呼应：都是一场年轻人贸然走入陌生世界的行程，其中充满恍惚、神秘和难以言说之痛。书写年轻人最初的远行，上世纪八十年代，和近三十年后，两篇小说的叙述方式和语气，有如穿透时空的回响。在当年，正是《十八岁出门远行》的发表，标志着余华个人风格得以形成。

当然，除非对双雪涛的经历（特别是童年经历）进行考据式的研究，或者有如弗洛伊德释梦理论所授，将所有潜意识、前意识悉数整理归纳，才能了解他何以如此迷醉于儿童视角，迷醉于将一切真实看成亦真亦幻的存在。

有此视角，双雪涛笔下的虚实转换，简单、迅捷，具体手法层出不穷（他潜心于创造新手法，这构成他巨大的写作快感）。他小说中，每次虚实转换的一瞬间，乍看毫无道理，却又毋庸置疑。据此笔者揣测，他的一系列短篇写作，仿佛就是要让自己回到过去某个时间点，将当时未看清的事物仔细打量，得来的是新一轮恍惚，却没有失望。他甘之如饴地品味这恍惚，从中榨取巨大能量。在这种反复中，双雪涛也找到独属于自己的小说利器：可以摒弃人物和故事，只要文字构筑起迷离恍惚的情境，在叙述流变、断裂、失重或者跳切的节点上，在小说中由实到虚的那一瞬间，尽情将隐喻、象征、寓言、夸张、反诘、呼告等内涵灌注其中。他的短篇，正是要借助那一瞬间的发力成型，成为成品。换个说法，双雪涛要在每一篇小说里，写出不讲理的一笔。这一笔常理讲不通，突兀崚嶒，再一回味，却意境大开。这近乎一种工艺，但翻生出意象之丰沛，双雪涛本人至今也未探明。

在这小说工艺的重复中，每个作品却各自生成不可重复的特质。

这也是一种奇特的小说工艺，只有模糊的走向，每一次出手实无既定的、明晰的经验可依循，因此也没有把握，而双雪涛作为小说家的狠劲，就在于一次次不可思议的得手。

由实转虚见证奇迹

双雪涛最新的中篇小说《平原上的摩西》，采用多声部叙事结构，在我们传统小说中又称"金线串珠"结构：由一个人，写到另一人，都是第一人称，各自叙述，故事就在每个人叙述的夹缝间若隐若现。不同于传统小说中"金线串珠"的开放和随性，这小说故事密闭，人物的叙述交叠生衍、往复回环。有评论家将这种结构称为"环型链式"，应是更恰切的命名。当然，这种结构在当下已不新鲜，随着小说技术的发展，"金线串珠"也无一例外地走向了"环型链式"。再说故事主体，也不新鲜，是由新案引出陈案，循着蛛丝马迹查下去，新案陈案又合而成为案中案。在巧合中，李守廉掩蔽了连环杀手赵庆革。随着赵庆革意外落网，坦陈一切，先前山重水绕的案情叙事戛然而止，似乎让读者有失重感。

案情叙事中止，故事却顺着惯性往下蔓延。在小说家笔下，案件通常是一个幌子，逸出案情之外，往往才是心之所会的本体。由此，我认为若只用一个关键词归纳这个小说，这词应为"救赎"。由此着眼，小说隐藏的线索就可整体打量。在案情叙事的字里行间,草蛇灰线般隐藏着有关"救赎"的叙事。傅东心对自己儿子漠不关心,却于茫茫人海中认定李斐为同道中人,导引她阅读与写作,倾力助其读书。傅东心将李斐引入信仰之土,让她内心生发出皈依之愿和认信之力,让她的人生从此不一样。摩西带领希伯人脱离奴役,寻找乐土。所以,我更愿意将摩西理解为引领者、引路人,他让人认识到,我们仅仅拥有此生是不够的,内心需存有一方彼岸,不论抵达与否,须得走在路上。傅东心将李斐画成"平原"烟壳上玩"嘎拉哈"的女孩,篇名"平原上的摩西"应是指李斐,自然也涵括了李斐的领路人傅东心。小说写到傅东心搬家之前,跟李守廉讲起庄德增旧事,自己的丈夫,竟是当年打死父亲同事的恶棍。这一笔俭省、隐约,往下也不再发展。私以为,这是小说中的重要拐点,让读者在阅读中逐步建立的,自以为清晰的理解,忽然变得游移、模糊。小说的复调性质于此彰显。傅东心为何要嫁给庄德增,又为何将旧事说给李守廉听,作者没有丝毫透露,但读者得以感知,作者笔下,小说表层的叙事之外,有一条暗线滋长。庄树青少年期表现出来的暴戾乖张,何尝不是上一辈人怨气凝结?李斐承袭傅东心衣钵,对于庄树的隐忍和包容,弥漫着一种质朴的宗教情绪。李斐少年时期,受傅东心点化,成长之后,李斐又对庄树施以引领,是回报,也是自身宗教情绪自然地烛照他人。信仰关乎奇迹,必须让信众有应验的体会。在当时,李斐所能想象和创造的"奇迹",是在平安夜带给庄树巨大的焰火。她谎称肚子疼,藏好汽油,要父亲李守廉将自己带往东郊高粱地,却阴差阳错坐上了蒋不凡开来的的士。蒋不凡制定了一套引蛇出洞的计划，李斐身上的汽油味让他认定，连环杀手已经落入自己掌心。而李守廉情知对方误会，却因自身也背负案情，只好以命相搏……

所以，就有了悄然流变的结尾：多年以后庄树当上警察，且是天生的破案高手。面对陈案，他倚赖新发现的线索，对案情抽丝剥茧。他以为真相即将揭开，没想真相背后隐藏着更惊人的事实，那就是多年前那个寒夜，他不经意错过的一场约定，却让一个女孩落下终身的残疾。小说最后，李斐跟庄树说明当时情况，说到撞车、杀人，庄树评了一句"是这个顺序"。庄树自以为李斐的讲述，只是印证自己分析，一切已尽在掌控。但李斐紧接着来一句："然后我跟他说，小树在等我啊"。峰回路转，平地惊雷，字字平白，却又铿锵有声。至此，案情如何揭底已不重要，案情叙事变调为一出人生的悲喜剧，而女孩多年前未能实现的那场奇迹，在此得以延续。庄树愿意相信奇迹，走向李斐，跟从她的引领。案情之下，是一个迷惘青年的心路历程，案情叙事里丝丝入扣的刑侦过程，嬗变为回到从前缺席的现场，寻找自我的过程。

这个中篇，显现出与双雪涛以往作品不同的特质，一路写实，笔笔不虚，惯使的寸劲巧劲，都被一股憨直之气抵开。行文虽仍有恍惚感，生成方式却主要在于这小说多声部叙事的结构，每个人的言之凿凿，构筑成整个文本的时空杂沓交叠，线索往复回环。双雪涛惯用的儿童眼光，在这一篇变得隐匿。相对于双雪涛前面诸多短篇对小说技术的探索，这个中篇更具"成品"的面目，而前面诸多小说，因作者执着于一念不计其余，所谓瞬间成型，带有"半成品"的性质。当然，成品与半成品仅是从工艺上考量，无涉品质高低。别说半成品，有的原材料，天然去雕饰，稍一加工便是毁坏，有的材料，不动用工序就无以成型。《平原上的摩西》在气质上与双雪涛别的作品有所区分，但他趁手的武器，擅使的招数，到底没舍得放下。这小说看到后头，一路写实的笔法，导向的，却是梦境般深邃的结尾。整篇小说，在末端由实转虚，走向无边的阔大。梦境的恍惚，作为注册商标，被双雪涛烙在了卒章显志之处。

概念与成品的双向发力

童年视角、童年记忆、儿童思维的长期保持，其实是许多作家和艺术家赖以成功共守的秘密。比如说卡夫卡《变形记》里葛利高里毫无道理（毫无道理，当然正是艺术上的"不讲理"）地变成甲虫，马尔克斯自道《百年孤独》是要给童年记忆一个完美的寄托，福克纳笔下儿童视角的丰沛，还有国内莫言、余华笔下泛滥的儿童思维，都足以说明这一点。在影像时代，还有一个更直观的例证：须眉皆白的宫崎骏，也长期拥有童年视角和儿童思维，他的最高杰作《千与千寻》正是童年视角与儿童思维的完美呈现。片中不断出现的怪物与诸多不可思议的场景，打通了各色（肤色）人等共同的童年记忆，召唤我们找回儿童时代曾有的梦境，具有普泛的感染力，也获得世界性的成功。

双雪涛恰好也有这样的天资。他自述跟大多数写作者和小说家不一样，早些时候并不是文青，也没有当作家的梦想。作家自述生平，信度往往不高，但双雪涛所讲这些，恰可以从他一系列短篇小说中看出来。正是沉耽、迷醉于童年视角看待世界的神奇效果，脑袋里又有过于丰富的童年记忆碎片，写作才成为他的必然。他沉耽于童年视角，是认定此中存有可供无尽攫取的资源。他在视角上，甚至在心理上退守童年，其实是一种主动选择。真正的写作，通常也是写作者心性、人格成型并自我完成的过程。生活中，大多数人只能随着时间轴，被动地、渐进式地成长，但有些人就能违拗时间规律，任性生长。写小说不离虚构，但虚构中形成的能量，必将反作用于写作者本身。真正的写作，必然与写作者心性、人格的最终完成紧密相关。笔者在此不免揣测，双雪涛写作的一大动因，可能也是想借助童年视角里巨大的能量，将自己直接发送至某个年龄段或者某种既定的形象，将自己的心性、人格瞬间成型。

所以也可理解，双雪涛的起笔之作，是纯粹的虚构作品。但这纯粹虚构，并没能好好表达眼里看来的亦真亦幻。他感到哪里不对劲，随即有了第二部作品《聋哑时代》，又是完全的写实，有矫枉过正的意思。经过纯粹虚构和完全写实的体验，双雪涛有了笃认的写作理念，即"小说是以现实的材料构筑另一个世界"。从此，《翅鬼》和《聋哑时代》，虚构与写实形成钟摆的两极，双雪涛在两者间不断摇摆、调整。随着写作经验增加，虚构的成分，在双雪涛笔下可以定量，任意加减。他也越来越相信，倚赖童年视角，调整虚实比例,将是"构筑另一个世界"的有效路径。

由此反观,双雪涛业已写成的一系列作品,大都是为了承载儿童视角和童年记忆,动用的是"瞬间成型"的工艺,所以大都体现着他一种任性的探索乐趣,为这"瞬间成型"的一次次得逞,不计其余。正因"瞬间成型",这一路数的小说以浑然天成的效果见长,粗粝或者毛糙都是它内在的品质,不需过多修改。《跛人》是这一路数的代表之作,显示出双雪涛对小说超高的领悟力和过人的写作天赋。但一旦沾上"天赋",来得似乎容易。双雪涛也承认,《跛人》是一气呵成,不费气力。到了《平原上的摩西》,他使尽浑身力气,宁愿让这个小说将自己淘空一回。他改得辛苦,半年时间六易其稿,越改越好。前文所说,相对于双雪涛一系列短篇小说"半成品"的质地,《平原上的摩西》更像一件成品,大概就是多了或者强化了修改的工序。有写作经验的人都知道,会写,不一定会改。写是放纵自己心性,是不断地自我肯定,改是放纵后的强行约束,是当头给自己泼凉水,是割自己的肉,还要在这疼痛中找足快感。既能写又能改,就好比周伯通练成了双手互搏,功力倍增,心中揣定见两个打一双的豪情。从这个意义上,《平原上的摩西》更能体现双雪涛笔下不可估量的写作空间。

当一扇门暗自虚掩

——郭爽印象记

　　和郭爽应不算文友，而是聊友，一直不知道她写小说。一直叫她米亚，也只知道她叫米亚，出过一本书叫《亲爱的米亚》，专栏文章汇集成册，我没看过。我不问她本名，更不知她用本名发小说已有数年。她用众所周知的笔名混迹日常，用不为人知的本名写作发表，近乎狡黠。

　　一开始也不多交流，广州的文学活动里撞见几面，她经常站台当主持人。我们最初的交谈也是说给台下弥足珍贵的听众，她俨然就是颜值担当，少了她，弥足珍贵或许变成门可罗雀。她是南都记者，主持新书发布说出切中肯綮的文学话语，倒也不意外。南都是贴文学很近的一个媒体，在这里，有些作家成为报人，有些报人成为作家。看上去，她也实在是都市里活色生香的那部分。但比对标准的都市丽人形象，她不免有些素，安之若素，不是常有的那种机敏、干练和左右逢源。她不说话时端坐角落，脸上擎起隐身人的表情。

不知何时就私聊起来，一聊挺入巷，她那种直言不讳，挟带一针见血，我自然频频认同。待到我说，她更多是不置可否，但耐心地听。她在南都识人见事太多，讲给我听，大有裨益。她也会跟我提具体与某些人交往所需的注意事项，或者指责我过于关注某作家，浑无必要。聊得尽兴，凑一块抽起烟来。她抽得不慢。

其实见面很少，平时也不聊，有时候微信里忽然问候一句，话匣一开，一聊便会到很晚，说了晚安忽又冒出一个疑问，遂"添酒回灯重开宴"。彼此显然都是夜猫，职业性的。若无话，便长时间不联系。

两广离得近，南宁有活动，若请南都记者，便是她来，见面我们又凑在一起抽烟聊天。有一次开小会，我俩仍凑一块聊，这就变成讲小话，毫无顾忌以致音量渐大，被老同志点名批评。窃笑过后，压低声音接着聊，换着烟抽，我感觉她有点爷们儿而我有点娘们儿。

知她写小说是去年夏天，《拱猪》在台湾获奖，五十万新台币，我还下意识查一查汇率。她将小说发来，嘱我看看。于是就看看。是写少女，在"槽中无食猪拱猪"的环境中野蛮生长。一出手写残酷青春也不意外，是许多女作家命定的途径。意外的是她小说不比她现实中凌厉，写残酷青春，她本有的一针见血却隐微不发，文字有一些"面"。以我既成的经验，叙述策略和故事本身分明不是很贴，她放弃趁手的兵器，专找难处下笔。一路看下去，心里不免嘀咕：米亚，你能不能狠点，能不能再狠点？小说仍是依循某种惯性，温婉到底，拒绝起伏，回避高潮。卒章之时，必有的"残酷"，是少女突变为女人的那种无措，那种突然的锐痛。我不是评论家，同为写作者，从策略上提意见，直言她不够狠。写小说的太多，形势所逼，不逞其狠，何来相对清晰的面目？她也一以贯之不置可否，这倒是够狠。

聊后其实挺后悔，我不愿意聊友变了文友，一贯的坦陈忽然不再，此后视关系厚薄兑换成赞美之言的深浅。文友的圈子很小，互相夸下去没完没了，说实话我也有意防备。

去年底，南宁又有活动，相熟的各路记者请来，举杯时都说原班人马聚齐了哇。我暗道，就差米亚。一打听，说她已辞职，不再是记者，转而写小说，且已有一年。突然觉得毫不了解她，虽然聊得不算少。这不是八九十年代，文学狂热，这么干的人不少，当年趋光而动的行为，换现今就是避光远遁。偶尔聊天，问到这事，她说有存款，花完了再说。一听这语气，她似乎早有准备，不是准备多少存款，而是准备体验"花完了再说"。

今年再联系，她又有了新的中篇《九重葛》，仍是与《拱猪》一脉相承，少女的视角，残酷气息已消解不少，小城镇的忧伤和怀旧进一步弥漫。一回归小说，她记忆似乎总停驻在小时候的黔西小城，而非当下生存的都市，或者她在都市也摒弃主流生活，用以捕捉童年小城的余韵徐歇。显然，新小说中叙述主体与上一辈的关系似有调和，彼此目光里多有了生活本身的体温。她的语调不变，只作叙述策略调整，对老一辈人对人际关系描写的增加，直至与她不可更改的低平的语调有了深度的契合。文字之下有暗流隐伏，让人觉得，就在前面不远的地方或会发生些什么……高潮仍不见来临，或者高潮隐伏于前嬉，令人当时恍惚，回过神来或有唏嘘。这种决绝地拒绝起伏，这种顽固地回避高潮，如若引发回味，则暗含对生活实质公允的理解：这不多不少，不增不减，隐而不发，当时惘然，不就恰如你我人生？

其实这也能形成某种阅读张力，就像一扇虚掩的门待人推开，但在当下，被宠坏了的读者，连几公分的门槛都怕挂脚，何况虚掩的门？当然，在当下防盗门林立的城市中，谁又不曾期待有一扇门暗自虚掩？

我只读过郭爽这两个中篇，能直接感受到，她投身写作是一种按部就班的行为。她确乎有好小说家必备的沧桑感，且沉耽、执迷于童年记忆，对早期记忆里斑斓的、碎片化的各种官感无尽回味，执意捕捉。由此我不惮于猜度她写作志向之建立，应是很早，黔西小城就是写作源头和原点，她一直试图回到那里，倚赖写作。因文学准备之充足，她甫一出手就被作家朋友认定"过于成熟"，拉开架势便是打的持久战，所以也不急于用几个具体作品暴露自己。读其小说，我脑中仍是浮现她脸上"隐身人"的情态。其实她经历之丰厚，早不限于那个童年小城，《亲爱的米亚》里写了她在广州碰到的七十多个人，天南地北，五湖四海，若想凌厉凶猛，她完全使得上劲——她性格里也真不缺这一块。但她的文学趣味周正，甚至趋于古典，倒并非个性。个性的东西往往就是共性，70后女作家总体狂飙了凌厉凶猛以后，80后女作家却表现出一种回归传统与古典的态度，譬如蔡东，譬如旧海棠，郭爽无疑也走在这个行列。奇怪地，她们也是天南海北聚到一个地方，彼此相熟。

目前她的写作显然依从她既定的步骤，尚呈现出一种规矩有加的品质，只收不放，不争朝夕。像是身在一处西式厨房，各种调料应有尽有，壁上各式厨具辅助工具罗列森然，而她打算做一道家常味的茄子，只用刀切，只用锅掂，除了植物性配料，就只撒一撮盐。她如此顽固地倚赖手艺和火候。

遵嘱品评一番她的文字，又不免问自己，说是印象记，我对她真又了解多少？事实上，作为聊友，我俩仅在文学本身寻得到许多相通的识见，出离这个领域，聊起来就如三岔口无厘头的打斗。她忽然说她戒烟了，我会说，哦，那我也戒酒了；她会劝我找个女友，然而一分钟过后又劝我尽情享受单身；会劝我练就近似于双手互搏的自言自语，从中寻找一个人的张灯结彩。而我，也不知道她是否是丁克，会突发神经地劝她要个小孩，最好还是女孩，就像那款"安琪儿"的手机游戏，服用还原药水眼睁睁看着自己回到童年……说完当然就觉自己唐突，问自己，你对她了解多少？说话还得回到文学，好的聊友，就在一个既定的区域里交谈，彼此无犯，当是最好。也约好有机会见面，她近来经常在贵州待着，那里我也相对熟悉，经常要去。择日不如撞日，见面不如撞面，但要说撞面，一个印象中狭窄的省份会忽然变了辽阔。不是么？

你看云时很近

一

看汤成难女士的小说是一个意外，2018年冬天应邀给江苏省青年作家做讲座，一项任务是看三位青年作家的小说并点评。这便读到《月光宝盒》，当时心存感激，若没这篇，我不知道点评如何抻满课时。这篇小说我点评起来容易发挥，却又是因为另一重意外：我曾经构思过一个小说，没能完成，待我看这一篇，就意识到，如果那一篇构思完成，会与《月光宝盒》在情节主线甚至诸多细节上有惊人的相似。倒不是觊觎"这篇要是我写的就好"，心里更明确的意思是"可惜下手太晚"。又不禁自问，"相同的题材你能写得更好？"便也舒一口气。面对好的小说，不管作为作者抑或读者，都是幸事。

时下作家常以社会新闻或热搜条目作素材，酝酿并发挥，有时还未构思得当，就见手快的作家已将同一素材写成小说并发表，写作遭遇"撞山"。这样的事情，我总归碰上一两桩，一截稿子便废在电脑。

《月光宝盒》是写耍猴人与猴的关系，我许多年前看到过一组名为《最后的耍猴人》的照片，其中有一张是耍猴人的妻子给猴喂奶。我一瞥即知，这一张照片，就能生发出一个独特的故事，于是这便成为我一个素材。看了《月光宝盒》，我甚至坚信汤成难也是看了同样的一张照片，写出这个小说。后来有机会找她求证，她说这小说来自一则新闻：一位耍猴的老汉因贩运珍稀动物而被捕入狱。所谓的珍稀动物，不过是老汉从小驯养长大，用于耍猴戏养家糊口的几只猴（猕猴）。虽然这则新闻激发了她去了解耍猴人生活，但这小说能够浑然一体地"搬运"出来，显然也是她得知耍猴人的老婆会给猴喂奶。在我的理解，这恰是一个素材的"关键信息"，如此看来，我和她对素材的把握，妥妥地又撞上一回。

正好我在戏影专业教"编剧基础"，其实就是教学生怎么编故事。写作这么多年，我有一个认识，就是我们不应该去编故事，故事无所不在，我们只是故事的搬运工。如果具备足够的写作经验，素材自带前呼后应的伏脉，故事往往有内在的逻辑法则，从一个素材出发，不同的作者捋出它内含的各种可能性，往往是用"优选法"的方式推进并编撰：在每个情节点上，找出尽量多的可能，是为往下推进的选项，在诸多的选项上进行优选，故事得以一折一折推进。这是故事编撰的基本方法，我知道，许多作家无非这样按部就班地推进自己的故事，面对相同的素材，往往会作出大同小异的选择——故而，我们才会面对别人率先发表的作品生发出"这篇要是我写的就好"的感叹。这就是撞上了，彼此心里明白的，那个故事就在那里，只是被别的搬运工率先寻得并搬运到纸面。

因小说《月光宝盒》与我从单帧照片得来的构思脉络基本一致，这两年上课，我都以《月光宝盒》作为故事编撰的一个案例，事实上，学生课堂的反馈也一再证明我对故事编撰内里逻辑的判定：故事原本就在那里！关于这个案例，我是先展示那帧照片：耍猴人的妻子喂一只猴，而耍猴人在一旁抽烟睃来几眼，脸上有一份古怪的得意，似乎是想，我这老婆真是不错，肯帮我喂猴。我将这照片展示给学生，要他们先行发挥，当堂写数百字梗概即可。他们对图片信息的读解，往往难以完备，找不出更多的、溢出画面的信息和选项，大半的人一编就成了这样：一位耍猴人的妻子痛失爱子，但坚持以母乳将一只失去母猴的猴崽子喂养大，女人和猴之间便建立起一份不可思议的母子之情，再往下发展还可以是从猴崽收获各种不可思议的回报，不是亲生胜似亲生。在我看来，学生大都未曾进入社会，编撰故事缺乏生活逻辑支撑，扔一块西瓜皮，往往老实地往上面踩。我有些于心不忍，甚至怀疑在大学当老师异于耍猴人几希。之后，我要学生再次将照片看仔细，梳理其中的人物关系。照片上虽然只有耍猴人、妻和猴三位，但还掩藏了一位小孩，因这小孩，妇女得以处于哺乳期，从而有照片中场景的出现。在此我不惮于指出，学生们的想象容易温情泛滥，那是做不到严谨地依从生活逻辑和生存法则的缘故。我提醒他们多带一些"残酷"和"冷峻",才可能透皮透里地想象并还原他们并不熟悉的生活场景,尤其是底层生活。在我看来,耍猴人的妻子给猴子喂奶,不必注入过多情感因素,最大的可能,只是耍猴人以妻子的乳汁代替奶粉,以管控"生产成本"。如果他家的小孩意外死亡,我不认为耍猴人的妻子仍有心情将哺乳行为进行下去,在这伤心的时刻,一只猴子胆敢将女人视作自己母亲,女人极有可能拎着它能扔多远扔多远……

如此一来,这帧照片其实包含有三组一对一的关系:猴子和耍猴人、猴子和耍猴人的妻子、猴子和小孩。人物关系全都展示出来,下面的学生几乎一致认为,故事应该围绕猴子和小孩来写。当我问及小孩的性别,又是两个选项在他们面前敞开。他们不得其要,我说,如果这个小说取个名为《月光宝盒》呢?当然,小孩只能是女孩,他们95后仍能背诵至尊宝对紫霞仙子的那段经典对白。

二

找对人物关系,往下的讨论变得顺畅。我个人的引导也起作用,事实上,两次课堂上的讨论,在每一处故事节点,大家先找出往下发展的诸多可能,再从中选定最优的选项,如若争议,动用投票机制……讨论或者投票的结果,整个故事的走向神奇地与小说《月光宝盒》吻合。

比如说,既然要以小女孩的视角讲述这个故事,那么她看待这只猴,会与父亲有什么不同?答案几乎是明摆的:小女孩父亲把猴当成赚钱工具,但小女孩不一样。小女孩,甚至我们所有人幼年时,会对动物高看一眼,那时候我们还未生发出万物灵长的傲慢。尤其对于猴,小孩心目必有着特殊地位。我们都是看《西游记》长大,班上有姓孙的同学,若胖不起来,绰号指定是"猴子"。

既然这样……我和学生有了商榷:这只猴的名字都可以确定了……悟空?不对,太直接了点……至尊宝?土行孙?也不好赤裸裸地把《大话西游》或者《封神演义》再抄一遍吧。于是,叫它"阿圣"如何?底下也没异议。到这时我还不急着说出来,汤成难女士的小说里就冠这么个名。

好,接着往下爬梳……既然小女孩认为猴子兄弟有异能,甚至宁愿相信猴子就是孙悟空,且这相信日益地坚定(小孩更擅长宁可信其有),那她会对它做些什么?眼下猴子还不是孙悟空,她忍不住要助一臂之力,那么她会从哪入手?教它走路?这显然不对,如果女孩与猴一般大小,猴会比女孩更早学会走路。女孩会走路时,这个猴兄弟已在树杈间荡来荡去,在女孩看来简直就是"腾云驾雾"嘛。(说到这里,我总感觉《月光宝盒》里女孩和阿圣年龄设置成一样大小,不太符合情理。如若女孩大几岁,而阿圣是和女孩的弟弟一同钻进母亲的怀里抢夺乳头,情节应会更妥帖。而小女孩,作为猴子阿圣的姐姐,大这几岁,观看的眼光会更从容,也将进一步优化这故事讲述的质地。)小女孩要确认阿圣就是孙悟空,她必然要考虑一个问题:猴子不会说话,但孙悟空是会说话的。如果阿圣话都不会说,那么,往后怎么去跟人学七十二变呢?小女孩免不了想教阿圣说话,就像她父亲会教阿圣耍猴戏。在她看来这也不是大问题，她坚信它不是一般的猴。

于是，在小说《月光宝盒》里便有如下描写：我从没放弃过训练阿圣开口说话，这与父亲对阿圣的训练不一样，父亲是为猴戏，而我则是为了阿圣。当然，这也是一个秘密。我用两截树枝儿撑开阿圣的嘴，拽出舌头，再用大木夹子夹住——这是从一本残破的书上学来的，书上说，不会说话正是因为舌头不灵活。我对此深信不疑。从技术层面说，越是偏于虚构的情节，越是要充塞以准确的细节，让虚构进一步夯实，让想象力得以脚踏实地。作者想在此处将虚构夯实，并作了一番努力，用上了"一本残破的书"和大木夹子，仍是语焉不详。事实上，一个人如何教猴子说话，作者在此处犯难，往下只能笔头一转，描写小女孩的母亲"傻英子"跑来凑趣，小女孩便用木夹子夹母亲的舌头。这无奈的转笔，也正表明想象力必有限度，诸多虚构的场景，作者确实难以"设身处地"，也就寸步难行。许多时候作者只能承认自己的无能为力，动用手段和技巧，绕开障碍或是暗自拗救。这会减损成色和质地，创作本身也是在顺畅与无奈间往复跳宕，形成一股合力。

再往下，小女孩让猴子变孙悟空的努力只能一次次落空，而父亲作为耍猴人，却有传承有序的训练方法。阿圣不能说话，但学会越来越多的猴戏。接下来必有的冲突，就是小女孩将目睹阿圣的表演，她心目中的孙悟空没能上天遁地，而是在观众嘲弄的眼光里搞起表演。她接受不了阿圣被人当猴耍的事实，虽然阿圣本就是猴。别人看它是猴，她坚信它不是，它自有真身，阿圣总会在某一时刻发现自己是孙悟空。《月光宝盒》中，父亲本想带一只母猴四处游走挣钱，母猴意外死亡，阿圣不得不火线上马，立即干活。因为女孩母亲傻英子的死亡，父亲带上阿圣还有女儿，开始了对小女孩来说最初的远行，流浪般地送傻英子的亡灵回归故乡。而远行的方式，也是耍猴人通用的：扒火车。故事延展到此，作者对相关资料的梳理，换来一段特别扎实的叙述：……你看到列车头上写着"郑局平段"吗，这是从襄阳开往平顶山的；等到了平顶山，再扒车时，就是"郑局商段"的，我们就能到商丘了；到商丘再坐"上局徐段"的列车，可以到江苏徐州；再坐上标有"上局南段"的机车，我们就到达南京啦。这是要用多少次扒火车的经历，才能换来的冷知识，恰到时机地被父亲道出，虚构的小说便如亲历一般纤毫毕现，纹路精微。这种化虚构为真实，把假的写得像真的一样，本就蕴蓄着创作独有的快感。至少，我想，汤成难女士写到这一段，狠狠松了口气。

叙述至此，故事会自己长脚朝前走：小女孩既有这样的不能忍受，她带着阿圣逃离父亲挟制也是个必然。小女孩看见人群中有着僧袍者，就当其是唐三藏，想将阿圣拱手送出，对方却不接纳，甚至逃离小女孩的纠缠。小女孩带阿圣的逃离，面临绝境，她必然对阿圣是否是孙悟空有了犹疑，或者此时她更急于开发阿圣身上潜藏着的异能。她会动用手段逼着阿圣"现真身"。小说中是写小女孩与一个带宠物狗的男子相遇，发生矛盾，一阵口角以后，对方说：再给你一个机会，你要是让它要是从湖这边游到湖那边，就是齐天大圣。小女孩为让阿圣现身，就将它一次次扔进人工湖，想要阿圣现身。于是，我便与学生商榷，这一处理似乎随性且随意，能游泳就是齐天大圣，那小女孩和阿圣这一路的苦难又为的什么？其实有更多的处理方式：小女孩既然与陌生男子发生矛盾，既然阿圣又在场，如果她真的相信、笃信阿圣身上潜藏的异能，那么何不让这矛盾更激烈点，是否可以玩一出苦肉计？女孩让自己处于不利，受到伤害，逼迫阿圣出手相救？当然，阿圣只能爬到树梢上，看见小女孩被人欺压，也会龇牙咧嘴，但它同时也能审时度势，知道自己根本帮不上忙。小女孩把它当人，它也只是假装在人间，它更懂得趋利避害，冷眼旁观。小说不同于玄幻故事，不会有从天而降，如果此处将矛盾激化，会有特别冷峻的一笔。冷峻本就是汤成难写作的一大特质，但在此处她的笔头故意宕开。猴子一次一次落水，并狼狈地上岸，场景更多的是滑稽，不至于坠入悲惨。

　　这次出走换来小女孩彻底的失望，她这才确信阿圣就是只猴。她拿走附着在它身上的所有希望，远离它。而父亲接纳了阿圣，他只是耍猴人，阿圣也只是他要耍的猴，因这层既定的关系，两人方得不离不弃。往下写到小女孩对猴的绝望，并有相关的行径，就是捉弄猴，比无聊的看客捉弄得更狠，因为她知道阿圣不是孙悟空以后，她就比看客更知道它是一只猴。此处便有了极为细微的戏剧化冲突，起因是父亲发现收到一张假钱，忘了数钱以后得摸一摸猴头以示嘉许，导致阿圣往父亲要吃的面里掺了一把沙。小女孩认为要教训阿圣，父亲还解释，自己每次数完钱都要摸一摸阿圣的头，刚才一摸假钱把这一茬忘了——事不归罪于阿圣。但小女孩的惩戒依然展开。我突然改变主意,将端着面碗的左手缩回来,右手拿起木棍从火塘里夹住一个烧红的砖块递给它。阿圣看着砖块迟疑了片刻,但还是去接了。它对我无比信任。这突然发力的一个细节,异常凶猛,小女孩的惩戒,实是对自己当初希望落空的报复,而报复又借助了一只猴对于主人顽固的信任。这一笔几乎是反向发力,写出禽兽之所以异于人者几希。父亲的态度不作太多描写,但这时候他既心疼猴子,又反驳不了女儿的振振有辞。两代人对于同一只猴的态度,这态度导致的行径,于此有了鲜明的分野。猴只是猴,一切超出它本身范围的期望,几乎都是灾难性的。

  小女孩长大,外出求学,远离了父亲和阿圣。父亲和阿圣成了相依为命的一对,走南闯北。家族的耍猴史行将在父亲手上结束,父亲也知道这赚不了多少钱,但接下来的四处游荡仿佛是向家族传承的事业,向自己唯一的手艺作漫长的告别。小女孩这时已是大学生,她趁父亲醉酒时将阿圣送去了动物园。而酒醒以后,父亲没有责备我,只是他的双眼像秋天的早晨,变得充满水汽。他穿上鞋,背上背篓,然后急匆匆地离开了。父亲去动物园找阿圣,却因偷盗动物面临刑事责任。虽然通过各种努力,父亲免于被判刑,但他在押期间,阿圣莫名失踪。毕竟是一只猴,不熟悉它的人管不住的。父亲被释以后,唯一要做的事情就是将阿圣找回,就像寻找自己失踪的孩子。但事情毫无进展,阿圣音讯全无。父亲终于放弃,生平第一次买票坐车返回家乡,父亲的脸倒映在窗玻璃上,隐隐约约,像猴的脸。真的,父亲越来越像猴了。

接下来便是父亲必然的死去——是的，顺着故事脉络前行，便有许许多多的必然，而作者编撰过程中，有些时候是天马行空地发挥，有些时候确实就是按照规定性做填空题。填的这些空，便是故事逻辑延展的必然，而故事创作者所谓的成熟，就是知悉故事逻辑中富含的种种必然。

阿圣的失踪，导致或是加速了父亲的死，他一辈子利用猴子赚钱，耍猴、盘剥猴，仿佛远离仁义和关爱等大词指涉的范畴，事实上只有耍猴人才可能与猴结成生死相依的关系。往后，这故事还有规定性——阿圣势必还要现身，而故事本身还需要一个结尾，最好是逆转性的，那显然关乎长大以后的小女孩在何种情境里，如何与阿圣再次相逢。

长大后的小女孩埋葬了父亲，回到童年的住所，不远处的山丘有一个洞，那是很久以前她给阿圣挖的"水帘洞"。

> 水帘洞的土塌了，严严实实挡住了入口，我在坍塌下来的土堆坐下，转过头看着西边。太阳逐渐隐没了，世界变得混沌不清。
>
> 突然，一只小手拍在我的后背上，一下，又一下，又是一下——没轻没重的，是那种我曾多么熟悉的没轻没重。
>
> 我猛地回过头，眼睛顿时就湿润了。
>
> 是阿圣。

当父亲满世界寻找时，阿圣早已循路回到了故乡。通常说法是"狗记千里路"，当然信鸽更具备这样的本能，现在把这能耐搁置到一只猴身上，显然毫无不妥。接下来，逆转是怎么发生的呢？阿圣的出现还不能叫做逆转，它总得做些什么，意料之外又在情理之中，以此终结全篇。故事的结尾永远是点睛之笔，最能考量作者能耐，前面的所有情节，总要归置并收拢为一个点，必须压稳了全篇。《月光宝盒》是这样处理：

> 阿圣像从前那样看着我，眼神里仍然是对我的坚信不疑。然后，又变戏法似的从身后掏出一只面具，认真戴上——
>
> 你也许已经猜到了，是齐天大圣的面具，阿圣戴上了齐天大圣的面具。真的，和年画上孙悟空一模一样。

最初看到这个结尾，阿圣戴上面具……倒有意外，但也意外地轻盈。阿圣精准地戴上齐天大圣的面具，仿佛也回应了同名电影里的剧情，但这意外是否能算一次小小的奇迹，是否足以收拢耍猴人父女与猴十数年时光里的灵肉沧桑？故事里的"我"对此反应便是一通狂笑，笑得前俯后仰，笑得眼泪横飞，不敢再睁开眼面对阿圣。但这笑，我同样觉得有些突兀，并揣测，是否是作者对这样的结尾也无足够把握？许多人在对事情没有把握时，应对之策不就是一笑了之？但这小说已有不凡质地，作者不可能轻易处理结尾，必然是深思熟虑的结果。

时隔半年，因为要在课堂上跟学生交流，将小说仔细地重看一遍，这才发现这结尾确乎是一个奇迹，且是让这只猴回应了父女两人对它不同的态度。阿圣是孙悟空，是齐天大圣，这本是小女孩最初的认识和愿望，也动用手段迫其"现身"，但这样的愿望，落空之后换来小女孩对阿圣的鄙视和侮辱。父亲最后的岁月与阿圣日夜相伴，不离不弃，这才换来阿圣对自我的确认。阿圣便在小女孩悼念亡父、追忆往事的一刻突然做出一个举动。举动虽小，却在恰切的时间和地点，有如奇迹一般发生，自带光环，耀人眼目。所以，"我"的一通笑，是因在看到期盼已久的奇迹时，忽地了然奇迹背后涵涉的所有辛酸。

故事就这么结束，我引导学生一步一步推进，得来和《月光宝盒》大致相同的结果。也许我的主观意图包含其中，学生看似自主的选择，依然落入我事先的设计，但效果也是明显，他们跟随一对父女和一只猴，最后见证了小小的奇迹。他们不免会认同我一直强调的那个观点：故事原本就在那里，编撰者只须遵循经验，遵循故事内里的法则，就能捋出相差无几，甚至完全相同的故事。我对课程的设计获得了预期的效果，我让他们确信，同时也让自己进一步确信，但事情真是这样吗？故事原本就在那里吗？

三

后有机会读到汤成难即将出版的小说集电子稿，虽以《月光宝盒》作为书名，但通读其中十七个中短篇，类似于《月光宝盒》这样倚赖于想象，侧重于虚构的篇什并不多，甚至很少。以我的分类，《寻找张三》和《奔跑的稻田》能与《月光宝盒》归于一类；而其他十四篇有着惊人的一致：每篇着力刻画一个人物，写实，伴之以一成不变的苦难和沉滞。

《月光宝盒》源于一则社会新闻，《寻找张三》似乎也源于无意中看到的一张陈年发黄的请假条（当然，对于小说的发生论，我乐于猜测而懒于求证），故事便从一张请假条展开。"我"在冶金厂废弃的旧厂房里找到一张1982年的请假条，请假人名为"张三"，而张三几乎是最常用的代称，张三李四，可能是任何人。事实与虚构就在这个名字上产生一刹那的重叠和恍惚，假条是具象的，但请假人却如此模糊；此外，车间主任"杨国强"的名字却立体般地清晰，同样清晰还有：他在空白处用犹如受过机器碾压，捶打，敲击，撕裂的字体写下了三个字：不批准。这虚实掩映，多年前的一张请假条，几乎已具备一篇小说发生发展的所有势能。往下便是恍惚的寻找，这种恍惚性我乐意视为小说区别于故事最明显的表征："我"一路寻找，张三固然是遍寻不见，杨国强随着叙述，必然有些曲折也必然现身，他必然地也把张三忘了，存在的事实只有这张请假条。而这故事的结尾，我甚至疑其是个唯一，没有更多选项：事隔多年，张三是谁并不重要，但"我"坚持要杨国强批复这张请假条，只为自己某种捉摸不定的情绪，和某种最为纯粹的坚持。

或许这才是当下一类小说坚定地远离传统故事后，能够到达的一个边界：一点模糊的意象外加一重轻盈的转折就能统摄全篇。青年作家似乎都在往这个方向发力，他们抗衡于老几辈作家遍身的经历和满目的沧桑，唯有朝向幽微的局部发力，在事实与虚构间寻找存身的裂隙。《寻找张三》的结构、饱满度和完成度，足以成为这一类小说的范本。

父亲在他五十岁那年决定出一趟远门，这个"远"不是地理上的，而是时间上的，一年，两年，或许很多年……他也说不清楚。《奔跑的稻田》开头第一句就让我有一种熟悉，感觉这是一个有原本，"致敬"的小说。当父亲背着稻种，说走就走，这感觉进一步强烈。及至父亲第二封信里谈到"那是一块没有地址的地"时，心头咯噔一响，知道父亲是回不来的。再往下看，父亲果然再没有回去，那么，我也完全明确：又一篇向若昂·吉玛朗埃斯·罗萨《河的第三条岸》致敬的小说。这并不奇怪，罗萨这篇几千字的小说几乎是写作者在文青时期必有的一道心结，让他们写出向它致敬的小说，或者没能写出来。这一路数，最终要看的是作品的完成度，所以往下继续读，就有了明确的参照。

这个父亲再也没能回来，他也没法在任何一块稻田里长久地逗留，只能越行越远，不停地劳作并收获，用衣和裤管兜着各色土地生长的谷物送回家中。在他的信里，种植面积越来越大，也必然遭遇远方的各种奇闻异事，比如将蛇蜕当成衣服穿身上，野鸡在他臂弯里下蛋——这个远离人群却日渐亲近动物并融入自然的父亲，字里行间流布的是远离尘嚣之意。果然，这个父亲再也不出现，而通信终有一天也断绝，他就这么消失。对标《河的第三条岸》，"我"与父亲必然还要有最后的勾连。在原作里面是"我"想传承父亲，意外得到允诺之时"我"却落荒而逃……汤成难的这一篇里倒是没有落荒而逃，传承止于"我"鬼使神差般选择"作物栽培与耕作学"就读。卒篇之时，也仅仅是"我"保留的父亲当年用于装兜谷物的衣服，于午夜梦回之际如父亲一般张开了怀抱，而衣物的褶皱里谷物已发绿芽……

在技术层面，这篇"致敬"小说无疑是别有匠心，也与原本保持着若即若离的分寸。但还是让人感觉到它的规矩，分寸感保持这么好，在创作中未必是好事，我多么想这个文本里能有不管不顾的发挥，逃离原本的挟持，哪怕有一处失控搅乱了这种分寸感。事实上它没有，它像恋人一样在原本的阴影里依偎着原本。小说里不乏局部的缤纷，诗性的语言，绵延的想象，不免都是嫁接于其他母本的枝条，再怎么写，也不会因肢端的膨大而让主干难以承受，不会发出一丁点吱嘎的声音。

撇开以上三篇，小说集《月光宝盒》余下的十四篇小说，却呈现出一番完全不同的景象。里面不再能找见偏于虚构的恣肆和轻盈，阅读过程滑入无边沉滞和浊重。小说写法忽然也变了单一，循其模式，不长的篇幅里大多写了某人跨度数十年的苦难，甚至是命途多舛的整篇人生。所有的沉滞与苦难，在一篇小说里往往又以一个轻盈的转笔统摄，那是这些底层的失败者偶尔能够感知到的温暖与奔放，却又让大全景更紧致地包裹以彻骨的冰凉。小说对于这些人不曾轻饶，死亡是最为常见的结局，以致某些篇章一路压抑的笔法看到最后，那个悲惨的人儿竟然没死，我就暗自松一口气。

《搬家》中的农民工李城因与方作家笔下的人物同名，两人得以意外相识，方作家得以窥知李城正朝着命途既定的悲惨结局一路滑落。到最后，李城临死之际唯一的希望，只是请方作家在小说里给同名的"李城"以美好的命运设置。两个主要人物的联结，仅在于人名的重叠，方作家笔下虚构的"李城"与现实中的李城对应。同样的手法，在《寻找张三》里面也有点染,但"张三"是一路虚写,而"李城"由虚到实,并一路被苦难夯实,反复辗轧。同样的手法,往后故事的编排,因为作者给予的虚实向度不同,而得来迥异的小说质地。

《我们这里还有鱼》写小姨父马沪生,《飞天》写舅舅刘长安。小姨父或舅舅,在两篇小说中命运惊人相似,几可对读。两人在小林(小说中的"我")印象中,都是一番得体的记忆,在那个年代都算得上讲究人,有能耐,都在别处不停闹腾,给人一种蒸蒸日上的虚幻。及至小林成年,对小姨父或是舅舅生活态势作仔细探寻,或于生活的交叠中有深入了解,头脑中的虚幻记忆立时解体,两人都无止境地陷入困境,于一地鸡毛中苦苦挣扎,以致作为旁观者的小林得来惊心动魄。小林分明记得舅舅刘长安以前跟自己描绘过西藏的美景,这些记忆激发了小林成年后自驾西藏。小林带以不虚此行甚至惊喜连连的感悟,重访刘长安,想与他交流,当然也不乏感激,却于答非所问的交流中弄清了真相:刘长安长期困守西安,哪也不曾去过。相对于刘长安的困守,《我们这里还有鱼》里的马沪生一样困顿,最终因病死亡。给儿子买房带来的焦虑,使马沪生慢慢地沉溺于不切实际的幻想:像电影一样把自己缩小,这样就可以住进自己制作的模型豪宅或是盆景园林。

《共和路的春天》与《呼吸》虽然展示了王彩虹和苏小红不一样的苦难,却又因最后一笔大同小异的小温暖而有了关联性。《共和路的春天》里,王彩虹嫁给见义勇为却遭截肢的李大勇,嫁给英雄并不意味着要承受苦难,九年的婚姻生活里王彩虹看清这一事实，她唯一要做的事情，或曰与自己悲苦命运最坚定的抗争，只能是离婚。终于做了这个决定，是错拿了一条羽绒裤回家，面对李大勇的怀疑，她本可以澄清，但她告诉他"这不是你的"。打算摊牌的一刻，丈夫并不在家。王彩虹在空空荡荡的家中，意外被被窝里一个热水袋温暖至热泪盈眶。苏小红面对着姐姐自杀和父亲病故，以及婚姻无望。接到父亲死讯后，孤零零的苏小红在挤进一辆公交车：后面的人还在推挤，使得她和这个人靠得很近，她的脸几乎贴在对方的胸脯上，苏小红突然感觉到一种柔软而温暖的东西，是毛衣，和鼻腔里均匀的呼吸，它带着轻微热气，平缓地、有节奏地拂在她的脸上。苏小红抿着嘴，眼泪从眼角溢出来，她把脸紧靠在毛衣上，感受着一个人平静而均匀的呼吸，然后，轻轻闭上眼睛。

所以，这一组篇什不免是雷同。《追风筝的人》里的杨红霞，《鸿雁》里的孟天城和何小玉，《小王庄往事》里的王彩虹，《8206》里的陈素珍，几乎都在生活的重压下难以呼吸。汤成难笔下有着真正的底层现场，有着难以负荷的沉重，每个人困厄于今天也看不见明天的亮光，所有的幽微的希望，都会招致苦难和困顿进一步的辗轧。对比汤成难笔下沉耽于虚构，灵性而轻盈的几个小说，这连绵不绝过于沉重的苦难，阅读的某些瞬间，让我怀疑不是同一作者写就。

这一组小说里稍显异质的，应是《锦瑟》。锦瑟无端五十弦，毫不意外，这一篇是写一位年华老去，独自回望往昔的女人。这也是女作家常规的一种写法，她们作品序列里通常绕不开得有这么一篇，中年或到老年，回顾感情的历程，一无例外枯萎凋零，诗意和远方终成为隐约的疼。女人的老公和孩子都已进入无名状态，一个是"他"，一个是"高中生"，而她自己也只是一个"女人"。《锦瑟》的别致在于，在已无名状态的日常生活中，女人还有定期的逃逸，持续六年，去相邻市区一家酒店，以守候之姿，其实是和自己的日常拉开距离，和生活了十六年的那个家拉开距离，以便更完好地回顾，让一切历历清晰。六年前同一天，她在这个酒店相同的房间或许有过一段情感经历，也有过每年见一面的约定，但约定早已不重要，也如我们生活中大多数约定并未履行……重要的是，女人把这经历里的对方掏空，仍有记忆中余韵徐歇的时空传承。女人需要这个余味，需要给自己一个理由，每年留出一天时间游弋出自己日常按部就班的一切。如此一说，似乎又与霍桑《威克菲尔德》对标上了，但那绝非《锦瑟》的原本。

但在这一篇里面，我隐约读出作者对读者的担心，事无巨细，还有那么点苦口婆心。这又是何缘由？这又何尝不是一种沉滞？所以我仍宁愿相信，汤成难手中那支笔，须得有想象力、虚构力的烘托和抬升，否则便会一路下挫，沉重得难以握紧。

四

要谈汤成难的小说，前面对具体篇什略加评点于我不难，当手头这篇文章终至卒章，却一直煞不了尾。我不知道如何对汤成难风格差异巨大的两类小说拿捏出一个有统摄性的总结,所以又应了那陈词滥调:这是一个难以归类的作家。多年以前我也是被一些评论家这么评定,或也暗自偷着乐,但仍有疑问:是我的难以归类还是你对我总结时的怠惰?当然,更俗滥于街的腔调是:这是一个被低估的作家。"被低估"几乎是所有写作者(肯定也存在于别的所有的行当)暗自的心结,是一种天性,谁又愿意裸露在被高估的层面,终日惴惴不安地面对一己志业?偌大一个中国,有这样自我煎熬着的写作者吗?为什么我总是看见同侪春风满面地述说着自己写作的困境?

直到一次问卷调查,首当其冲的问题就是:你觉得自己被低估吗?填过不少不痛不痒的问卷以后,这样突兀、直接的发问令我有生理性的爽快,我必须直面应对,于是我回答:我曾经也这么认为,直到发现几乎所有人都这么认为,就决定不这么认为。不管真诚或狡黠,这一回答反映了我对这个问题自我审视的全过程,事实上写作者总是从头角峥嵘迅速地步入中年油腻,写作二十余年,于人于己,我确是见了不少。我也感谢这个发问压榨出我对此的回答,使得我偶尔看到一篇惊艳的小说出自陌生人之手,不至于轻易地再把"被低估"随手赠人,又成了不掏钱的伴手礼。

如果没有那次回应,那么看到陌生的汤成难拿出一篇《月光宝盒》,怕是难以禁住"被低估"的判断。事实上,我也把这篇小说推送给多位文友,甚至咨询是否有影视转化的价值。这一篇的画面感十足,情节独到,细节精准,但我也深知,时下国内的电影早已跟文学疏远,成了一种至少写作者无法判断、谏言的大 IP 游戏,你的质疑都会被观众义和拳般的集体失控强势回应，都会被票房统计数巨大的悬殊狠狠打脸。那么回到小说本身，它体现了作者的真实才能倘或只是一种灵光乍现，怎么着也得看该作者更多的小说文本。毕竟，文学再也不复张若虚"孤篇压全唐"的浪漫时代，写作者都悄然地把天赋灵性置换为匠作精神，做好了打持久战的准备，而战略的心态，如同某位美国女所作家所言：每天写一点，既不抱有希望，也用不着绝望。

汤成难沉耽于虚构而得来的一系列作品，虽数量不多，但她本人写作的特质，在虚构的领域往往有更充足的发挥和展现。两者的界限不一定清晰，比如《月光宝盒》何尝不是写了苦难，甚至其中的苦难一点也不比作者紧扣现实一类的小说稍有减损，但到最后，阿圣奇迹般戴起了齐天大圣的面具，前面一路滑翔终换来凌空高蹈的一笔。两种路数，同样的苦难叙述得来完全不同的质地，差别应在于作者对《月光宝盒》里耍猴人的生活完全陌生，只能倚赖相关的资料，这适当的陌生，恰到好处的距离感又最大程度地激活了想象力。而另一路写实的作品里，苦难全是日常的样貌和图景，似乎与作者确凿体认过的生活有关，切近的距离，直视无碍的眼光反倒限制了想象力在其中闪转腾挪。写作的想象力须基于一种忠直的品质，想象力的开启很大程度关乎素材的基质，也需要机缘巧合。汤成难对想象力的调度极为审慎，能收尽量敛紧，只在一切外因都恰到好处时，偶尔得以淋漓展现。她紧扣现实的一系列作品构筑了一幅黯淡图景，而有限的偏于虚构的几个篇什，仿佛在这图景的裂隙里进出的几缕星光。

通读汤成难的小说集《月光宝盒》里十七篇小说，我竟得来一种后怕：如果当初我读汤成难女士不是从《月光宝盒》，而是从任意一篇写实的小说开始，那会得来怎样结果？事实上，我对杂志或选刊上陌生的名字葆有足够的兴趣，同时作为读者，我们都已在这阅读式微的时代普遍染罹了轻慢，或者带着试错的心情去读新人小说。如果这篇尚可，都不一定再寻同一个名字，除非有了惊艳，往后的阅读才会稍加留意。有人说当下写小说的比看小说的更多，虽不免夸张，实情似也相去不远。选刊目录里写作者的名字太多，相比之下能留下印象的小说篇什又如此稀缺。如唐诺先生所言：我们已活在一个满街是作者，作者挡作品前头以至于快不需要作品的奇异年代，文学以及所有的创作性艺术逐渐归属于表演行业，读者买书是确认一种关系而不是为着阅读内容。我个人是被唐诺的这一论断精确地命中，买书成了一种习惯，是被强迫症驱使，买来百十本真正读过能有几本？尚未剥开塑料封皮便被新买的书堆叠枕压，像埋入上一个地质层。满街是作者那么作者的面目也极易混淆，这是一个不争的事实。

前面对于《月光宝盒》不惜笔墨的爬梳，正是想要展示作者"最大程度地激活"的整个过程。陌生的生活，犹如远方的一切，在作者笔下反倒具有历历清晰的即视感。作者沿着故事内里的逻辑，凭藉虚实之间的转换和调整，得以在自己笔端远走高飞，到达或者无限切近想去的地方。整体脱胎于虚构中的苦难，相对于作者笔下紧扣现实的苦难，明显多有一笔诗意的灵动，所以这样的作品，罕见地得以在一例阴沉的苦难中显现出斑斓、灵动与飘逸。

我未曾读过汤成难所有的小说，所以不知两副笔墨在她作品当中准确的比例。就这一个小说集而言，倾向虚构的部分数目甚少，仿佛是作者于现实描摹的沉滞中，偶尔挺起腰身长长地吐一口气，得来片刻闲逸。两副笔墨之间的关联，亦可于此寻踪：倾向虚构的几个小说，或是作者吸足了自己在写作紧扣现实一类小说积蓄的能量和情绪，反向发力以后偶尔得来的超拔。事实如何只有作者本人知悉，我对这个小说集的阅读，得来这样的印象也如此鲜明，甚而想起顾城那一首《远和近》：你，／一会看我，一会看云。／我觉得，／你看我时很远，你看云时很近。

前不久与汤成难就安妮·鲁普的作品作一番对谈，她聊到一直热衷于自驾远行，仅西藏已独自去了数次，去过喜马拉雅山。这似乎又成为我对她作品的印证和脚注，我不难理解远行对于她的想象力，对于她灵魂轻盈的一面的释放和抬升，但回到现实以后那难以排遣的沉重感，仿佛又是远行结束时的副作用。她的两副笔墨，在虚构与写实之间往复跳宕，风格反差极大。读了十几个篇什，我不惮于揣测，对于汤成难总体的写作，未必是"难以归类"，她两副笔墨的抒写未能产生某种合力，甚至，这些作品进入他者"高估"或"低估"判断之前，已然在自相扞格中彼此覆盖，自行掩蔽。

当然，写作多年，我绝不至于对另一个写作者，甚至是同龄的写作者作建议，"应该怎么写又不要怎么写"。这么建议于他人没有任何作用，只暴露自己无知且衰老。写作者各异，自带了配比稳定的洞见与愚昧，所要考虑的只是如何扬长避短并更清晰地呈现独有的面容。幸好写小说未必是汤成难生命中最重要的事，她擅长绘画，乐衷远行，一次一次去往离云很近甚至触手可及的地方。时至今日我已不会对几位作家整体的写作抱有阅读希望，在我看来，除非研究者，读到某作家一篇或几篇好作品，就去买该作家全集是最愚不可及的事。汤成难女士作品系列里有限的几篇，毕竟给我坚韧的期待，我会一路追踪这个有如被哑光漆打磨的名字，我相信这个名字蕴蓄的势能，总会在我意想不到的时候再次凌空高蹈，随手捧出一个乍现的奇迹。

有限的写作，无限的阅读

——关于"未来科技"时代文学的发言

我记得读小学时候，班会里有过畅想未来的主题讨论，那是八十年代末，所有人的畅想也确实跟科技有关，设想自己长大了，也就是十年二十年以后生活变得怎样。现在一看，当时的同学脑洞再大，也绕不开《小灵通漫游未来世界》之类儿童读物的谆谆教诲。我与同学踊跃发言，未来生活被描述得充斥着各种自动化，但还达不到人工智能。一晃三十多年过去，又面临这样的命题，"未来科技"。我们现在脑洞一开，当然也只能在一个整体范畴之内，但不可能再有小学生讨论此类话题的兴致。

我且先回顾一下过去这三十多年个人的感受。童年青少年一直生活在封闭的小县城，生活总还有些捉襟见肘，所谓贫穷限制了想象，对于未来并没有多少期待。比如说，买私家车从来就不在人生规划当中，因为那时候开车是一种职业而非技能，司机都是各单位聘用的员工，印象中司机还得体格粗壮，因为那时的车大都有一根摇把子，力气小了摇不动。成年以后，发现买车并非遥不可及，甚至开车日渐成为生活中最基本的技能，才又硬起头皮去拿驾照。不去畅想未来，看电影却喜欢美国大片，以为里面有未来，现在才发现大都是误导。老看美国大片得来一个根深蒂固的印象，机器人跟外星生物一样，非我族类其心必异，人类跟他们必有一战，而我们必须救亡图存，赢得一次一次惨胜。再到大概十年以前，手机开始智能化并频繁换代，直到现在我们都面临一个共同的事实：手机已经须臾难离，而人与人的情感却在日渐淡漠。我想很多人都跟我有同样的体认，离开亲人或伴侣，三五日十天半月都没太大问题，手机一旦找不到，只须几分钟我们便得来深重焦虑。其实，2016年3月阿尔法狗战胜李世石的那一刻，我们便能感知人工智能所具有的无限可能。一晃六七年，这种认怂已经成为了某种共识，前不久ChatGPT横空出世并迅速升级，过于强大的功能，让我们开始相信人工智能会产生情感。

手机有限的智能水平都让我们须臾不离，据说家用机器人即将上市，功能不知多少倍于手机，那我们对它们的依赖又将达到何种程度？若非拥有专业知识，真是不敢想象，但内心明显是有渴望，并不担心以前美国电影中的战斗场景出现。我甚至想，如果单位领导可以投票选举，我真希望把票投给人工智能，因为我相信它能避免那些低级的显而易见的错误。

这就是我们这一代人的奇幻之旅，小时候还没想到拥有私家车，现在如不及时拿到驾照，一旦无人驾驶成为主流你将错过体验亲自开车的历史时机。小时候玩颗粒感十足的任天堂游戏都满心拜谢高科技，现在我们面对任何科技的革命性突破都有些习焉不察，因为有了马斯克等超级大神，他们甚至能将时代随手更迭。有时候我认为自己这几十年必然经历了穿越，至少，我们从人与人的时代穿越到人机时代，我们最亲密的朋友，大都已变成机器，而且我们悄然不觉间已安之若素。活在当下，又分明感觉自己正好活在过去与未来的交汇点，正经历千年未有之大变局。现在比我曾经想象的未来更遥远也更陌生，这一路被什么裹挟着走得太快，也必然失去许多东西，怅然若失。过往的回忆，依然清晰，但不那么真实，仿佛封存异次元空间。

人工智能已然改变各行各业，引发恐慌，视频里面对即将被淘汰的行当有各种预测和排行，又将恐慌进一步扩散。数年前，作家们还暗自庆幸自己的行当难以被人工智能替代，近两年，尤其是 ChatGPT 的功能广为人知以后，作家的危机感也加重。于我而言，对这一现实倒还乐观，并不担心是否会取代，或者说，在我看来，问题的核心并不在于是否会被取代。

我算是较早接触进入阅读和写作的人工智能。我曾帮一家版代公司搜集和整理适合改编影视的小说故事。公司大概是嫌人工处理效率不高，大概六年前就斥资开发了一款软件，用来阅读小说文本，只一秒钟便可划定情节走势的曲线、人物关系图谱和关键词。当时我不免怀疑，这会不会是电脑算命一类的暗箱操作，但实际使用多次，它对我小说的分析，对情节曲线的描画，和我自己的理解非常契合。它能把我的小说条分缕析，拆解得极为精准，甚至让我有一阵感到绝望：它既然能读，很快就能写了啊。说白了，在ChatGTP之前，这款软件已让我领悟到人工智能对我们写作的介入之深。有一次，一家影视公司正跟我谈一个小说的版权，我还把这款软件介绍给跟我洽谈的经理，然后我们现场测试正在洽谈的小说，一秒钟给出数据，附有建议：不适合影视改编。当然我并无责怪的意思，因为影视版权本来谈几十个也未必搞定一个，我不在乎。事发那一刻，我感觉人工智至少还葆有了我们已然缺少的直言不讳，它们拥有真实的力量，必然大有可为。

既然已经享受到人工智能的便利，又直接感受过它的威胁，前几年我着手写一部新的长篇，无论如何要把机器人放进来写一写，要不然心里过不去。但我并非科幻作家，真的动手写又怀疑自己是否会削足适履，自找没趣。当然，我也明确写机器人但并非写科幻，可能才会在自己控制范围。于是，我仍是现实主义的写法，家用机器人已然来到我们身边。虽然现在尚未看到，但我想没人怀疑它们必然的普及，也许会像汽车电脑一般，以后家家必备，要不然你家孩子会觉得比别人家缺了一位家长。真正写作过程中，我才发现把机器人写成现实并不容易，甚至，科幻还可以自由发挥，现实主义则要求尽量完备的专业知识，不能出现硬伤。我看了相关书籍，还通过朋友联系国内顶级的人工智能专家，向他们咨询，花费不少力气，对家用机器人的把握仍然模糊。毕竟，我没法体验这样的生活。所以，这次的写作也异常艰难。我知道家用机器人既不会像科幻片里那样无所不能，吊打人类，也不会像机器和家用电器一样生硬无趣。甫一使用，它应该像是半成品，像个天生异能的小孩却又缺乏心智和成长，各种功能将在人与它的交流中逐渐完善。未来生活里面，如何与机器人沟通交流，也会是我们一项基本技能，每个人教导自己的机器人，每家的机器人会得来不一样的家教，形成各自性情……这个小说，历经数年，仍未完成，因为这几年人工智能发展太快，我的编造经常需要重新调整。机器人的介入，让手头这个小说变得没完没了，现在我仍不知道如何一锤定音，将小说写完。我甚至考虑要不要把机器人从小说里悉数拿掉，却发现并不容易。机器人尚未进入我的生活，我已被它搞得焦头烂额。

不光写作题材，还有写作技术的革新，我们写作中已经出现借助人工智能的成分，不光尽人皆知的机器人写诗，也在于小说创作。不光是类型文学，我怀疑 ChatGPT 也用在了先锋文学，因为有些先锋小说写得跟网络小说一样迅捷，难免让人产生这样的怀疑。当然，不一定是坏事，也无法抗拒，或者还会让传统写作的技术难度得到凸显，就像机器生产大背景下手工劳作因工时密集而重新获取了价值。或许不久后，我们的小说作品也需要验证，哪些是真人所写，哪些借助了人工智能，抑或人与人工智能在一篇小说中各占多大比重，就像论文发表以前都要上网查重。到时候，写作是否借助人工智能，或许会重新划定作家的阵营，有些作家成为分享科技红利的弄潮儿，有些作家因为坚守而成为未来的非遗传承人。但愿到那时候每个人经历选择，依然能够怡然自得地享有创作，甚至催生更多文学类型和样式。我也不担心人工智能完全超越我们的写作，因为每一个写作者，首先必须是一个专业的阅读者，放弃有限的自我表达，换来无限的阅读享受，应该是好事。真有前述的情况，能够限定的也只是发表，人类的创作必将继续，只是我们所效仿的，会从世界文学史上声名显赫的大师，转变成科技领域形体未定的各路大神。

我一直写不完的小说，名为《纵浪》，出自陶渊明的诗句"纵浪大化中，不喜亦不惧"。陶渊明活在绵亘数千年的农耕时代，在我们看来变化微乎其微，仍有这样的感慨，那真正活在千年变局，活在目不暇接的年代的我们，或许更要有这样的心态。"不喜亦不惧"，当然也会是我对"未来科技"时代文学的态度。

抵达自己的故事

——《秘要》创作谈

一

《秘要》里最容易看到的，是曾经对武侠小说的热爱。在这本小说里，我将现实生活与曾经阅读武侠小说的记忆融合，比如金庸、梁羽生武侠小说惯用的成长模式，古龙和温瑞安小说惯用的悬疑和探秘，还有卧龙生小说惯用的寻宝情节，悉数加诸两个小人物平淡的日常，折腾出戏剧性，最终让他俩重拾人生的意义。写作当时我便知道，如果进一步放开手脚，不管不顾，写至高潮迭起，有可能更近于网络小说，如果将传奇化入日常，起伏跌宕都被反传奇的调性稳稳摁住，形成一股隐而不发的阅读张力，我想还是能够发表在严肃的文学刊物……这其实是我一直想干的事，这回得以干它一票。以前写小说，我总感觉自己稳重有余犯险不足，显得笨拙，所以有些读者十多年前就以为我是个老作家……这可真算不上是夸。写到一些具体情节,太拘泥于是否符合事实逻辑,是否真的发生,一再如此,写作过程确也吃力,写作兴致多少受到抑制。而《秘要》里面现实与武侠传奇的对位,多少让我挣脱一直以来的束缚。比如写到纪叔棠耗费半年时间,去垮塌的地下印刷厂挖一批虚无缥缈的黑书。放在以前的写作里面,这样的情节我难以把握,一定谨慎对待,但现在跟武侠小说里的寻宝情节一对应,我便得来某种踏实。照此去写,纪叔棠几乎是以一种极为笨拙的精神发了一笔小财,但在《秘要》里又确乎成为了可能……这才认定,曾经阅读大量武侠小说,现已沉淀为骨子里头的一抹传奇底色。再回顾以往的创作,写到相对压抑和沉闷的部分,终会导致形形色色的反弹,聚力以后必有爆发,何尝不是对武侠小说"侠以武犯禁"的化用或者挪移?

回顾自己的写作,小学时期碰巧进入一个以写作为方向的实验班,老师提出"童话引路,提前读写"的口号,该写作文的时候全都换成童话,每周都有写作训练。因为有独特的点,形成噱头,这项教改实验当年在全国闹得影响,班上同学的作品也纷纷得到发表。我小学四五年级发表过三篇童话,不算突出,稿费都用来买武侠小说。宝文堂出版的《鹿鼎记》,书摊上租不到,我去书店一本一本买来,差不多把三篇童话的稿费耗尽。从童话到成人童话,在我身上几乎是无缝链接。大概从家里已有的一套《射雕英雄传》开始,我对金庸小说的阅读有了中毒一般的快感。日常生活有如地狱羁绊了我,老师在讲台上分析动物讲话(这是对于童话最简单的体认),我脑子里已经是铁马金戈,仗剑天涯。初二初三，周末和假期都在写武侠，终于写完了一部，即是《秘要》里提到的《碧血西风冷》。名字无误，原稿遗失，《秘要》里这部武侠的情节当然是现在根据需要重新拿捏。父亲认识一位杂志主编，趁他过年回家，将我写的武侠送去"掌一眼"。主编看都不看，说我们杂志不收这样的稿子。又问收什么样的稿子，答曰你买两本杂志给你儿子看。父亲去报刊亭随意买了两本，我读后得来浅浅的认知：武侠小说早已不是写作领域的名门正派了，杂志发表的小说要写日常生活，要写普通人。他们不会武功，生活总是有些苦巴巴的。

这个认知对我挺有作用，此后当然再不去写武侠，试笔别的类型，一时苦于没有生活积累。后面我才确认，自己算是迷途知返，那时候，有些地方作家终其一生都认为武侠才是写作的正宗，简直怀以"藏之名山传之后世"的伟大信念创作武侠小说。其中极少人意外获得了成功，比如广东的戊戟，作品卷帙浩繁，十余年里将两本地级杂志的期发量推至数十万之数。但大多数地方作家因这写作信念身陷歧途，赍志以殁。我估计，八九十年代，每个地区甚至每个县份，都有武侠小说写作者，都想成为大陆的金庸或古龙，但现在谁还知道他们？缘于最初的武侠写作，那些满怀虔诚却始终默默无闻的写手，在我头脑中一直鲜活。于是，《秘要》里面有了黄慎奎，这是一类人的缩影。

2004年，依靠发表的两三个短篇，我第一次参加省作协举办的笔会，得以认识数十位本省各地区的写作者。那次笔会的明星，是位大学没毕业的胖女孩，刚出版了三卷本的武侠小说。书我也偷偷借来翻阅，文笔只是一般，再说我对武侠小说的兴趣早已翻篇。那三本书摞起来十余公分的厚度，对当时参加笔会的一众作者构成杀伤力。但我不一样，十多年前我就知道写作的正宗不在武侠了。活动期间胖女孩时刻被人簇拥，我并未有丝毫妒意，内心甚至翻涌出一股悲哀或者悲壮。但我与胖女孩都是路人甲乙丙丁模样，确也不适合像影视剧里男主女主一般，将偶遇当成邂逅，坐而论道，探讨何为写作之正宗。2017年我写《洞中人》，胖女孩显然是美女莫小陌的一部分原型，情节又融合了自己当年写武侠的经历，可能当年与胖女孩缺少探讨，最终莫小陌写得单薄，耿多义也形象模糊。但写作武侠的经历，毕竟是我记忆里极为深刻的东西，容不得浪费。《洞中人》没有写至预期效果，我情感上一直没放下来，要照这题材一路耕耘，后面《秘要》的出现便成为某种必然。

二

说《秘要》是关于"武侠"之书，我个人更愿意认为，这是关于"阅读"之书，且只能是以纸媒体为对象的阅读之书。将阅读寄寓于武侠，仿佛走偏，但武侠小说原本就是60后到80后阅读记忆里最大的公约数。现在无论怎么写小说，无论写哪一类型的小说，再不可能复制当年武侠的盛况。《秘要》出版以后，编辑并未与我沟通，在封面附上英译名：Golden age returns（重返黄金时代）——那确乎是阅读和写作的黄金时代，我的阅读与写作却是从武侠开始。虽然早已转入所谓的严肃文学创作，但我一直认为，个人的创作迟早要向武侠小说借力,这必然是我的某种优势。

母亲回忆我小时候,是个泥孩子,唯一讲究,是关于书。几岁时候起,我习惯性给家里的书按大小分类,码放整齐,容不得一丝杂乱。小时候父亲在外地工作,母亲从幼儿园接我回家,路过新华书店便不肯走,一定要买连环画。家中连环画攒了几抽屉,比邻居都多。读到小学父亲调回本县,再不允许我买一般读物,只能购买教辅材料和工具书。读到四五年级,有一次在某本书里看到,英国诗人乔叟家藏精装书五百册,这种富有实在超乎想象。那以后,我魔怔似的想让自己的藏书迅速丰富起来,但手头没有钱购书,于是把家里的工具书还有父母单位发的各种政治读物都用牛皮纸包好。为让数量增多,还把一些厚书一剖为二,线装加固,包上封皮。我在书皮和书脊重新写上书名——全是我在街道书摊看到的武侠小说名称。小姨父也是武侠迷,来我家看到架上一排"武侠",翻开全是假货。他还提醒我父母,要注意我是不是武侠看多坏了脑袋,或者得来某种癔症。父母相信我只是被没钱买书闹腾的,后来还稍稍放宽了对我看武侠小说的限制。

到现在,写作二十余年,长中短篇写了近百篇,出版和结集十余种。别人看来我已是多产,可能缘于写作之初对标的群体不一样。当我开始写作,总以为一个作家一定是要有量,这样才能生存。就像武侠小说家,个个创作几十部,书摞起来都比人高,分明是一种眼见为实的收成。我有过若干年自由撰稿经历,发表艰难,更要整天待在屋里码字。数量的累积给那时的我莫名的安慰,有时一天码字过万,内心舒爽无以复加，仿佛通过长跑获取了内腓肽的奖励。我似乎出手不慢，却又自知，相比写作之初对数量不切实际的期待，现在作品来得实在太少了。当年也未曾想到，纸质书会慢慢被电子书替代，若早知道自己一辈子的辛劳也只是电脑里一个小小文件，创作的热情必然遭受严重伤害。

　　成为作家后，我的生活便固定为淘书、看书和写书。尤其有了网店，让淘书来得无比便利，坐在电脑前，可以淘遍全国旧书店。书的累积远比我预料得快，别说五百册，这二十年我所购书籍少说有四万册。随着藏书的增加，明显感觉到阅读的锐减，起初还担心朋友借阅，但基本没人向我开口。只有外婆，一位几乎不识字的老人，经常给我擦拭书架，经常翻翻架上书本。我享受躲在装满书的房间中写作，四壁都是书形成压迫感，让我得来持续的安静，只要待在家每天都写一点，几乎不曾间断。现在我教学生写作，得来的印象是不少学生语言能力很强，稍加调教能够达到发表水平，只是要他们读书，却又谈何容易。阅读量不够，写作教学往往倚靠有限的几篇小说开悟，就像照帖临习书法，或者像武侠小说里的毛头小子只消寻着一本武侠秘笈就轻易练成盖世神功。

　　《秘要》中的纪叔棠，即使过着流浪般的生活，也要带着许多书。有了相对固定的住所，便以书码墙，还有闲情按书脊的颜色有序摆放。纪叔棠文化水平很低，并不妨碍他痴迷于书，但又仅限于黑书……创造这个人物，我才能将阅读记忆寄托于武侠黑书。

　　我淘书许多年前就放缓，实在没地方摆放，后又被一类书籍重新唤起淘书的瘾，便是武侠黑书——1983至1991年地下出版的武侠小说。那些印制粗糙的书籍，当年只在地摊租借，保存至今品相大都极差。有一次我在网上拍来全新品相的黑书，拿到手时，封面绘制粗糙却又是天真率性，地摊的质感意外契合了当年生活的场景，得来那个年代最真切的即视感。武侠小说当然无法再看，黑书却成为藏品，我又一次中毒，在旧书网站疯狂搜索，专淘黑书。这种书没有书目寻踪，我又拜一位黑书爱好者为师，他隔三岔五漏给我一些缺本书目。我在网上精确地将其找出，挑品相最好的入手，隔一阵见到品相更好的，往往难以自控，一次次重复入手，名曰"换品"。《秘要》当中的武侠黑书目录，"天下第一缺"的构想，非常顺然地从这一段经历中攫取出来。

在我看来，所谓的爱好，终将形成某种强迫症。数年下来，我收藏黑书已有上千种。有时候朋友来家里，我请他们参观自己的这批藏品，总能见到他们客气的表情里隐藏着不屑。我也隐约感到尴尬与不爽，莫非自己做错了什么？同样是遛鸟，人家遛的金丝鸟，难道我遛的是黑老鸹？现实生活中，种种鄙视链总在暗自生成，人与人的交流，更多却是不可交流。

以对黑书的描写来承载阅读记忆，起初自然不免忐忑，但在我头脑中黑书本就带有诸多极致的意味。开笔一写，这部小说推进竟是异常顺畅。《秘要》发表和出版以后，因收藏黑书积攒的尴尬竟然自动消除，心有不甘也得以平复。我由此认为，写小说的妙趣之一，可能就在于自我原有或者是内心的反败为胜，从中找寻某种自在。

三

我写长篇小说，通常使用双男主结构，大概是小时候阅读《福尔摩斯探案集》的影响极深，借助华生的视角，福尔摩斯得以如此生动。《秘要》依然如此，"我"本是新闻专业毕业，在报社找不到位置，暂且寄身于网拍行当，通过黑书交易结识纪叔棠。"我"成为视角，男一号应当是纪叔棠。这部小说中，我个人比较喜欢的是纪叔棠，在他身上，我想要复原一些八九十年代常见，放现在已然消失的一些品性。几十年过去，我分明感觉环境和生活习惯变化如此之大，人的性情也随之变化，探究当年的性情，都如同考古。我分明记得，小时候偶像大都存在于身边，就是每日得见的某些人，与他们生活在一起，暗自庆幸。那时候物力维艰，人们赚不到钱也耻于谈钱，生活必然伴随各种不体面，于是各种技能，比如唱歌跳舞、阅读写作，甚至逞勇斗狠，都能成为各自的加分项，稍有特长和技能的人立时有了不一样的光彩，成为近在咫尺的偶像。但到如今，我们各自的生活，其实都被巨量信息不断祛魅，身边哪能存在偶像，附近几乎等同于失败。人与人的关系，也是难以挽回地淡漠。当年我们寄读，每月生活费都是捉襟见肘，几个好友互帮互助成为必须，数十年过去仍亲如兄弟。现在的年轻人，大都不再有相互借钱维持生计的经历，我忍不住想，没有互帮互助，没有一块打过架，现在的小孩又如何在寡淡交往中建立兄弟之谊？

总有一些人，性情几十年不变，撞见这样的人，简直珍贵如同化石。纪叔棠这一形象主要源于我一位朋友，姓杜，是一位地方作者。二十年前我跟他在省作协高研班结识，他创作成绩并不突出，基本就是写一些"豆腐块"发在本地日报副刊和内刊。老杜不擅聊天，却是话痨，根本不在乎是否有人倾听，永远只讲身边人事还有自己发表那几篇几文章。那时每晚聊天，老杜经常把身边的人聊跑，待我想抽身离开，往往为时已晚，老杜只剩我一个听众。后面外出机会渐多，得以见识全国各地作家，倾听各种高妙言论，初时如同打鸡血针，以为自己写作能力会在各种启悟中迅速增长。时间一久，又陷入疲态，高妙的言论并未让我醍醐灌顶豁然开朗，写作依然按着某种惯性沉闷地延展。这时想起老杜，忽然想听他唠叨和废话。与老杜重逢，他仍是滔滔不绝，讲一成不变的话题。"一成不变"似乎成为某种尺度，衡量着我的认知。现在我也付费听音频APP上各种名家讲座，听了太多精彩言论，回到家乡听一听老杜唠叨，两者并行不悖。我对他的废话竟已小小成瘾，似乎自带一种洗脑的功用。

安东尼·吉登斯认为，现代性的生成跟社会信息量的变化关系很大。信息量是经过长期攒聚，某些时间点骤然增长（区域不同时间点也不同）而突破人们处理信息的能力，使得人们身陷巨量信息难以自拔。这一时间点即是现代性生成的起点。在此之前漫长岁月，信息量微小得远远不够人们日常摄取和处理，人们总是处于寻找信息的饥渴当中。这个论断无疑能解释人活在当下必有的困惑与无奈，也让我忽然明白，为什么会对老杜的废话成瘾，那应该是，我每日淹没于巨量信息，而废话没有信息量，于此，我需要在老杜的嘈嘈切切絮絮叨叨中得来某种疗愈。老杜只谈身边人事，生活日常，显然他对于"当下"对于"此时此刻"有着执拗的认信，并将之织造成自己的信息茧房。我将之概括为"附近性"，似乎可抵挡"现代性"强加于人的无奈。不得不说，许多人提倡"活在当下"，说起来简单，可能也是一种天赋。大多数人怎能逃脱巨量信息的裹挟，生活永远在路上，精彩只能在别处，生而为人却都怀有马不停蹄的忧伤。

《秘要》中的"我"正处不知去向的迷惘，能跟纪叔棠一见如故，正是因为他身上有一种疗愈自我的东西。纪叔棠身上具有鲜明的"附近性"，比如随遇而安，比如执着守信，对每天琐碎的工作充满热情，又比如对友情格外的珍视，萍水相逢依然倾囊相待。"我"在纪叔棠身上看到某种摆脱人世纷扰的力量或者可能性，得来安慰与鼓舞，彼此靠近成为必然。"我"在日常生活和无数现代人当中，有幸遇见一位活在时间之外的智者或是愚者。某种程度上，纪叔棠成为"我"的精神导师。"精神导师"通常是"高大上"的存在，让人仰视，而纪叔棠位置很低，托举着"我"一路向前。

"精神导师"也是曾经生活里面极为重要的东西，而离家出走或曰"在路上"也曾是时代主题，八九十年代自诩个性的青年若无离家出走的壮举，出门都不好跟人打招呼。离家出走，某种程度上便是寻访精神导师，那时我们相信无尽远方无数他者之中，必有某一人与自己的未来息息相关。那缘于封闭和交流的不畅，远方神秘博大，"别处"包容了我们在"此处"未曾得到的一切。现在信息畅通，无远弗届，寻找精神导师也简化成电话联系或是添加好友。丧失苦苦寻觅的过程,一切必遭祛魅。就像孩子经常会问,孙悟空一个筋斗云十万八千里,直接去西天大雷音寺将真经取回,岂不省事?我们又如何跟他们探讨人在路途苦苦寻觅的重要性?

四

仅有随遇而安的"附近性",难免与当下热议的"躺平"有所混淆,纪叔棠仅是如此又如何引领身处困境中的"我"?"我"在纪叔棠身上,分明还能看到一种对于自身"戏剧性"的执念,对于平淡生活也将遭遇奇迹的执念。纪叔棠既甘于平淡日常,也敢于一刻不停地折腾,不管何种境遇,他仍相信生活总有意外和转折,带来改变,所以除了赚钱他还渴望获取身份,哪怕是贴了本钱换来"黑书鉴定师"这样虚妄无用的名号。若非相信自己必然踏上一段戏剧人生,若非相信否极泰来命运必有逆转,纪叔棠又怎会耗费半年时间掘地寻宝?

这种"戏剧性"不但存在于纪叔棠身上,也存在于这个年龄段大多数人的认信当中。人到一定年纪,必然存有这样的疑问:曾经信息闭塞,物力维艰的生活,何以在记忆中闪闪发光?与之对应,当下衣食无忧,又为何难掩内心的无助与无奈?以我简单粗暴的理解,这恰好跟"附近性"和普通人对于自身"戏剧性"的执念同步式微有关。

当年的物力维艰,甚至可说是困顿,反倒让人有一种触底反弹的信心,相信明天会更好。在我看来"明天会更好"

便是这种"戏剧性"最普泛的心理基础,也是那个时代反复唱响的主旋律。那也是故事讲述的黄金时期,既然我们相信普通人的命运都自带戏剧性,那么故事讲述往往就是从小人物成长出发,娓娓道来已然动人。武侠小说便是如此,金庸笔下,主角大都是资质平平甚至出身卑贱的小孩,随着成长、历练与奇遇,在各自戏剧人生中终有所成。这也成为武侠小说最经典的模式,构筑了新武侠数十年历程中的巅峰。及至后期温瑞安,人物甫一出场已具盖世神功,武侠从成长叙事转向悬疑推理,大多数人的命运尽在某些幕后人物的掌控,"必然"密不透风地压制了"偶然",字里行间便已充斥垂垂暮气。

影视剧也是一样,最令我难忘,仍是香港八十年代之初的经典年代剧。比如《大地恩情》《浮生六劫》《变色龙》还有《人在江湖》,画面中,满目都是日常生活中的脸孔。普通人的戏剧人生反复推衍,不必大开大合,相比现在的剧情真可谓简单,但就让人欲罢不能。这些剧集对普通人总是怀有理解和敬意,暗中唤起观众对于自身"戏剧性"的执念。时至今日,剧集里传奇替换了日常,浮艳遮蔽了生活本身的成色,即使以普通人为题材的剧集,重要角色也都是一众明星纡尊降贵地扮演。满目视觉盛宴之下,尊卑有序,人神殊途,普通人的戏剧性在故事中急遽萎缩。电影亦是如此,光怪陆离的 IP 转换,各种视听技术的升级,屏幕上甚至越来越难见着普通人面孔。黄渤、王宝强几张路人脸艰难杀出重围,必然供不应求。这已是极小概率事件,这有限几个人的经历,便是关乎普通人却又与普通人再无关联的"戏剧人生"。我们在他们身上看到戏剧性，也看到普通人所具有的戏剧性正走向终结。

所以，《秘要》当中，"我"从纪叔棠身上得来安慰与鼓舞，还能看到他的执着所蕴藏的戏剧性，愿意与他共事，踏上寻宝的旅途。当"我"铩羽而归，纪叔棠却以冥顽的坚持终至触底反弹，明白无误地向"我"展示"戏剧性"的存在。此后两人再次上路，重拾人生方向，当然在小说中一定要避免世俗的成功，避免对人生的探究变成一煲鸡汤，遵从戏剧性也需要使用反戏剧的元素控制故事节奏，调配故事品相。在戏剧性和反故事因素之间，不妨寻获意义。结尾时候，两人行走在台北泰顺街，盼望着与寻访已久的黎本忠不期而遇，却不知道如何与之沟通。这到底意味着什么，只能各自认定。

"附近性"和"戏剧性"，在我理解犹如在故事空间中划定的地平线与天际线，使笔下人物稳实伫立于这片天地之间。对此的遵从，也让创作与生活达成某种良性循环。创作者若对笔下的故事，对故事徐徐展开的那个世界真有认信，不妨把自己也放进去，就如沈从文所说，"我如何创造故事，故事如何创造我"。故事与我，戏剧与人生，终是要彼此抵达。

图书在版编目（CIP）数据

失去感觉的人 / 田耳著. -- 上海：上海文艺出版社, 2025. -- （田耳作品）. -- ISBN 978-7-5321-8208-4

Ⅰ．I267

中国国家版本馆CIP数据核字第2025JX1598号

策划编辑：江　晔
责任编辑：解文佳
装帧设计：付诗意
封面插画：何文通

书　　名	失去感觉的人
作　　者	田耳
出　　版	上海世纪出版集团　上海文艺出版社
地　　址	上海市闵行区号景路159弄A座2楼 201101
发　　行	上海文艺出版社发行中心
	上海市闵行区号景路159弄A座2楼206室 201101 www.ewen.co
印　　刷	崇明县裕安印刷厂
开　　本	1194×889 1/32
印　　张	8.375
插　　页	3
字　　数	174,000
印　　次	2025年5月第1版 2025年5月第1次印刷
I S B N	978-7-5321-8208-4/I.6485
定　　价	55.00元

告　读　者：如发现本书有质量问题请与印刷厂质量科联系　T:021-59404766